KB164623

오늘 브로콜리 싱싱한가요?

• 본격 식재료 에세이 •

이용재 지음

푸른숲

차례

1 향신료와 필수 요소 *Herb,Spice&Essentials*

향신료

필수 요소

2 채소 *Vegetables*

3 육류와 해산물 *Meats&Seafoods*

4 과일 *Fruits*

5 달걀과 유제품류 Egg&Dairies

6 곡물 Grains

7 알아두면 좋을 식재료 이야기

벽돌에게 물어본다. "무엇이 되고 싶으니?"
그럼 벽돌이 대답한다. "저는 아치가 되고 싶어요."
- 루이스 칸 (1901~1974)

건축가 루이스 칸의 '벽돌과의 대화'는 유명하다. 벽돌에게 물어보면 건물의 어떤 부분 혹은 요소가 되고 싶은지 대답해 줄 거라는 이야기인데, 건축 재료가 순리에 따라 되고 싶은 모습, 즉 지향하는 건축의 요소가 있을 거라는 의미를 담고 있다.

루이스 칸과 벽돌에 비하면 훨씬 실용적이지만 나도 그런 대화를 짐짓 머리에 그리며 이 원고를 썼다. 식재료가 순리에 따라 되고 싶은 음식과 요리는 과연 무엇일까? 이를 인간의 시선으로 바꿔 말하면 식재료마다의 '포인트', 즉 알아두면 좋을 식재료 정보라 하겠다. 먼저 양파에게 물었더니 진득하게 볶아 캐러멜화를 시켜 단맛을 뽐내고 싶다고 답했다.

딸기는 어차피 생으로 먹는 과일이니 오래 보존할 수 있는 손질법이 최고라고 했다. 식초나 감칠맛 조미료는 종류와 맛의 특성, 쓰임새 등을 두루 알리고 싶다는 소망을 밝혔다.

그런 '식재료와의 대화'를 일상의 맥락에서 시도 및 정리해 '세심한 맛'이라는 제호 아래 〈한국일보〉에 연재했었다. 2018년부터 토요일 지면을 맡아 격주와 매주를 넘나들며 3년여 동안 꼭 100화를 연재하고 마쳤다. 쌓인 원고를 일상의 체로 한 번 더 걸러 60여 편의 원고로 추려 다듬은 책이 바로 본격 식재료 에세이 《오늘 브로콜리 싱싱한가요?》(이하 브로콜리)다.

한편 무던한 식재료 이야기를 쓰고 싶기도 했다. 두 갈래로 나뉘는 무던함인데, 일단 대상인 식재료 자체가 무던하다는 의미이다. 희귀하거나 비싸거나 쓰임새가 한정된 것들보다 동네 마트에서 쉽게 살 수 있고 식탁에 흔히 오르는 식재료에 대해 쓰고 싶었다. 풀어내는 이야기가 무던하다는 의미이기도 하다. 식재료를 다루다 보면 호들갑을 떨기 쉽다. '신토불이'와 '제철'의 함정에 빠져 국산 식재료가 최고라고 떠든다거나, 이런 철에는 저런 식재료를 꼭 먹어야 한다고 목에 핏대를 세우는 것이다. 미식의 시각에서 접근하는 재료이므로 이러한 내용은 최대한 피하고 담담하게 이야기하고 싶었다. 또한 일상의 최전선에서 장을 보고 요리를 하는 이들에게 더 맛있게 먹을 수 있는 요령을 즐겁게 소개하고 싶었다.

때로 레시피도 소개하지만 '브로콜리'는 요리책이 아니다. 굳이 구분을 하자면 요리책으로 공부를 하기 전에 읽어보면 좋을 책이다. 요리에 밑준비가 필요하듯 요리 공부의 밑준비에 필요한 지식과 정보를 내가 생활인으로서 경험하고 검증해 담았다. 요리의 초기 단계부터 참고하면 기초를 잘 다지는 데 도움이 될 것이다.

그렇다, 음식과 요리에서 기초란 언제나 그리고 영원히 중요하다. 따라서 기초를 최대한 다듬어 담은 이 책이 연령대나 조리의 숙련도를 크게 타지는 않을 것이라 예상한다. 조리에 막 관심을 가져보려는 이들에게는 꼭 필요한 지식을 제공할 것이며, 익숙한 이들에게는 새로운 요령을 보충해 줄 것이다. 그런 가운데 나는 이 책이 특히 생존의 차원에서 조리에 관심을 가지려는 이들에게 닿기를 희망한다. 코로나로 인한 팬데믹 시국이 배달과 포장 음식의 입지를 확고히 굳혔지만 인간은 똑같은 음식만 먹고살 수 없으며 끊임없이 다양성을 꾀한다. 파는 음식을 먹다 먹다 지겨워 생존의 차원에서 자가 조리도 고려해 보는 이들에게 '브로콜리'가 길잡이 노릇을 해줄 수 있기를 바란다.

'브로콜리'는 큰 그림에 맞춰 나온 칼럼이자 책이다. 2013년 《외식의 품격》으로 발걸음을 내딘 식문화 총서의 한 권을 이루는 가운데, 특히 2020년 출간된 《조리 도구의 세계》와 짝을 이룬다. 각각 식재료와 조리 도구의 기초 지식을 제공하니 이 책들만 있다면 나만의 부엌살림을 꾸려나가는 데 아무런 어려움이 없으리라 장담한다.

'세심한 맛' 연재 당시 섭외를 맡은 홍수현 기자, 연재 내내 외고 관리를 맡았던 강지원 기자에게 깊이 감사드린다. 덕분에 이 책이 세상에 나올 수 있었다.

2022년 4월

이용재

1

향신료와 필수 요소

Herb, Spice & Essentials

카레

얼마 전, 페이스북이 눈치도 쓸데도 없이 지난 일을 상기시켜 주었다. 10년 전 설에 만들었던 음식의 인스타그램 포스팅이었다. '왜 이걸 굳이?' 잊고 있었던 일이 떠올랐다. 어머니가 편찮으시다며, 가족들이 먹을 음식을 해 와달라는 부탁을 받았다. 하는 것 자체는 어렵지 않지만 음식이라는 게 늘 만드는 사람만 만드나 싶어서 마음이 불편했다. 굳이 집밥을 고집할 필요가 있나 싶기도 했다.

그렇게 불편한 마음을 주섬주섬 그러모아서 이것저것 음식을 만들었다. 현대 서양 요리의 집대성인 《모더니스트 퀴진》의 레시피를 응용한 갈비찜(48시간 저온 조리), 《한식의 품격》에서 언급한 전(돼지고기는 직접 갈고 채소는 한 번 볶아 수분을 빼고 맛을 들인다)과 잡채 세 가지를 새벽 3시까지 혼자 만들었다. 그리고 여러모로 질려버려(재미없는 한국의 가족 이야기는 생략하겠다) 그 뒤로 다시는 동그랑땡이나 잡채를 만들어 먹지 않는다. 갈비찜이나 가끔 압력솥에 속성으로 끓여 먹을 뿐이다.

이렇게 명절 음식을 퇴출시켜 버린 뒤 연휴에는 카레나 한 솥 끓여 느긋하게 영화나 보면서 보낸다. 카레는 향신료의 조합이니 며칠 두고 먹기에도 좋다. 솥을 불에 올리고 보글보글 끓어도 신경 쓰지 않고 청소와 정리를 끝낼 수 있을 만큼 손도 많이 가지 않는다. 물론 모든 카레가 다 똑같은 건 아니다. 시간과 노력을 크게 들이지 않고서도 카레의 울타리 안에서 맛의 다양함과 조리의 즐거움을 찾을 수 있는 방식을 살펴보자.

첫 번째는 완전히 조리된 채로 파우치에 담겨 전자레인지 등에 데우기만 하면 되는 레토르트 카레다. 1981년에 처음 출시됐으니 역사가 짧지도 않을뿐더러 한국 최초의 레토르트식품이기도 하다.

두 번째는 인스턴트 카레다. 채소나 고기 등을 볶다가 물을 넣고 끓이는, 초콜릿처럼 생긴 고형이나 가루 제품 말이다. 초등학교에 채 들어가기도 전의 어린 시절에 처음 고형 카레를 보고 초콜릿으로 혼동해 씹어 먹은 기억이 있다. 농축된 맛과 향이 얼마나 진하던지. 비교적 간편하게 음식다운 음식을 만들어 먹을 수 있다는 게 인스턴트 카레의 장점이다.

성취감이 요리의 자가 학습에 미치는 긍정적인 영향을 감안해도 인스턴트 카레는 의미 있는 식재료다. 나도 본격적으로 자취를 시작한 대학 3, 4학년 시절 카레로 생활 요리를 수련했다. 당시 처음 나왔던 것으로 기억하는 매운 스팸을 식용유에 지져 맛을 뽑아낸 뒤 양파를 볶고 당근, 감자를 더해 자주 끓여 먹었다. 익숙해지고는 가끔 집으로 부르는 친구들을 위한 붙박이 메뉴로 자리를 잡았다.

이제는 향신료를 배합해서도 얼마든지 끓여 먹을 수 있지만 그 특유의 맛에 이끌려 여전히 인스턴트 카레에 손이 간다. 밀가루와 식물성유지(팜유 등)가 걸쭉함을 불어넣고 글루탐산나트륨이 감칠맛을 보태는 인스턴트 카레 나름의 요리 문법 말이다. 그래서 인스턴트 카레에 맛 전체의 책임을 맡기는 대신 나머지 재료의 조리는 다듬고 격을 높여준다.

일단 매운 스팸은 너무나 당연하게도 고기로 바뀌었다. 소나 돼지, 더 나아가 닭이나 양 모두 카레에 나름의 맛을 불어넣는 가운데, 적절한 부위의 선택이 중요하다. 운동을 많이 해서 맛이 진하거나 지방이 적절히 섞인 부위를 써야 뭉근히 오래 끓였을 때 부드럽게 분해되는 한편 맛도 북돋아주기 때문이다. 소라면 마블링이 적절히 섞인 목심이 가장 좋고 구워 먹기는 어려운 자투리 갈빗살도 잘 어울린다. 양도 소와 똑같이 목심, 어깻살 등을 고른다. 한편 마블링이 별로 없으며 삼겹살, 목살 같은 부위를 직화로 구워 먹는 돼지라면 또렷한 비계층이 있고 가격도 싼 다릿살이 제격이다. 마지막으로 닭은 가장 운동을 많이 하는 부위인 넓적다리가 카레에 적합하다.

고기를 마련했다면 소금과 후추로 간하고 기름을 둘러 중불로 달군 냄비나 팬에 한 켜로 올려 앞뒷면을 고루 노릇하게 지진 뒤 잠시 건져내 접시에 담는다. 같은 냄비에 양파를 잘게 썰어 고기에서 배어 나온 기름에 투명해질 때까지 볶고 포장지의 레시피에 따라 카레와 물, 고기를 더해 끓어오르면 약불로 줄이고 뚜껑을 비스듬하게 덮어 30분가량 끓인다. 고기가 부드럽게 익었다면 당근, 감자 등 좋아하는 채소를 더해 15~20분 더 익힌다. 그런데 왜 양파 외의 채소는 볶지 않는 걸까? 한 켜로 고르게 깔아 센 불로 지질 수 있는 여건이 아니라면 의미 있는 효과를 낼 수 없기 때문이다.

세 번째는 인스턴트 가루로 대체하는 방식이다. 인스턴트 특유의 맛은 고수하면서 조미료나 식물성지방 등이 빠져 조금 더 명료한 카레를 먹고 싶을 때 작은 변화로 큰 효과를 낼 수 있는 방식이다. 유리병에 담겨 나오는 '커리', 일본에서 만든 '카레' 등 선택지도 다양하다. 다만 향신료로만 이루어진 카레 가루를 쓸 때는 인스턴트 제품에서는 기본으로 갖추고 있는 걸쭉함을 따로 내줘야 한다. 그래야 카레가 줄줄 흐르는 국이 돼 밥알 사이로 스며들지 않는다. 두 번째 방식을 따라 고기를 지진 뒤 꺼내고 양파를 볶아 투명해지면 밀가루를 솔솔 뿌린 다음 생밀가루의 냄새가 가실 때까지 함께 볶는다.

이후 과정은 인스턴트 카레와 똑같다. 요즘은 냄비를 뜨겁게 달군 뒤 고기를 지지는 과정이 번거로워서 압력솥으로 최대한 빨리 카레를 끓인다. 버터를 넉넉히 녹여 양파를 볶다가 밀가루를 더하고 익혀 루를 만든 뒤, 물과 고기를 더해 압력솥을 닫고 최대 압력에서 20~30분 끓인다. 그리고 압력을 낮춰 뚜껑을 열고 당근, 감자 등을 넣은 뒤 15~20분 더 끓인다. 압력솥의 장점을 취해 고기를 익히는 시간을 줄이는 한편, 졸여서 맛을 농축시키지 못하는 단점을 마지막에 보완해 주면서 채소까지 익히니 일석삼조다.

네 번째이자 카레의 끝판왕은 양념까지 직접 만드는 것이다. 가루 향신료로 만들어도 의미가 있지만 이왕이면 씨앗이나 열매 형태 제품을 권한다. 갓 갈아낸 신선하고도 섬세한 향이 이미 가루를 낸 제품과 비교할 수 없을 정도로 풍성해 즐거움의 차원이 다르다. 카레 끝판왕은 일종의 무규칙 이종격투기 같아서 어떤 조합도 가능하다는 게 장점이다. 책 한 권을 가득 채울 수 있을 만큼 많은 종류의 향신료를 원하는 대로 섞을 수 있는 가운데, 집에서는 커민, 카르다몸, 고수씨, 강황, 그리고 약간의 고춧가루로 조제하기를 추천한다. 모두 가루나 씨앗의 형태로 마트 등에서 구할 수 있으니 한 번쯤 만들며 인스턴트나 기성품과의 향을 비교해 보는 것도 재미있다.

나는 어떤 방식을 고르든 보통 두 끼 반에서 세끼 분량의 카레를 끓인다. 일단 막 끓이자마자 한 끼, 다음 날 한 끼를 밥에 얹어 먹고 남은 건 우동 면을 버무려 먹는다. 우동 면은 건면보다 이미 익힌 즉석 제품이 제격이다. 냄비에서 두

끼 분량을 덜어 먹은 뒤, 남은 카레에 물을 조금 더해 약불에서 끓이다가 면을 넣는다. 포장 속에서 뭉쳐 있던 면이 풀어지면 달걀 한 개를 깨어 카레에 넣고 그대로 뚜껑을 덮어 수란처럼 익힌다. 마무리로 파나 쪽파를 송송 썰어서 뿌려 먹는다. 연휴에 적어도 세 끼니는 고민을 덜 수 있으니, 남는 시간엔 푹 쉰다.

인스턴트라고 볼 수 없지만 그만큼 간편한 '커리'도 있다. 태국 등 동남아시아의 제품인데 재료를 빻아 페이스트로 가공해 코코넛밀크나 닭 육수를 붓고 끓이다가 새우 등의 재료를 더해 마무리하면 10~20분 만에 먹을 수 있다. 녹색, 빨간색 등의 색깔이 각각 다른 맛을 상징하니 나름 골라 먹는 재미가 있다. 녹색, 즉 그린 커리는 청고추, 레드 커리는 홍고추를 바탕으로 커민, 마늘, 생강, 고수 잎, 레몬그라스 줄기 등을 함께 빻아 만든다. 스튜보다 수프에 가까울 정도로 묽은 이 커리를 끓였다면 '날리는 쌀'인 인디카로 밥을 지어 함께 먹으면 더 맛있다.

허브

한식에 파나 마늘, 생강 등의 재료를 더하면 맛의 표정이 확 살아난다. 양식의 허브도 같은 맥락에서 이해할 수 있으니,

같은 음식이라도 허브의 사용 여부에 따라 전혀 다른 음식으로 완성될 수 있다.

일단 가장 중요한 사실부터 짚어보자. 생허브와 말린 허브는 어떻게 다를까? 식재료는 수분이 빠지면 부피는 줄어들고 맛과 향은 농축된다. 허브도 예외가 아니라서 말린 허브는 향이 훨씬 더 강렬한데, 대신 섬세함은 많이 부족하다. 건조의 과정을 거치며 가장 강한 향만 살아남아 대표 노릇을 하기 때문이다. 때로는 같은 게 맞나 싶을 정도로 강렬함의 차이가 커서, 건조 허브는 코를 가져다 대기가 부담스러울 때도 있다.

따라서 레시피에서 별도로 언급하지 않는 한 생허브 대신 말린 허브를 쓰지 않는다. 생선, 특히 흰살생선처럼 섬세한 식재료에 생허브가 없다고 말린 허브를 쓰면 향이 재료를 압도해 요리 자체를 망쳐버릴 수도 있다. 물론 어떻게든 먹을 수야 있겠지만 식재료가 꿈꾸었고 레시피가 제안한 맛은 전혀 아닐 거라는 말이다. 생허브를 말린 허브로 임의 대체하려는 시도는 대체로 무리이므로 깨끗이 접자. 한국의 허브인 대파나 쪽파로 대체하는 편이 훨씬 바람직하다.

바질

허브에 익숙해지고 싶다면 일단 바질부터 진열대에서 날름 집어 들자. 기본 향 자체가 부담이 적은 데다가 풀의 느낌을 품고 있어 싱그럽다. 게다가 파스타나 피자를 비롯한 이탈리아 음식, 특히 만들기 쉬워 심리적 장벽이 낮은 카프레제 샐러드를 완성하는 허브이기도 하다. 맞다, 이쯤에서 단단히 짚고 넘어가자면 카프레제 샐러드에 절대, 절대로 말린 바질을 쓰면 안 된다. 백지에 가까운 맛에 고소함만 살짝 밴 생모차렐라 치즈, 감칠맛과 신맛이 대개 썩 돋보이지 않는 토마토는 둘 다 연약한 식재료다. 말린 바질이 가볍게 날린 잽마저도 카운터펀치로 받아 쓰러져 일어나지 못한다. 생바질만이 유일한 선택이며, 없다면 차라리 아무 허브도 쓰지 않는 것이 현명한 처사다. 차라리 올리브유에 다진 마늘을 타지 않도록 볶아 맛을 내는 등 아예 다른 각도에서 접근하는 게 낫다. 바질도 직접 키워 먹을 수 있으나 웃자라지 않도록 이파리를 잘 솎아주는 등 최소한의 관리가 필요하다.

이탈리안 파슬리

채소와 함께 중국 요리의 널따란 접시를 장식했던 파슬리는 이파리가 꼬불거린다. 반면 이탈리안 파슬리는 잎이 납작해 '납작잎 파슬리'라고도 불리며 향도 훨씬 더 짙다. '이탈리안' 파슬리다 보니 이탈리아 요리의 각종 소스 등에 많이 쓰이는데, 그중 페스토는 만들기도 쉽고 파슬리 향도 충분히 만끽할 수 있다. 페스토는 '페이스트', 즉 곤죽이라는 의미의 이탈리아어이므로 모든 재료를 한데 넣고 갈아주는 것만으로 만들 수 있다. 대체로 바질이 페스토의 1번 허브지만 우리는 흔하디흔한(그리고 물론 맛있는) 깻잎으로 대체해 만든다. 그렇다면 파슬리가 안 될 것도 없고, 인터넷을 뒤져보면 실제로 레시피도 흔하다. 페스토에서 허브를 바꾼다면 맛의 몸통을 이루는 견과류를 대체하지 못할 이유도 없으니, 비싼 잣 대신 호두를 써도 좋다. 허브, 견과류, 마늘, 파르미지아노 치즈 간 것, 소금, 올리브유를 블렌더에 채우고 정말 곤죽이 될 때까지 잘 갈아준다. 피자, 파스타, 샌드위치 등에 양념으로 두루 쓸 수 있다.

고수

1998년, 미국에 처음 갔을 때 포(베트남 쌀국수)를 처음 먹어봤다. 맞다, 고수를 처음 먹어봤다는 이야기다. 당연히 큰 충격이었다. 세간에 널리 통하는 첫인상처럼 '비누 향이 난다'고 느끼지는 않았지만 말로 표현할 수 없는 괴상망측함, 사실은 낯섦을 느꼈다. 하지만 그것도 잠깐이었으니 익숙해지자 나는 순댓국의 부추나 해물탕의 쑥갓처럼 고수를 포에 말아 먹지 않고는 직성이 풀리지 않는 사람이 됐다. 물론 안 맞는 것을 참고 먹어야 할 필요는 없지만 향이 독특한 식재료나 음식은 적응하는 데 시간이 좀 걸린다. 발효식품이 대표적이지만 고수도 만만치는 않다.

물만 부으면 국물이든 국수든 간단히 끼니가 해결되는

인스턴트 쌀국수가 완전히 자리 잡았으니 고수의 향에 익숙해졌다면 한 다발 갖춰두는 것도 좋다. 아무래도 인스턴트 제품은 건더기도 적고 단출하지만 고수 잎 몇 쪽이 표정만큼은 좀 더 세심하게 바꿔줄 수 있다. 또한 카프레제 샐러드에 바질이 좀 지루하다고 느껴진다면 고수로 바꿔보자. 소량 쓰는 허브 하나를 바꿨을 뿐인데 절반쯤은 새로운 음식이 된 것 같은 느낌을 받을 수 있다. 특히 날씨가 본격적으로 더워지면서 바질 향이 조금 약한 것 같다는 생각이 들 때 고수가 구원투수 노릇을 톡톡히 할 수 있다. 그 외에도 올리브, 가지, 병아리콩, 코티지나 페타 치즈 등을 바탕으로 만든 소위 지중해풍 샐러드나 살사, 과카몰리 같은 멕시코 음식에도 빠지면 섭섭하다.

이탈리안 파슬리와 고수는 바질보다 작은 이파리가 다소 빽빽하게 달린 줄기를 다발로 모아 판다. 따라서 바질처럼 이파리를 하나하나 떼어 쓰려다가는 지쳐 식욕까지 잃을 수도 있다. 게다가 잎이 얇아 손을 너무 많이 타면 거무죽죽하게 멍들어 음식과 만나기도 전에 향을 잃을 수도 있다. 다발 전체, 혹은 쓸 만큼만 나눠서 흐르는 물에 가볍게 씻은 뒤 물기를 털고 도마에 올린다. 그리고 칼날이 내 몸과 반대 방향으로 가도록, 즉 '백핸드'로 잡고 살짝 눕혀 이탈리안 파슬리 혹은 고수를 훑는다. 적당한 크기로 썰려 나오는 이파리를 한데 모아 칼로 곱게 다지면 손쉽게 준비를 마칠 수 있다.

딜

가늘고 곧고 하늘하늘한 이파리가 탐스럽게 모여 다발을 이루는 허브인 딜은 일단 세 가지만 기억하면 된다. 오이 피클과 연어, 그리고 감자다. 오이 피클을 담글 때 더해주거나 훈제 또는 염장 연어에 곁들여 먹는다. 한편 감자가 지닌 고소함의 끝에도 효과적으로 향을 입혀주니 딜 이파리를 드레싱에 더해 감자 샐러드를 버무려준다. 단짝인 마요네즈만 써도 좋고 맛이나 질감이 한 층 더 가벼워지도록 요구르트나 사워크림을 적당히 섞어도 좋다. 딜 이파리 한 숟가락 정도로 마무리만 해준다.

로즈메리와 타임

"스카버러 박람회에 가본 적 있나요? 파슬리, 세이지, 로즈메리와 타임." 영국의 옛 노래를 사이몬 앤 가펑클이 리메이크한 '스카버러 페어(Scarborough fair)'는 중세 시대에 요크셔의 스카버러에서 열린 45일짜리 대규모 박람회였다. 가사의 첫 줄이 읊듯 로즈메리와 타임은 대개 듀오로 맛의 들판을 함께 거닌다. 이파리가 아주 자잘하니 직접 먹기보다 음식에 향을 불어넣는 데에 주로 쓴다. 풀보다 꽃에 더 가까운 향은 고기를 익힐 때 한두 줄기 슬며시 꼽사리 끼워주는 것만으로도 마음껏 활개를 쳐 요리에 고급스러움을 불어넣는다. 재료에 크게 구애받지 않고 있는 걸 쓰거나 아예 둘을 섞어도 좋다.

다만 로즈메리는 닭고기, 타임은 소고기와 돼지고기에 좀 더 잘 어울린다는 점만 기억하자. 닭고기라면 오븐 통구이를 할 때 배 속에 레몬과 줄기 한두 대를 함께 채워준다. 돼지고기는 손가락으로 줄기를 훑어 떼어낸 이파리를 칼로 곱게 다진 뒤 소금과 후추로 간할 때 겉에 가볍게 입혀 지지거나 돈가스를 만든다. 마지막으로 소고기라면 닭과 비슷하게 스테이크를 굽는 팬에 통마늘과 함께 한두 줄기 던져 넣는다. 소고기에서 배어 나오는 기름을 만나 신난다며 마음껏 향을 발산할 것이다.

민트

지금까지 살펴본 허브가 대체로 짠맛 위주의 음식을 위한 것이라면 민트는 단맛 위주의 음식에 주로 쓰인다. 헤밍웨이의 칵테일이었다는 모히토나 남녀노소 구분 없이 열렬하게 사랑하는 민트 초코 아이스크림을 생각해 보면 입지를 단박에 이해할 수 있다. 모히토는 복잡한 칵테일도 아니라서 프로 바텐더가 만드는 것만큼 훌륭하지는 않겠지만 흉내라도 낼 줄 알면 손해 볼 것은 없다.

민트 잎 서너 장을 빻아 향을 끌어낸 뒤 럼 60밀리리터,

라임주스 20밀리리터, 설탕과 물을 동량으로 끓여 만든 시럽 15밀리리터에 얼음을 더해 잘 섞는다(럼, 라임주스, 설탕의 비율을 기억하면 양을 더 늘려 만들 수도 있다). 섞은 럼을 높은 잔에 담고 나머지를 탄산수로 채운다. 참으로 간단하지만 이마저도 시도해 보고 싶은 생각이 들지 않는다면 물에 레몬과 함께 민트 잎을 더하는 것만으로도 삶이 엄지손톱만큼이나마 윤택해질 수 있다.

허브 보관법

허브는 연약하다. 매일 물을 갈아주면 적어도 일주일은 바라볼 수 있는 꽃보다 더 빨리 시들어버린다. 게다가 향이 말린 것과 비교해 상대적으로 약하다는 의미이지 절대로 약하지 않다. 따라서 소포장으로 팔더라도 처음 몇 장, 몇 줄기만 쓰고 잊고 있다가 버리는 경우가 허다하다. 더군다나 허브는 특수작물이다 보니 싼 편도 아니고 모든 마트에서 팔지도 않는다. 결국 보관을 잘해 사용 기한을 늘리는 게 최선이다.

일단 구입한 상태 그대로 보관한다면 물기를 축인 종이 행주로 가볍게 감싸서 지퍼백에 담아 냉장 보관한다. 이때 허브가 썩을 수 있으므로 물기는 머금되 수분은 없도록 섬세합을 발휘하자. 종이 행주 자체에 물을 묻힌 뒤 짜기보다 분무기를 쓰는 게 더 낫다. 적어도 일주일은 멀쩡히 두고 쓸 수 있다.

일단 쓰고 남은 것을 당장 쓸 일이 없다면 아예 다른 전략을 쓴다. 허브를 쓸 만큼만 소분해 다지거나 채 썬 뒤 얼음틀에 담고 물을 부어 얼린다. 완전히 얼고 나면 틀에서 꺼내 지퍼백에 옮긴다. 이제 필요할 때마다 얼음을 녹여서 쓰면 된다. 다진 마늘을 냉동 보관하는 요령과 흡사하다. 아무래도 냉동하기 전만큼 신선할 수는 없겠지만 그래도 궁여지책이라고 말린 허브를 쓰는 것보다는 훨씬 낫다.

마지막으로 생허브를 종이 행주에 감싸 전자레인지에 1~3분 돌리면 나만의 즉석 건조 허브를 만들 수도 있다.

겨울 향신료와 뱅쇼

"삼촌은 계피 뭐에다 쓰게?" 시장 초입의 음식점에서 물냉면과 빈대떡을 먹고 내려와, 눈에 띄는 매대에서 계피 더미의 가격을 물었다. 맨 바깥 껍질까지 붙어 있는 나무 껍데기였다. "와인 좀 끓이려고요. 그 김에 수정과도 만들까 싶고요."

정말 오랜만에 청량리 종합시장을 들렀다. 6~7년 전에는 매주 이곳을 찾았다. 그야말로 공부하는 마음으로 강서구에서 내부순환로를 타고 가 시장을 돌며 눈에 띄는 식재료를 사다 먹었다. 그러기를 1년여, 흙바닥의 좁은 통행로나 주차 공간 등의 편의시설 부족에 피로함을 느끼고 물건의 품질에도 신뢰를 잃어 발길을 끊었다.

겨울 분위기를 내고 싶을 때는 뱅쇼(Vin chaud)만 한 게 없다. 프랑스어로 '뜨거운 와인'을 뜻하는 뱅쇼는 유럽 전역에서 즐기는 겨울 음료로, 독일이나 오스트리아에서는 글뤼바인(Glühwein), 노르웨이 등의 북유럽 국가에서는 글뢰그(Gløgg 또는 Glögg) 등으로 불린다.

이왕 분위기를 내는 김에 향신료를 사러 경동시장을 찾았다. 뱅쇼는 외국 음식이니 백화점 식품 코너의 진열장에 가지런히 놓인 향신료 병이나 찾아야 끓인다고 여길 수 있다. 하지만 대다수의 재료는 약재상에서 비슷하거나 다른 이름으로 이미 오래전부터 우리의 곁에 있었다. 계피와 팔각, 정향이 그렇고 뱅쇼에는 필요하지 않지만 베샤멜소스(Béchamel sauce) 등에 그야말로 약방의 감초처럼 빠지지 않는 너트멕도 한약방에서 육두구로 살 수 있다. 맥락이 달라서 그런지 가격도 차이가 크다. 시장에서는 뭉텅이로 싸게 팔고 백화점에서는 조금씩 비싸게 판다.

사실 나는 뱅쇼를 만들 모든 재료를 갖추고 있다. 찬장에 각종 향신료를 틈틈이 사모은 지 10년도 넘었다. 향신료만큼 같은 음식에 다른 느낌을 불어넣는 식재료가 없기 때문이다. 집에 와서 뒤져보니 서로 다른 상표의 계피를 세 가지나 가지고 있었다. 여행하면서 슈퍼마켓이나 향신료 전문점에서 사 모은 것들이다. 여기에 두 가지를 더 사왔으니 계피만 다섯 종류다. 모두 같지는 않지만 너무 다르지도 않다.

무슨 말인가. 계피의 세계는 크게 둘로 나뉜다. 언제나 헛갈리기에 완벽하게 기억하지 못하고 참고 자료를 뒤져보면서 다시 상기한다. 그만큼 헛갈린다는 말이다. 먼저 우리에게 수정과의 재료로 친숙한 계피는 카시아 계피(Cassia cinnamon)다. 껍질이 두껍고 색도 조금 더 진해 짙은 붉은색을 띠며 향도 더 강하다. 특히 우리가 계피의 특성으로 가장 강렬하게 기억하는 맵고도 알싸한 향을 지닌다.

투박하다 싶은 나무껍질만 몇 묶음 사려는데 판매자가 "더 좋은 계피가 있는데, 정향도 필요하겠고"라며 안쪽에서 무엇인가를 들고 온다. 맨 바깥쪽의 나무껍질은 벗겨내고 없는, 좀 더 손질된 계피로 포장에는 '시가 계피'라는 이름이 붙었다. 하지만 두께로 보건대 가공만 다르게 한 카시아 계피다. 껍질이 돌돌 말려 있어 '시가 계피'라는 이름으로 불리는 모양인데, 진짜 시가를 닮은 계피는 따로 있다. 두 번째 계피인 실론 계피(Ceylon cinnamon)다. 종잇장에 비유해도 될 만큼 껍질이 얇아 돌돌 말린 모습이 정말 시가, 즉 엽궐련과 닮았다. 이런 생김새만으로도 구분할 수 있지만 특징도 조금씩 다르다. 카시아 계피에 비해 색이 옅으며 향은 좀 더 부드러운 가운데 달콤하다. 그래서 '실론 계피가 진짜다'라는 이야기도 많이 돈다. 다섯 가지 계피를 모두 꺼내놓고 보니 실론 계피는 미국의 향신료 전문점에서 산 것 하나뿐이었다.

계피의 세계는 사실 뱅쇼의 대세와는 별 관련이 없다. '끓이는 김에 한번 알아보자'는 마음으로 소개할 뿐이다. 게다가 프랑스에서는 미국과 달리 뱅쇼의 재료로 계피에 그다지 집착하지 않는다. 프랑스에 머물며 요리하는 미국인 셰프 데이비드 리보비츠(블로그로 활발히 활동할 뿐만 아니라 국내에도 요리책 《파리의 부엌》 등이 소개된 바 있다)는 "프랑스는 미국만큼 계피를 좋아하지 않는다"며✢ 다른 향신료로 끓인 뱅쇼 레시피를 소개한다.

그렇다면 다른 향신료는 무엇인가? 일단 뱅쇼에 빠지지 않는 두 가지가 있다. 바로 팔각과 정향이다. 팔각은 이름처럼 여덟 개의 꼭짓점이 있는 별 모양의 열매로 오향장육 같은 중식, 혹은 포 같은 베트남 국물 음식의 핵심 향신료다. 팔각은 다른 향신료를 압도하는 경향이 있어 찬장에 함께 두지 않는다. 정향(혹은 클로브)은 꽃봉오리로 핀 향신료로 못과 흡사하

✢ 자세한 내용은, https://www.davidlebovitz.com/hot-mulled-wine-recipe-vin-chaud/

게 생겨, 재료에 박아 넣어 향을 불어넣는다. 여기에 애플파이에 향을 보태는 카르다몸을 추가하면 계피에 의존하지 않아도 뱅쇼를 끓일 수 있다. 셋 다 계피에 비하면 달콤함은 적고 표정이 확연히 다른 강렬함을 지녀 뱅쇼의 뒷자락에 복합적인 향을 불어넣을 수 있다. 모두 시장이나 백화점 식품 코너, 그도 아니라면 인터넷 오픈마켓에서 살 수 있는 향신료다.

장기 보관이 가능한 마른 재료만으로도 뱅쇼를 얼마든지 끓일 수 있지만, 냉장고에 둘 가능성이 높은 생식 재료 한두 가지를 더 첨가할 수도 있다. 첫 번째는 생강이다. 나붓하게 한두 쪽 썰어 넣는다. 두 번째는 오렌지 껍질이다. 요즘은 미국과 호주를 넘어 칠레 등지에서도 오렌지가 수입된다. 따라서 과육도 아닌 껍질쯤이야 큰 어려움 없이 찾을 수 있다. 한 줄 정도 넣거나, 아예 과육과 함께 통째로 썰어 넣고 끓여도 좋다. 생강이야 늘 냉장고에 있으니 나는 오렌지 껍질을 말린 것으로 대체해 티백 같은 뱅쇼 키트를 만들어둔다. 지금까지 살펴본 계피, 팔각, 정향, 카르다몸에 말려서 굵게 간 오렌지 껍질까지 마트에서 파는 다시백에 담아둔다. 뱅쇼가 생각날 때 찬장을 뒤지고 향신료 병을 이것저것 뒤져 재료를 수합하는 번거로움에서 조금 자유로워질 수 있다. 옥수수전분으로 만든 친환경 생분해 다시백에 담으면 뱅쇼를 끓이고 나서 환경 걱정 없이 그대로 버릴 수 있어 더 좋다.

그런데 향신료만 갖춘다고 뱅쇼를 끓일 수 있는 것은 아니잖은가. 맞다, 당연히 '몸통'인 와인이 필요하다. 뱅쇼를 포함해 요리에 곁다리로 쓰는 와인을 두고는 늘 두 가지의 주장이 충돌한다. '그대로 마실 수 없을 만큼 맛이 없는 것은 쓰지 않는다'와 '아니다, 맛이 없을지언정 최대한 싼 걸 써도 상관없다'이다. 맥락에 따라 둘 다 맞는 말이지만 와인이 생산되지 않는 한국이라면 전자의 울림이 좀 더 크다. 세금 탓에 와인의 가격대가 기본적으로 높게 형성된 한국에서는 너무 싼 와인은 정말 맛이 없을 가능성이 높기 때문이다.

너무 맛없는 와인으로 만들면 맛이 없고 그렇다고 비싼 와인으로 만들기는 아깝다. 절충안은 없을까. 물론 있다. 소위 '데일리 와인'이라 불리는, 매일 마셔도 부담 없는 가격대의 대형마트 등에서 파는 레드와인이나 그보다 조금 높은 가격대의 와인을 고른다. 와인을 따 무리하지 않고 편하게 마신 뒤, 다음 날 남는 걸로 뱅쇼를 끓이면 딱 좋다. 풀어진 와인에 향신료로 활기를 불어넣는다고 여기면 마음도 편하다. 굳이 품종이나 지역을 특정하지 않고도 웬만한 레드와인이면 충분한데, 다만 끓이면 탄닌의 쓴맛이 도드라질 수 있으므로 오크통에서 지나치게 오래 숙성시키지 않은, 어리면서 과일 향이 두드러지는 제품이 좋다. 흔하디흔한 레드와인의 특징이기도 하다.

와인까지 비로소 갖추었다면 냄비에 담아 중불에 올린다. 레드와인 한 병(750ml)을 기준으로 계피, 카르다몸과 정향, 팔각을 한두 쪽씩 넣으면 충분하다. 입맛에 따라 설탕이나 꿀 약간으로 단맛을 더해도 좋다. 끓을락 말락 할 때 약불로 줄여 30분 정도 두었다가 불을 끄고 15분 정도 냄비 뚜껑을 덮은 채로 둔 뒤 향을 충분히 우려낸다. 뱅쇼가 식었다 싶으면 불을 켜 조금 더 데우고 잔에 담아낸다. 얇고 비싼 잔보다는 열에 잘 견디는, 싸고 두툼한 와인잔이나 머그가 좋다.

오랜만에 들른 시장은 보도와 지붕을 깔끔하게 정비한 상태였다. 덕분에 오가며 물건을 들여다보고 사기가 한결 편해졌다. 연근과 마, 두 뿌리채소만 심지 굳게 파는 상인과 매대도 건재했다. 사고 싶은 식재료가 너무 많았지만 출장을 앞둔 길이라 일단은 빈손으로 돌아왔다. 하지만 꼭 시간을 내 다시 찾을 것이다. 시장과 화해한 셈인데, 그런 김에 올해는 몇 년 만에 뱅쇼 키트나 만들어서 주변 이들에게 간단한 선물로 보내야겠다. 각자 좋아하는 레드와인 한 병씩 사서 뱅쇼들 끓이라고. 나는 냄비 두 점을 올려놓을 계획이다. 수정과를 위해 좀 큰 것 하나, 뱅쇼를 위해 작은 것 하나. 작은 냄비의 술이 빨리 끓을 테니 뱅쇼를 끓여 마시면서 수정과를 저으면 딱 좋을 것이다.

후추

부엌과 맛내기의 사소한 듯 가장 큰 변화를 꼽자면 역시 통후추의 대중화다. 어떤 향신료든 갓 갈아낸 것의 향이 압도적으로 다채롭고 풍성한 걸 감안하면 우리의 식탁도 그만큼 앞으로 나아간 셈이다. 이제 통후추를 쓰기가 그렇게 번거로운 일도 아니다. 가장 간단하게는 마트에서 일체형을 사는 것만으로도 갓 갈아낸 후추의 향을 즐길 수 있다. 유리병에 후추가 담기고 뚜껑이 곧 그라인더인 제품 말이다. 하지만 아무래도 내구성이 약할뿐더러 갈아내는 굵기의 조정도 불가능해서 정말 간단한 해법을 찾을 때만 권한다.

여유가 조금이라도 있다면 통후추와 그라인더를 따로 사서 쓰는 게 좋다. 심지어 건전지로 작동하는 제품이 나온 지도 오래됐다. 한 손으로 들고 스위치만 누르면 후추가 갈려 나와 편한 데다가 조리하는 과정에서 식재료, 특히 닭고기 등을 다룬 손으로 만져 일어날 수 있는 교차감염의 위험도 줄여준다. 그 정도까지는 필요 없다면 그라인더의 몸통이 내 손에 맞고 잘 미끄러지지 않으며 (후추를 끓는 음식물 위에 갈아내다가 미끄러져 떨어뜨리면 큰 사고가 날 수도 있다) 버(Burr, 고깔형 칼날)가 잘 버텨주는 제품을 고른다.

그런데 후추는 어떤 향을 지녔을까? 새삼스럽다고 할 수 있지만 소금과 짝으로 습관처럼 쓰다 보니 존재감은 느끼면서도 그 맛과 향은 제대로 기억하지 못할 수도 있다. 이름부터 후추가 느껴지는 후추 스테이크(Steak au poivre) 같은 프랑스 요리도 있지만 굳이 고기를 구울 필요까지도 없다. 믿거나 말거나 후추는 딸기와 아주 잘 어울리기 때문이다.

다만 생딸기를 후추에 찍어 먹는 것보다는 조금 더 공을 들여야 한다. 딸기를 씻어 꼭지를 자르고 세로로 2등분 또는 4등분한다. 넉넉한 크기의 주발에 담아 넉넉한 설탕과 약간의 소금을 솔솔 뿌리고 숟가락으로 잘 버무린다. 술을 마실 수 있는 성인이라면 좋아하는 리큐어를 약간 뿌려주면 향이 배어 한층 더 맛있어진다. 압생트나 진 같은 종류는 물론, 싱글 몰트 위스키나 럼, 심지어 보드카도 괜찮다. 맛을 들이는 데 30분 정도 걸리니 미리 설탕에 재워두고 시작하는 게 좋다.

딸기에 맛이 배었다면 공기나 유리잔 등에 나눠 담은 뒤 후추를 약간 갈아 위에 뿌린다. 딸기 향에 한발 앞서 다가오는 후추의 향이 그저 설탕에 재웠을 뿐인 과일에 조금 더 세심한 표정을 불어넣는다. 조금 더 공을 들일 수 있다면 거품기로 휘저어 올린 생크림이나 마스카르포네 치즈에 후추를 더해 딸기 위에 얹으면 꽤 그럴싸한 디저트가 된다.

흑후추가 부엌의 대세지만 다른 후추를 갖춰둬서 나쁠 것이 없다. 일단 백후추를 권한다. 별것 아니다 싶지만 생선구이 등에 쓰면 살의 흰색을 거스르지 않고도 적절한 향을 불어넣을 수 있다. 사실 백추후는 흑후추의 껍질을 벗겨내 흰 속살만 남긴 것으로 향이 덜 두드러지고 맵기도 덜하다. 생선뿐만 아니라 소스나 으깬 감자 등 흰색 위주의 음식에서 후추의 존재가 두드러지지 않기를 원할 때 쓴다.

다음으로는 녹후추가 있는데 정체는 덜 여문 흑후추 열매다. 보통 소금물에 절인 피클 등에 넣어 생열매로 먹는데, 말리더라도 향이 흑후추만큼 오래가지는 않는다. 마지막으로 적후추는 엄밀히 말하자면 흑후추와 다른 식물에서 나지만 열매의 생김새와 크기가 비슷해 가족 취급을 받는다. 딱딱한 흑후추와 달리 열매가 가볍고 아삭하게 씹히면서 매운맛보다 단맛을 더 많이 내 요리의 고명으로 많이 쓰인다.

소금

소금은 최소 두 종류를 갖출 것을 권한다. 첫 번째는 일반적인, 간을 맞추는 소금이다. 꽃소금(정제염)이든 바닷소금이든 크게 상관은 없다. 다만 알갱이가 너무 굵지도 가늘지도 않은 게 다루기 편하다. 김장 채소를 절일 때 흔히 쓰는 굵은 소금은 재료의 표면에서 잘 녹지 않고, 너무 가는 소금은 손가락(엄지와 검지)으로 균일하게 뿌리기에 번거롭다. 입자별로 분류해 파는 소금 가운데 중간 굵기를 선택하면 두루두루 쓰기 아주 편하다.

두 번째는 맛의 악센트를 주는 소금이다. 알갱이를 그대로 씹어 폭발하는 짠맛을 찰나 선사하고 사라지는 용도로 쓰이는데 이때 씹히는 느낌, 즉 질감 또한 중요하다. 아삭하게 씹혀 맛을 주는 식재료의 질감과 대조를 이뤄 또 다른 즐거움을 자아내는 까닭이다. 맬든(영국)이나 게랑드(프랑스) 소금이 대표적인 악센트 소금이고 그 밖에도 하와이의 화산염, 파키스탄의 핑크 솔트 등 다양한 종류가 있다. 종종 이런 소금을 특유의 색을 내는 광물의 영양에 초점을 맞춰 홍보하는 경향이 있는데, 워낙 적은 양을 먹으므로 큰 의미는 없다. 일반 소금에 비해 가격대가 높아서 선뜻 손이 가지 않을 수도 있지만 한 번 사면 지겹다고 생각될 때까지 오래오래 쓸 수 있으므로 너무 망설이지 말자.

소금을 찾았다면 환경을 잘 조성해 놓는 것도 중요하다. 비싼 소금은 포장 그대로 찬장 등에 두고 쓸 때만 꺼내고, 늘 쓰는 소금은 가까이에 편히 쓸 수 있게 둔다. 다이소에서 파는 천 원짜리 밥공기만 한 밀폐 용기면 충분하다. 엄지와 검지를 필두로 조리하는 손 전체가 편하게 들어갈 만큼 넓고, 너무 깊지 않은 것을 고른다.

오랫동안 음식을 만들어 먹으며 '소금 간은 습관보다 한 발짝 더'라는 법칙을 도출해 냈다. 요리를 오래하다 보면 몸에 밴 습관대로 간을 맞추게 된다. 그런데 신기하게도 소금 간은 여기에서 의식적으로 살짝 더할 때 간이 두드러지는 듯 하면서도 좀 더 생생하게 잘 맞는다. 국물이나 나물은 물론이거니와 소금 간이 중요한 고기나 생선구이에서 특히 두드러진다. 한번 시도해 보시라.

'꼬집'과 '자밤'

2017년에 출간된 《실버스푼: 이탈리아 요리 바이블》의 번역은 1,500쪽이라는 분량만큼이나 부담이 큰 프로젝트였다. 4개월 동안 정해진 분량을 번역해 격주로 납품하는 빡빡한 일정도 만만치 않았지만, 무엇보다 'Pinch'라는 소금의 단위가 의외로 큰 골칫거리였다. 영어를 문자 그대로 해석해 '꼬집'이라 번역하는 경향이 일종의 순우리말 이라는 명분과 맞물려 퍼졌지만 나는 계속 쓰기를 거부 했었다. 경음의 어감도 썩 좋지 않을뿐더러 소금은 엄지 와 검지로 가볍게 집어 올려 쓴다. 살을 꼬집는 것처럼 힘 을 주어 집어 올리지 않는다는 말이니, 듣거나 볼 때마다 내가 꼬집히는 기분이다. 소금 '약간'이라고 옮기는 것 도 피했다. 책의 두께만큼이나 많이 등장하는 실버스푼의 'Pinch'를 그렇게 옮길 수가 없었다.

깊은 고민에 빠져 있던 가운데 담당 편집자가 구세주처럼 '자밤'이라는 단어를 들고 나타났다. '나물이나 양념 따위 를 손가락을 모아서 그 끝으로 집을 만한 분량을 세는 단 위'라는 것이었다. '잡+암'에서 '자밤'이 됐으니 순우리 말인 데다가 '꼬집'보다 어감도 좋으니 어찌 쓰지 않을 수 있겠는가. 편집자 덕분에 나는 큰 시름을 덜 수 있었고, 이 후 '자밤' 전도사를 자처하고 있다. 어감도 좋은 순우리말 이 있으니 이제 소금을 그만 꼬집자. 아프다.

설탕

설탕에 물을 더하거나 가열하면 녹아서 걸쭉한 액체로 변한다. 여기에 팽창제인 베이킹소다를 미량 더하면 부풀어 오르며 달고나가 된다. 드라마 〈오징어 게임〉 덕택에 이제 세계적인 과자로 발돋움한 그 달고나 말이다. 이런저런 사정으로 설탕은 가루지만 물기 있는 재료(Wet ingredient)로 분류돼 마른 재료(Dry ingredient)인 밀가루의 대척점에 선다. 체중 증가나 지방 축적을 통한 건강 악화의 주범으로 설탕이 자리를 굳힌 현실에서 그 물성을 이해하는 것은 무척 중요하다. 몸에 나쁘니 안 먹으면 가장 좋고, 아니더라도 가능한 한 적게 먹어야 한다.

그렇다면 단맛 자체를 문제로 치부하고 배척하면 되는 걸까? 그렇지 않다. 악마의 대변인 역할을 잠깐 맡자면 설탕의 자리는 한식에 분명히 존재한다. 무엇보다 양념과 그 핵심인 고추장, 된장, 간장의 텁텁한 끝맛을 상쇄해 주기 때문이다. 그리고 한발 더 나아가 강렬한 냄새와 자극, 감칠맛이 맞물려 재료의 단점도 일정 수준 가려준다. 따라서 설탕이 한식의 세계에 자리를 잡은 건 어찌 보면 아주 자연스러운 현상이다. 다만, 설탕이 귀했던 시절 처음 쓰기 시작했던 세대가 설탕의 대중화 이후 점차 양을 늘리면서 지금처럼 넘쳐나는 판국이 되지 않았을까 추측한다.

따라서 한식이 현재와 같은 장류 바탕의 양념을 고수하는 한 설탕의 적극적인 개입을 원천 봉쇄 할 수는 없다고 본다. 따라서 설탕의 자리를 인정하고 다음 단계의 오해를 불식시켜야 한다. 설탕을 다른 감미료로 대체할 수 있다는 오해 말이다. 아니, 당장 거기까지 두 걸음을 내디딜 필요까지도 없다. 일단 첫걸음부터. 모든 설탕은 같지 않아서 설탕 같은 설탕은 백설탕뿐이다.

설탕이 '위험한' 식재료라는 인식이 퍼져 있기 때문에 어떻게든 피해가려는 시도가 만연하다. 불고기에는 양파나 배를 갈아 쓰고, 다른 요리에는 더 건강하다는 올리고당이나 심지어는 매실청 등을 쓴다. 단맛을 둘러싸고 모두가 애를 쓰는 현실이지만 가장 중립적이고도 정확한 맛을 주는 감미료는 좋든 싫든 백설탕이다. 비정제 설탕은 영양소가 더 많아서 좋다거나 올리고당이 더 건강하다는 등 설탕과 감미료를 둘러싸고 벌어지는 주장은 근거가 희박하다.

이런 오해부터 풀어야 단맛의 세계에서 균형을 맞출 수 있다. 끼니의 단맛은 줄이되 건강보다는 맛의 개선을 위한다는 개념으로 접근해야 한다. 같은 맥락에서 설탕, 즉 백설탕은 맛의 세계에서 대체제가 없음을 숙지 및 인정하고 '적절히 쓰기=잘 쓰기'라는 개념으로 접근해야 한다. 일단 이렇게 짚어준 뒤 전체 끼니에서 단맛과 당의 덩치를 줄이고, 식후의 음식에 재투자를 해야 한다. 디저트를 즐기고 싶다면 끼니에서는 좀 덜 먹어야 한다는 말이다.

요령은 그리 어렵지 않다. 설탕을 주된 조미료라기보다 맛의 카메오, 즉 우정 출연 정도로 여기면 된다. 한식 전체, 특히 장류로 맛을 내는 음식에서 끝에 남는 텁텁함을 상쇄해 주는 용도로 활용해 보자. 만약 이유 불문하고 백설탕을 피하고 싶다면 다음의 사항을 고려해 보자. 앞에서도 잠깐 언급했듯 비정제 설탕이나 흑설탕 등은 딱히 더 건강한 식재료가 아니다. 따라서 이런 설탕을 쓴다면 효능보다는 입자나 맛, 수분 등의 차이를 활용할 수 있도록 접근하는 게 바람직하다. 흑설탕 특유의 당밀 향은 간장과 짝을 잘 맞추면 조림 등에서 개성적인 맛의 표정을 낼 수 있다.

한편 물엿을 비롯한 액체 감미료는 단맛보다 음식의 촉촉함을 유지하는 데 자기 몫을 더 잘한다. 따라서 단맛을 너무 강하게 내지 않으면서 음식이 수분을 잃지 않도록 해주고, 멸치볶음처럼 재료를 한데 아우르는 데 쓰기 좋다. 양식에서는 캐러멜 등을 만들 때 설탕이 쉽게 결정화돼 굳는 것을 막기 위한 목적으로 물엿 등을 첨가한다. 메이플시럽을 한 병쯤 갖춰두면 팬케이크 등에 끼얹어 먹는 데는 물론, 겨울철 따뜻하게 데운 우유에 향과 단맛을 더하는 데 요긴하다. 마지막으로 물엿이나 올리고당에 묻어서 쓰이는 아가베 시럽은 특유의 신맛이 음식을 망칠 수 있으니 권하지 않는다.

얼음

모든 얼음은 똑같지 않다. 물을 얼리기만 하면 되니까 얼음을 쓰기란 아주 간단할 것 같다. 사실과 거리가 멀다. 대여 가능한 정수기나 냉장고의 제빙기, 그것도 없다면 냉장고에 딸려 나오는 틀에 물만 담아서 얼리면 일단 얼음이 되기는 된다. 하지만 얼음이 가장 필요한 여름을 견딜 수 있는 능력은 갖추지 못한다. 단단하지 않아 빨리 녹는다. 따라서 음식에 냉기는 많이 보태지 못하는 한편 맛은 금세 흐려진다. 얼리고 보관하는 과정에서 냉동실 특유의 냄새가 밸 가능성도 높다.

그래서 얼음은 사서 쓰는 게 좋다. 물을 사 먹는 세상이니 얼음도 딱히 이상할 이유가 없다. 집밥과 바깥 밥이 화력 등 조리 환경에 따라 달라지듯 집 얼음과 바깥 얼음도 크게 다르다. 특히 온도의 치밀한 관리로 인해 가정의 냉장고와 비교가 어려운 수준의 얼음을 편의점에서 쉽게 사서 쓸 수 있다. 그렇다면 좋은 얼음의 조건은 무엇일까? 크게 두 가지, 즉 강도(혹은 밀도)와 투명도를 꼽는다. 강도는 정말 실용적인 조건이다. 앞에서 잠깐 언급했듯 얼음이 단단해야 너무 빨리 녹지 않는다. 얼음을 잔에 담고 물을 부으면 와사삭, 깨지는 경우가 많다. 단단하지 않아 급격한 온도 변화를 견디지 못해 벌어지는 일이다.

투명도는 다소 미적인 조건이다. 차가움은 투명함과 잘

맞물리니 얼음이 투명하고 깨끗할수록 음식이나 음료도 한결 더 맛있어 보인다. 가정용 냉장고에서는 얼음이 높은 온도에서 빨리 언다. 따라서 순수한 물이 바깥부터 먼저 얼고 미네랄이나 침전물 등이 가운데로 몰려 탁해진다. 틀에 넣어 얼린 얼음의 가운데가 뿌연 이유다. 결국 단단하면서도 투명한 얼음의 비결은 높은 온도와 긴 시간이다. 어는점(0℃)보다는 낮으면서도 최대한 가까운 온도에서 48시간 이상 오래 얼려야 얼음이 투명해진다는 말이다. 영하 20도 안팎인 데다가 다른 음식 및 식재료와 공유하는 공간인 가정의 냉동고에서는 이루기 어렵다. 이처럼 요모조모 따져보면, 얼음은 사서 쓰는 게 정답이다. 편의점에서 파는 돌얼음이 최고인데, 당연하지만 가계에 부담이 되지 않을 정도로 싸다.

너무나 직관적이므로 얼음의 쓰임새를 살펴본다는 게 우습게 들릴 수도 있지만, 그래도 응용이 가능한 경우 하나만 살펴보고 넘어가자. 여름에 제맛인 비빔면을 예로 들겠다. 오른손이든 왼손이든 어떤 손으로 비벼도 상관은 없지만 미지근, 혹은 더 나아가 뜨거운 비빔면의 고통을 맛본 이라면 안다. 비빔면은 면발이 일단 차가워야 맛있는데, 여름에는 수돗물도 미지근해 생생함을 느끼기가 어려우니 얼음으로 온도를 낮춰주면 몇 갑절 나아진다.

다만 '세상만사는 타이밍'이라는 말이 있듯, 얼음을 물에 넣는 시점을 잘 잡아야 최고의 시원함을 얻을 수 있다. 찰나

전까지만 해도 펄펄 끓는 물에서 익던 면이라면 얼음의 기운을 이미 충분히 흡수해 차가워진 물에 담가야 한다는 말이다. 그러자면 면이 다 익은 시점에 얼음을 준비할 게 아니라, 미리 얼음을 물에 충분히 녹여놓아야 한다.

게다가 비빔면은 면을 삶는 시간이 3분 정도로 짧은 편이다. 따라서 우물쭈물하다가는 면을 제대로 식힐 타이밍을 놓칠 수 있다. 그래서 조리 과정을 머릿속에 담고 순서에 따라 차근차근 움직이는 게 좋다. 일단 면 삶을 물을 끓인다(전기주전자가 대체로 빠르고 효율적이다). 그동안 면이 완전히 잠기고도 넘치지 않을 만큼의 물을 담을 수 있는 넓은 사발 또는 볼에 물을 담고 얼음을 적당량 넣는다. 물이 끓으면 면을 삶는다. 그동안 얼음이 웬만큼 녹아 물이 충분히 차가워질 것이다.

3분이 지나면 면을 채반에 밭쳐 물기를 완전히 뺀 뒤 차가워진 물에 담근다. 물의 온도가 손으로 느낄 수 있을 정도로 올라갔다면 얼음을 더 넣는다. 면의 양에 따라 1~2분 정도 담가두는데, 그 사이에 오이를 채 치거나 미리 삶아둔 달걀을 반 가르고 그릇을 꺼내는 등 마무리 준비를 한다. 차가워진 면을 건져 물기를 말끔히 걷어낸 뒤 사발에 담긴, 차가움이 가시지 않은 물을 비빔면을 담을 그릇에 붓는다. 그리고 아직 냉기가 가시지 않은 사발에 면을 비빈 뒤 그릇의 물을 버리고 담아 오이나 달걀 등을 올려 먹는다.

이렇게 준비하면 면뿐만 아니라 비비고 담아 먹는 그릇의 온도까지 비슷하게 낮으니 한결 시원한 비빔면을 먹을 수 있다. 커피 추출이나 칵테일 조제 시 흔히 쓰는 과정의 응용이다. 음료부터 잔까지, 모든 요소의 온도를 비슷하게 맞춰 최종 결과물의 온도를 먹는 동안 최대한 일관적으로 유지한다는 접근 방식이다. 말로 풀어놓으니 길고 번거로운 것 같지만 비빔면을 준비하는 10분 정도의 시간 안에 후딱 벌어지는 과정이다.

흔하고 간단한 비빔면 하나 끓여 먹는데 시원하게 먹으려니 손이 조금 더 간다. 전체의 과정을 머릿속에 미리 넣으려니 생각도 많아진다. 어느 시점에 어떻게 움직이고 무엇을 준비해야 하는가? 사실은 이를 가리키는 전문 용어도 있다. 업계에서는 줄여 '미장'이라 일컫는 프랑스어 '미장 플라스(Mise en place)'다. '모든 것을 제자리에 둔다'는 의미로 몇십 몇백 가지의 식재료와 조리법이 얽히는 레스토랑의 주방에서 거치는 소위 '밑준비'를 의미한다. 천 리 길도 한 걸음부터라고 했으니 비빔면처럼 간단한 조리에도 써먹지 못할 이유가 없다.

육수

통구이를 해 먹고 남은, 살이 붙은 닭(1.5~2kg)의 뼈를 토막쳐 2리터들이 냄비에 담는다. 뼈가 잠길 만큼 물을 부어 아주 약불에서 2~6시간 정도 데우듯 끓인다. 국물이 끓어 대류로 인한 물리적 유화가 일어나지 않도록 육수의 온도는 82~85도를 유지한다. 안 그러면 국물이 탁해진다. 당근 두 개, 양파 한 개, 소금을 넣고 약불에서 1시간 더 끓인 뒤 깨끗한 팬이나 1리터들이 밀폐 용기에 체로 내려 담는다. 맛을 돋우기 위해 마늘 등을 더할 때 통흑후추, 월계수 잎, 파슬리, 타임, 마늘, 대파의 푸른 잎, 토마토 페이스트 등을 함께 끓이면 더 좋다.

번역은 마쳤지만 출간되지 않은 《요리의 황금비(가제)》의 '간편 닭 육수' 레시피다.✝ 그렇다. 2~6시간 동안 끓을락 말락 하는 온도로 유지해야 하므로 계속 신경이 쓰이는 이 조리법이 무려 간편한 축에 속한다. 대체 누가 닭을 통구이를 해서 먹고 그 뼈를 고이 모셔 육수를 끓이겠는가. 본격적인 닭 육수는 이보다 더 손도 신경도 많이 쓰인다. 요리 독학을 하며 몇 번 해보고는 넌덜머리가 나서 다시는 시도하지 않는

✝ Michael Ruhlman,《Ratio: The Simple Codes Behind the Craft of Everyday Cooking》, p93

다. 내가 안 하는 건 남들에게도 권하고 싶지 않으니, (서양) 요리가 마음만 먹으면 얼마나 번거로워질 수 있는지 알려주는 본보기 정도로 짚고 넘어가자.

그리고 최대한 간단하게 닭 육수를 낼 수 있는 요령을 살펴보자. 치킨이 금방 튀겨낼 수 있어 배달 음식으로 흥하듯 닭 육수도 다른 동물의 고기에 비해 육수를 빨리 낼 수 있다. 또한 육수치고도 맛은 중립적인 가운데 맛의 켜를 불어넣는 데는 효과적이다. 다만 의문을 품을 수는 있겠다. 삼계탕처럼 닭을 푹 고아 먹는 음식이 있는데 닭 육수를 딱히 다뤄야 할 이유가 있을까? 이 닭 육수와 삼계탕은 접근 방식이 다르다. 일단 닭 육수는 통닭을 끓이지 않는다. 삼계탕은 채 자라지도 않은 소위 영계를 팔팔 끓여낸다. '1명에 생물체 1마리씩'으로 소유욕을 충족해 주고 닭이 통째로 뚝배기에 들어앉아 있으니 취향에 따라 시각적 완결성이 좋아 보일 수도 있다.

하지만 통째로는 재료의 표면적이 작으니 조리 시간이 길어지는 데다가, 소위 영계는 덜 자라 육수가 진득하게 우러나오지 않는다. 그래서 닭볶음탕(명칭에 대해서 할 말이 많지만 어쨌든 표준어이니 일단 넘어가자)용을 육수의 재료로 권한다. 같은 닭이라도 토막을 쳐놓았으니 표면적이 넓어 빨리 익을 뿐더러 맛을 더 잘 우려낼 수 있다. 게다가 토막 내 부분육으로 파는 닭은 통째로 파는 것에 비해 대체로 더 많이 자라 크기가 커서 국물이 좀 더 진하고 진득하다. 마지막으로 손질이 돼 나왔으니 한꺼번에 많은 양을 조리할 필요가 없는 1~2인 가정의 경우 나눠 쓰기에 훨씬 편하다. 닭볶음탕용은 대체로 850~1.2킬로그램 사이이니 2, 3등분할 수 있다.

넉넉한 크기의 냄비에 닭을 담고 물을 잠기도록 부은 뒤 중불에 올린다. 서양식이라면 '미르푸아(Mirepoix)'라 일컫는 삼대 향신채, 즉 양파, 당근, 셀러리를 더해 끓이지만 한국인이라면 마늘과 파 정도만 넣는다. 이때 한두 자밤쯤 소금 간을 반드시 한다. 본격적으로 끓어오르기 시작하면 최대한 약불로 낮춰 살점이 떨어져 나올 때까지, 한 시간 정도 보글보글 끓인다. 압력솥을 쓰면 조리 시간을 절반 이하로 줄일 수 있다.

다 우려낸 육수로는 일단 닭죽이나 칼국수를 끓여 먹을 수 있다. 둘 다 국물과 고기를 한꺼번에 쓸 수 있는 데다가 금방 조리할 수 있고, 맛 또한 만족스러워 최선의 선택이다. 당장 쓸 게 아니라면 갑자기 국물이 생각날 때를 대비해 비축해 두자. 고기는 건져내 따로 대접에 담는다(마요네즈로 버무리면 훌륭한 샐러드가 된다). 계량컵 등에 냉동 보관용 지퍼백을 벌려 씌우고 국자로 국물을 떠서 담는다. 한 컵(200~300ml)쯤 담기면 지퍼백에 담긴 공기를 완전히 빼고 주둥이를 최대한 납작하게 만들어 닫는다. 지퍼백 표면에 내용물의 명칭(닭 육수)과 만든 날짜를 쓴 뒤 납작하게 눕힌 채로 쟁반에 올리고 냉동실에서 얼린다. 꽝꽝 얼면 세워서 나란히 보관할 수 있으니 냉동실의 공간을 한결 효율적으로 쓸 수 있다.

닭 육수를 쓸 때는 지퍼백에서 잘 빠져나올 수 있도록 전자레인지에 1~2분 돌린 뒤 냄비에 담아 끓인다. 한식으로 닭죽이나 칼국수를 말했는데, 양식이라면 이름과 정체가 불분명한 수프가 있다. 국물을 내고 남은 닭고기와 당근, 푸실리나 오레키에테 같은 짧은 파스타부터 귀리, 콩 등을 더해 맛이 잘 어우러지도록 푹 끓인다. 짧은 파스타가 없다면? 스파게티 같은 긴 면을 부스러기가 사방으로 튀지 않도록 종이 행주로 감싸 서너 토막으로 뚝뚝 꺾어 쓴다. 닭 육수는 좋은 맛의 바탕이며 통조림 토마토로 맛을 내면 또 다른 표정의 음식이 된다. 세계적인 베스트셀러처럼 영혼까지 달래주는지는 잘 모르겠지만 겨울밤의 싸늘함을 버틸 수 있을 만큼은 푸짐하고 따뜻하다.

하지만 이마저도 번거롭다고? 인스턴트 육수의 세계도 실로 다양하니 좌절하거나 맹물을 쓰지는 말자. 일단 닭 육수만 하더라도 고형과 페이스트형의 인스턴트 제품이 있다. 제품을 고를 때는 원료의 목록이 최대한 짧은 것을 사는 게 맛과 상관없이 마음 편하다. 온갖 첨가물이 난립하는 세상이다 보니 영어 문화권에서는 '직관적으로 발음할 수 없는 원료가 들어간 식품은 사지 말라'는 말이 통한다. '모노글리세라이드' 같은 첨가물이 대표적일 텐데, 인스턴트 닭 육수에는 이렇게 어려운 이름의 첨가물까지는 대체로 쓰지 않는다. 다만 감칠맛을 더하는 효모 추출액이나 질감 향상을 위한 말토덱스트린 같은 종류는 거의 공통적으로 쓰이니 피할 수 없을 가능성이 높다. 인스턴트 육수 단독으로 쓸 수도 있지만 집에서 만든 닭 육수가 심심하다 싶을 때 지원 역할을 맡겨도 좋다. 같은 유형으로 채소 국물도 있으니 채식인들도 참고하자.

요즘은 한식 육수의 세계도 활짝 피어났다고 할 정도로 다양해졌다. 채소부터 해산물, 사골 등의 다양한 재료에서 낸 육수가 엑기스부터 테트라팩에 담긴 완제품까지 가지각색의 형식에 담겨 나온다. 평소에 요리를 자주 하지 않는다면 엑기스형이, 일상에서 무시로 한다면 완제품이 좋다. 시판 육수에 냉동 만두만 넣고 끓여도 라면도 배달 음식도 즉석밥도, 아무것도 내키지 않는 끼니에 의외로 구원의 손길이 될 수 있다.

식초

다섯 손가락 깨물어 안 아픈 게 어디 있느냐는 말처럼, 다섯 가지 기본 맛은 너나 할 것 없이 중요하다. 하지만 맛의 균형이라는 차원에서 반드시 필요한 맛은 두 가지, 짠맛과 신맛이다. 흔히 '간을 맞춘다'고 하면 소금을 쓰는 짠맛의 균형만을 생각하기 쉽다. 하지만 덜어주고 잘라주는 자극이라는 차원에서 짠맛은 신맛과 맞물려 고려해야 한다. 음식 맛이 어딘가 모르게 밍밍하다면 소금보다 식초가 필요한 상황일 가능성이 매우 높다. 따라서 식초를 잘 쓰면 음식의 표정이 화사해지며 균형이 맞아 소금의 사용도 줄일 수 있다.

구하기 쉽고 저렴한 마트 식초가 대세인지라 식초가 거기에서 거기라 생각하기 쉽다. 하지만 마음먹고 갖춘다면 대여섯 병은 훌쩍 넘길 수 있을 정도로 식초의 세계도 저변이 넓다. 5퍼센트 안팎의 산도도 구분의 기준이 되지만, 그보다 향을 비롯한 맛의 표정에 더 의미가 있다. 일단 흔한 양조 식초류는 기본적이지만 비교적 부드러운 맛이 개성, 혹은 몰개성이다. 한식의 맛이라 안 쓰면 섭섭하니 중심으로 삼되 이제 소개할 다른 식초로 보좌를 해주면 맛의 세계를 한층 다채롭게 꾸려나갈 수 있다. 피클을 담글 때처럼 많은 양이 필요한 경우 특히 유용하다.

다음 식초는 발사믹 식초다. 발삼(Balsam)은 침엽수에서 분비되는, 향유로 가공돼 쓰이는 천연수지인데 설마 이걸로 식초를 만드는 걸까? 물론 아니다. '발사믹'이라는 형용사는 식초에 발삼처럼 민간 치료 혹은 회복 효과가 있다고 해서 붙었을 뿐이다. 이탈리아가 고향인 발사믹 식초는 와인을 만들기 전의 으깨놓은 포도(껍질은 물론 씨, 가지까지 한꺼번에 으깬다. 대체로 트레비아노라는 품종을 쓴다), 즉 포도액(Must)을 나무통에서 발효 및 숙성시켜 만든다. 느리게 숙성이 이루어지므로 위스키처럼 증발돼 없어지는 양을 일컫는 '천사의 몫(Angel's share)'이 발생한다.

발사믹 식초는 어디에서나 살 수 있지만 진짜가 아닐 가능성도 높다. 유럽의 많은 농수산물이나 식재료처럼 발사믹 식초도 족보를 포함한 원산지 인증 및 보호 제도(PDO)를 적용받는다. 따라서 이름이 조금씩 달라 헛갈리는 여러 제품군으로 나뉜다. 발사믹 식초는 이탈리아 북부의 모데나, 혹은 좀 더 넓은 레조넬에밀리아 지역이 원산지다.

가장 흔히 살 수 있는 제품 가운데 하나인 '모데나 발사믹 식초'는 백 퍼센트 발효 포도액으로 만들지 않는다. 30퍼센트 정도만 포도액이고 나머지는 와인 식초로 채운다. 맛과 분위기를 적당히 모사했달까? 와인 식초만으로 발사믹 식초의 진한 색이 나오지 않는다면 캐러멜색소를 더하는 경우도 있다. 이런 발사믹 식초는 'IGP(Indicazione Geografica Protetta)'라고 분류되고 병 뒷면의 딱지에서 원료(와인 식초, 캐러멜색소)를 확인할 수 있다.

말하고 보니 IGP 발사믹 식초를 천하의 몹쓸 것이라 매도한 것 같지만 그런 수준은 아니다. 발사믹 특유의 단맛은 지녔으니 너무 신 식초가 싫다면 좋은 대안이다. 더군다나 진짜, 즉 전통 발사믹 식초는 우리가 아는 것과 사뭇 다른 물건이다. DOP(Dinominzione di Origine Protetta)라 분류되는데 흡사 간장처럼 색이 진하며 오랜 숙성을 통해 맛과 향이 강하고 굉장히 걸쭉하다. 따라서 비네그레트(기름에 식초나 레몬즙 등을 섞어 만드는 소스) 등의 드레싱보다는 스테이크, 파르미지아노 치즈처럼 맛이 완성된 음식에 한두 방울 올려 방점을 찍어주는 용도로 쓰인다. 따라서 나의 맛에 자리가 있을지는 확실하지 않은 반면 가격대는 확실한 여섯 자리인 경우가 많으니 굳이 집착할 필요는 없다.

그래서 차라리 IGP 발사믹 식초에 멍석을 깔아주는 와인 식초로 눈길을 돌리는 게 더 나을 수 있다. 애초에 '비네거(Vinegar)'라는 이름 자체가 '와인(Vin)'과 '신(Agre)'의 조어임을 감안한다면 와인 식초야말로 원조다. 이름처럼 와인을 발효시켜 만드는데, 가격과 더불어 품질이 올라가니 발사믹 식초처럼 나무통에 숙성시킨 제품도 있다. 일반적으로 원료인 와인의 일반 명칭을 가져와 '레드', '화이트' 와인 식초라고 딱지가 붙어 나오는데, 원료인 와인의 이름이나 품종을 밝히기도 하니 품질의 척도로 삼을 만하다.

원료 와인의 명칭이 구체적으로 붙어나오는 대표가 셰리 식초다. 스페인 헤레즈 지방에서 빚는 주정 강화(발효가 끝난 뒤 브랜디를 첨가해 도수를 높인다) 와인인 셰리를 발효시켜

만든 식초로 짧게는 6개월, 길게는 2~10년까지도 숙성시킨다. 단 한 가지의 와인 식초만 갖춘다면 셰리를 권할 정도로 맛의 균형이 가장 잘 잡혀 있다. 이 밖에도 샴페인이나 피노 그리 식초 등이 있는데, 와인 식초는 대체로 신맛이 부드러우면서도 향이 돋보이므로 샐러드를 비롯한 서양 요리에 발사믹 식초보다 훨씬 더 유용하다.

다음으로는 애플 사이더 식초가 있다. 애플 사이더란 사과를 껍질과 씨까지 포함해 으깨어 즙을 낸 음료다. 원래는 거르지 않아 탁한 호박색 또는 오렌지색을 띠었지만 요즘은 살균 및 여과를 거쳐 투명하고 맑은 제품이 주를 이룬다. 와인 같은 과일즙이니 발효시켜 술을 빚을 수도, 식초를 만들 수도 있다. 와인 식초에 비하면 신맛의 표정이 강하고 다소 뾰족한 편이라 요즘은 마트의 양조 식초 대신 한식에 많이 쓴다. 나물 등에 두루 잘 어울리고, 특히 여름엔 미역으로 만든 음식, 초무침이나 냉국 등에 강한 상큼함을 불어넣기에 제격이다. 와인 식초에 비하면 가격이 저렴하니 피클을 담글 때 써도 좋다.

마지막으로 무색투명한 증류 식초와 중국 흑식초가 있다. 전자는 알코올을 증류한 다음 희석시켜 만든다. 지금까지 살펴본 식초에 비하면 딱히 매력이 없으니 고려하지 않아도 대세에는 지장이 없다. 후자는 산라탕 특유의 '산(酸)', 즉 신맛을 책임지는 식초이며 만두에 간장 대신 찍어 먹어도 맛있다.

감칠맛(조미료)

감칠맛을 어떻게 하면 잘 설명할 수 있을까? 맛 자체가 다른 네 가지 맛(단맛, 짠맛, 신맛, 쓴맛)에 비해 더 개념적이고 추상적인 탓에 설명하기가 쉽지 않다. 그나마 오랜 고민 끝에 최대한 근접한 답을 찾았으니, 바로 노래방 마이크다.

노래방에 가서 노래를 부르면 왠지 더 들어줄 만하다. 반주도 한몫하지만 핵심은 마이크에 걸려 있는 리버브다. 목소리에 울림과 잔향을 더해 궁극적으로는 촉촉함을 보태줌으로써 내 목소리는 물론 노래 전체가 더 그럴싸하게 들리게 해준다.

감칠맛은 말하자면 맛에 걸어주는 리버브다. 그 자체의 맛이 없지는 않지만 다른 네 가지 맛을 북돋아줘 음식과 맛의 경험 전체를 훨씬 더 만족스럽게 승화시켜 준다. 따라서 감칠맛을 이해하고 쓰기를 두려워해서는 안 된다. 흔히 감칠맛을 '외식의 맛'이라 생각해서 집에서는 배척하는 경우도 있는데, 전혀 그럴 필요가 없다. 집 밖의 음식이 재료와 맛과의 조화를 등한시하고 감칠맛에 지나치게 의존하려 들어 문제일 뿐이지, 감칠맛을 잘 다룰 수 있다면 음식의 맛을 훨씬 더 만족스럽게 다듬을 수 있다.

이렇게 말하고 감칠맛을 많이 지니기로 소문난 재료들, 즉 버섯이나 멸치, 토마토나 치즈 등을 쭉 늘어놓을 수도 있지만 아무래도 효율이 떨어지니 하지 않겠다. 그렇다. 사실 감칠맛 자체도 효율이 중요해서 적은 양으로도 얼마나 맛을 북돋워주는지가 관건이다. 달리 말해 집에 능숙하게 다룰 수 있는 조미료 등의 감칠맛 원천 한두 가지쯤 갖춰두면 좀 더 손쉽고 편하게 맛의 주도권을 쥘 수 있다.

그런 차원에서 늘 쓰는 감칠맛의 원천을 간단히 정리해 보자. '왜 이런 건 없지?'라는 생각이 들 수도 있는데, 이것만 가지고도 내가 원하는 맛을 충분히 내고 있기 때문이다. 균형 잡힌 맛이라는 목표 지점까지 가는 길이 아주 여러 갈래라는 의미다.

'화학'조미료

제조업체에서는 '발효 조미료'라는 표현을 쓴다. 사실 요리 자체가 화학적 변화인데 '화학'조미료라니, 음식에 나쁜 영향을 미치는 원료라는 선입견을 품을 수 있기 때문이다. 글루탐산이나 핵산, 또는 그 둘의 조합으로 이루어진 발효 조미료는 사실 나도 잘 쓰지는 않지만, 굳이 쓴다면 국물류의 허전함을 덜어내는 데 제 몫을 한다.

맛소금

소금 90퍼센트에 나머지를 발효 조미료로 채운 맛소금은 가정 요리의 맥락에서라면 달걀 요리에서 제 몫을 한다. 짠맛과 감칠맛이 동시에 달걀의 고소함을 북돋아주니 달걀프라이나 볶음밥 등에 반드시 쓴다.

간장

감칠맛의 원천이라는 점에서, 그리고 어차피 대부분 산분해로 대량 생산 제품을 쓴다는 차원에서 발효 조미료와 큰 차이가 없다. 하지만 간장은 괜찮고 발효 조미료는 괜찮지 않다고 여기는 이들도 아직 꽤 많다. 간장은 항상 딸려오는 맛과 향을 함께 고려해야 균형을 그르치지 않는다. 소금, 다른 감칠맛의 원천과 함께 맛 삼각형의 세 꼭짓점을 이룬다고 여기고 정삼각형을 그리고 있는지 확인하는 게 좋다. 간장을 쓰되 주된 간은 소금으로, 감칠맛은 다른 원천으로 맞춰준다고 생각하자는 말이다. 특히 조림처럼 간장이 맛의 핵심을 쥐고 있는 음식은 더욱 주의하자. 색은 그럴싸하되 짜고 텁텁해서 먹기 어려운 음식이 될 수도 있다.

안초비

늘 한두 병씩 가지고 있다가 서양 음식의 숨겨진 감칠맛을 낼 때 야금야금 쓴다. 파스타, 특히 알리오 올리오처럼 재료의 가짓수가 적은 경우, 또는 오소 부코나 라구처럼 서양식 조림을 만들 때 맛을 한 켜 더 깔아주기에 좋다. 이건 약간 비밀인데 갓 지은 밥에 비벼 먹어도 정말 맛있다.

연두

요즘 감칠맛의 원천은 연두 한 가지로 다 정리가 되는 것 아닌가 싶을 정도로 힘을 지니고 있다. 웬만하면 특정 제품을 언급하고 싶지 않지만 안 그러면 설명이 불가능하다. 연한 간장에 채소 엑기스를 더해 만든 연두는 모든 한식에 절충적인 짠맛과 감칠맛의 원천으로 두루 쓸 수 있다. 특히 찌개나 나물에 잘 어울리고, 라면에 한두 방울 더하면 어딘가 부족하다 싶은 맛을 단박에 메워준다. 맛의 한 축을 이루는 채소 엑기스가 조금 텁텁하다는 느낌도 있지만 없는 것보다는 낫다.

2

채소

Vegetables

마늘종과 마늘

어느 봄, 용인 고기동으로 막국수를 먹으러 갔다. 대혼란이 일어나는 점심시간 직전에 한 그릇 비우고 나가려는데 마당에서 웬 할아버지가 마늘종을 팔고 있었다. "사, 어디에 이런 마늘종 없어." 일단 보통 마늘종의 3분의 2 수준으로 가는 굵기가 인상적이었다. 들어서 보니 줄기는 부러뜨리지 않고 묶을 수 있을 정도로 연하고 부드러웠지만 단으로 모아놓으니 적당히 힘이 있었다. 아닌 게 아니라 이런 마늘종은 본 적이 없었다. 아이 팔뚝보다 가는 한 단에 8000원. 백화점에서 파는 품질 좋은 마늘종보다 1.5배 비싼 수준이었지만 확실한 믿음이 있었다.

길에서 맛을 보기는 좀 그렇고, 차에 오르자마자 창문을 닫고 한 대를 집어 입에 물었는데 그야말로 인생 마늘종이었다. 부드러운 껍질을 씹으면 전혀 아린 맛 없이 터지며 매끈한 속살이 비어져 나오는 게 1만 6000원이어도 아깝지 않을 수준이었다. 장아찌는 양념이 뒤덮을 테니 안 되고, 말린 새우 같은 재료나 보좌하라고 요구할 양심도 없어서 절반은 아삭함이 가시지 않도록 뜨거운 소금물에 살짝 데쳐 그냥 먹고, 나머지 절반은 무쇠 팬에 볶아 먹었다. 하루 이틀 정신을 못 차리고 마늘종을 즐기고 나니 어느새 봄이 끝나 있었다.

마늘종을 정말 좋아한다. 가장 좋아하는 식재료로 뽑을 정도로 좋아한다. 너무 좋아해서 마늘'종'이 표준 표기법인 현실을 싫어할 정도다. 모두가 마늘'쫑'이라 부르지만 이 식재료, 그러니까 마늘 꽃줄기의 정식 명칭은 마늘'종'이다. 쌍자음을 단자음으로 바꿔버리니 일단 된소리의 힘이 확 빠져버린다. 봄의 식탁에 활기를 불어넣어줄 것만 같은 식재료의 생동감도, 그와 깊이 연관된 특유의 아린 맛도 마늘'종'이라 일컫는 순간 순식간에 시들어버리는 느낌이 있다.

물론 그와 함께 개성적인 맛도 빠져나가는 것 같아 영 아쉽다. '종'이 '파나 마늘의 꽃줄기 끝에 달린 망울'을, 종대가 그 줄기를 의미하니 '마늘종'이 엄연히 표준어이기는 하다. 하지만 '짜장면'도 표준어 '자장면'과 별도로 많이 쓰여 2011년 복수 표준어로 인정받았으니 '마늘쫑'에게도 명분이 있다. 아마 이 글로 '마늘쫑'이 표준어가 아님을 처음 알게 된 독자도 분명 있을 것이다.

재료 자체에 맛이 충분히 담겨 있기에 복잡한 조리가 필요하지 않은 점도 마늘종의 매력이다. 흔히 심이 누글누글해지고 단맛이 진해질 때까지 볶아 먹지만 뜨거운 물에 살짝 데치기만 해도 충분하다. 아린 맛이 빠져나가고 단맛만 남아 봄철 반찬으로 제 몫을 충분히 한다. 단단한 밑동을 잘라서 버리고 큰 냄비에 절반 정도 물을 담고 소금을 탄 뒤 끓으면 마늘종을 썰지 않은 그대로 담근다. 굵기에 따라 다르지만 날것의 아삭함을 좋아하되 아린 맛만 적당히 가셔내고 싶다면 1~2분 정도, 완전히 익힌 채소처럼 부드러움을 즐기고 싶다면 5분 정도 데친 뒤 건진다. 포크나 칼로 껍질을 찔렀을 때 살짝 저항하며 속살까지 들어가면 다 익은 것이다. 차가운 수돗물에 완전히 식을 때까지 담가두었다가 털어 종이 행주로 물기를 걷어내면 끝이다. 페스토부터 샐러드, 나물까지 이것저것 만들어 먹을 수 있지만 우리 집에서는 그냥 그대로 먹기 바빠 요리를 만들 때까지 남아나지 않는다.

볶은 마늘종은 밥반찬의 고전이면서도 흔하디흔하지만, 그런 가운데서도 맛과 식감을 개선할 방법이 여전히 두 가지나 남아 있다. 첫 번째는 팬의 업그레이드다. 흔히 쓰는 얇은 논스틱 팬보다 두툼한 스테인리스나 무쇠 팬에 볶는다. 팬에 식용유를 둘러 중불에 올리고 마늘종은 굵기에 따라 4~6센티미터 길이로 썬다. 기름이 반짝거리며 흐르기 시작하면 마늘종을 올리고 나무 주걱으로 뒤적이며 볶는다. 이때 팬을 충분히 달구고 마늘종을 너무 많이 올리지 않아야 잘 볶을 수 있다. 마늘종이 한 켜로 깔리면서도 팬의 바닥을 완전히 가리지 않을 만큼만 올린다. 껍질이 살짝 쪼글쪼글하면서 당이 반응해 군데군데 거뭇해지면 익은 것이다.

두 번째는 맛내기의 업그레이드다. 감칠맛을 더해주는 간장을 팬이 가장 뜨거울 때 부어 마늘종과 함께 살짝 졸인다는 느낌으로 익힌다. 간장 특유의 냄새는 날아가면서 농축된 맛의 막을 마늘종에 입힌다. 한편 소금은 간을 맞출 뿐만 아니라 질감의 요소로도 쓸 수 있다. 마무리 단계에 중간 굵기의 소금을 조금 넉넉하다 싶게 솔솔 뿌려주면 부드럽고 매끈하게 익힌 마늘종에 아삭거리는 짠맛으로 간은 물론 질감의 대조를 줄 수 있다.

한편 마늘에 대해서 이야기하자면 셰프이자 작가인 앤서니 보뎅을 빼놓을 수 없다. 2018년 6월, 셰프이자 작가, 쇼호스트인 앤서니 보뎅이 세상을 떠났다. 향년 61세. 그는 유년 시절 프랑스로 떠난 가족 여행에서 음식에 관심을 품기 시작해 대학에서 요리를 공부하고 (2년 만에 중퇴했지만) 주방에서 일했다. 그러다가 미국 맨해튼의 프렌치 레스토랑 '레알(Les Halle, 파리의 시장에서 이름을 따왔다)'의 주방장이었던 2000년, 레스토랑 주방의 험난한 세계를 그린 책 《키친 컨피덴셜》을 펴냈다. 특유의 입담이 빚어내는 생생한 주방의 풍경 덕분에 《키친 컨피덴셜》은 〈뉴욕타임스〉 베스트셀러에 올랐고 그는 '셀러브리티 셰프'의 지위에 올랐다. 이후 《쿡스 투어》 《노 레저베이션》 등의 후속 저서와 텔레비전 쇼로 세계적인 인기를 얻고, 여행과 음식을 한데 아우르는 기행 프로그램을 일종의 장르로 정착시켰다.

그는 나에게는 무엇보다 '마늘맨'이었다. 《키친 컨피덴셜》에서 그는 "마늘은 쓸 때마다 껍질을 벗겨 준비한다. 안 그러면 먹을 자격이 없다"며+ 식재료로 마늘의 중요성과 요리에 임하는 태도 등을 강조했다. 그의 부고를 듣자마자 마늘에 대한 엄한 가르침이 떠올랐다. 언제나 마늘은 그때그때 껍질을 벗겨 쓰라고 그는 말했지. 하지만 준비로 힘을 너무 빼고 싶지 않아 그의 가르침대로 마늘을 쓰기란 쉽지 않다. 언제 그 얇디얇은 속껍질을 하나하나 벗기고 있단 말인가. 그렇다고 소분하거나 냉동된 다진 마늘은 쓰고 싶지 않다. 향화합물이 다 날아가 신선함은 사라져 버리고 맵고 아린, 마늘의 악다구니만 남아 있기 때문이다.

그래서 보뎅에게 빚진 듯한 마음으로 적당히 타협해 깐 마늘을 쓴다. 깐 마늘은 집 앞 마트부터 백화점 식품 코너까지 어디에서든 살 수 있는데, 자체의 맛도 중요하지만 표면의 상태가 결국 품질이다. 까는 과정에서 표면에 상처가 난 것은 빨리 상하기 때문이다. 사온 뒤에는 과채 세척제와 뜨거운 수돗물로 씻은 뒤 물기를 완전히 말려 냄새가 배지 않는 유리병에 담아놓고 쓴다.

+ 자세한 내용은, https://www.tarrison.com/news/-anthony-bourdain-and-our-15-favourite-foodservice-quotes-of-his-career

나물부터 직화구이에 이르기까지, 생마늘을 참 많이 먹는 우리지만 여기에서만큼은 익힌 마늘에 초점을 맞추고 싶다. 마늘을 열심히 또 많이 먹는 만큼 우리가 익힌 마늘의 섬세함을 잘 챙겨주지 못한다고 믿기 때문이다. 일단 마늘을 간다. 쓸 만큼만 덜어 마늘의 뿌리 쪽을 썰어주면 잘린 면이 평평하므로 갈기가 사뭇 수월해진다. 간 마늘을 그릇에 모아 담고 논스틱 팬 바닥을 완전히 덮을 정도로 기름을 두른 뒤 약불에 올린다. 결과물의 어우러지는 맛은 올리브유가 훨씬 낫지만 식용유도 괜찮다. 그리고 차가운 팬에 간 마늘을 바로 올린다.

거의 모든 식재료를 지지거나 볶을 때 기름을 두른 뒤 달구지만 마늘만은 예외다. 마늘은 잘 타는데 그럼 쓴맛이 강해지는 한편 이에 달라붙을 정도로 끈적일 수 있다. 이런 식재료를 곱게 다지기까지 했으니 기름 두른 팬을 뜨겁게 달군다면 마늘을 넣자마자 타버린다. 따라서 차가운 상태의 기름에 마늘을 넣고 천천히 온도를 올려준다. 약불보다 좀 더 약하다는 느낌의 불이어야 한다. 마늘이 지글거리며 익기 시작하면 스패출러로 팬에 최대한 고르게 펴주면서 상태를 확인하다가 반투명해지면 불에서 내려 기름과 함께 그릇에 담는다.

이렇게 장점만 뽑아낸 마늘은 생것의 자리 어디에나 쓸 수 있지만 출발점은 역시 한식이다. 나물을 무칠 때 양념장의 바탕으로 기름에 천천히 익힌 마늘이 제격이다. 익으면서 단맛이 살아나 생마늘처럼 나물을 윽박지르지 않으며 감싸준다. 익힌 마늘에 간장만 섞어도 충분하고, 입맛에 따라 후추, 식초, 참기름 등을 더해도 좋다. 데쳐서 물기를 걷어낸 나물에 그대로 버무리면 정말 쓰고 싶지 않은 표현이지만 '밥도둑'이 돼버린다. 여기에 식초의 비율을 적절히 잡아주면 비네그레트가 되니 샐러드 드레싱으로도 쓸 수 있다.

마늘을 기름에 볶은 그대로 기본 파스타인 알리오 올리오도 만들 수 있다. 마늘을 익히는 동안 옆에서 면을 삶아 물기만 빼고 그대로 팬에 넣고 마늘과 기름을 가볍게 버무려준다. '치즈의 왕'인 파르미지아노 레지아노나 그 대용으로 적합한 그라나 파다노 등을 솔솔 뿌려주면 끝이다. 파스타만으로는 아쉬워 마늘빵이라도 곁들이고 싶다면 볶은 마늘맛 버터(Compound Butter)를 만든다. 상온에 두어 적당히 부드러워진 버터에 볶은 마늘을 더해 잘 섞는다. 길게 반으로 가른 바게트나 치아바타에 골고루 펴 바르고 오븐이나 프라이팬에 노릇하게 굽는다. 마늘빵을 만들고도 버터가 남았다면 플라스틱 랩 위에 올리고 모양을 잡아 냉장실에서 다시 굳힌 뒤 구운 스테이크 위에 얹어 소고기에도 마늘의 은총을 하사한다.

마늘을 기름에 볶기는 했으나 나물도 샐러드도 파스타도 마늘빵도 먹고 싶지 않다면? 빵을 찍어 먹으면 된다. 종종 빵과 더불어 올리브유를 내는 레스토랑이 있는데, 원리는 같지만 익힌 마늘의 맛과 향을 한 켜씩 더했으니 느낌이 새롭다. 치아바타나 바게트 같은, 설탕과 지방을 쓰지 않은 빵과 잘 어울리는데, 둘 다 없다면 '밀가루(287쪽)'에서 소개하는 무반죽 납작빵이 아주 잘 어울린다. 이처럼 기름에 천천히 볶은 마늘 하나만으로 여러 갈래에 걸쳐 마늘 강국의 입지를 새삼 굳힐 수 있다.

파프리카

귀가 솔깃하는 김치 뉴스를 하나 들었다. 파프리카를 써서 담근 김치가 품평회에서 '올해의 김치'로 뽑혔다는 소식이었다.+ 우리는 현존하는 모든 채소로 김치를 담가 먹을 수 있다. 순무와 맛이 비슷한 콜라비, 토마토, 심지어는 귤도 김치로 탈바꿈한다. 그렇다면 파프리카를 김치에 쓰지 못할 이유가 있나? 당연히 없다. 그리하여 파프리카를 넣고 김치를 담갔다. 파프리카는 맵지 않으며 단맛이 두드러지는 데다가 끝에 신맛도 살짝 돈다. 따라서 배추나 무를 비롯한 김칫거리의 단맛과 잘 어울리고 쌉쌀함에는 균형을 잡아준다. 또한 아삭거리는 질감이 꽤 유쾌해서 양념 격으로 제 몫을 잘한다. 열무

+ '김치에 파프리카를 넣었더니 … 최고의 김치 등극', 〈경향신문〉, 2019년 11월 17일, www.khan.co.kr/economy/economy-general/article/201907211117001

김치도 열무대와 파프리카의 아삭함이 잘 어울릴뿐더러 여름과 잘 어울릴 거라는 확신이 들었다.

파프리카는 손질법이 거의 전부라고 할 수 있을 정도로 중요하다. 아삭함에 반해 날로 먹든, 아니면 볶거나 구워 먹든 특유의 삼차원 모양을 조리에 맞게 이차원으로 손질해야 맛있게 먹을 수 있다. 일단 일반적인 요리에 두루 쓸 수 있는 성냥개비 썰기를 살펴보자. 파프리카를 잘 씻은 뒤 최대한 균일하게 모양을 잡아 썰 수 있도록 윗동과 밑동을 썰어낸다(썰어낸 부분은 볶음 같은 다른 요리에 쓴다고 늘 마음을 굳게 먹지만 대체로 칼질을 하면서 집어 먹게 된다).

씨를 통째로 발라내고 세로로 썰면 파프리카가 평평하게 펼쳐진다. 피망의 바깥쪽이 도마에 닿도록 올리고 드문드문 보이는 흰 부분을 칼날을 수평으로 눕혀 가볍게 발라낸다. 이제 그대로 착착, 길이대로 썰면 셀로판질의 질긴 껍질에 크게 방해받지 않는다. 대수롭지 않아 보이지만 파프리카의 면 질감 차이는 사뭇 두드러진다. 미심쩍다면 껍질이 위를 보도록 도마에 올리고 썰어보자. 일단 질긴 껍질부터 공략하느라 칼에 힘이 많이 들어가니 은근히 가지런히 썰기가 어렵고 잘린 면도 고르지 않다. 다시 뒤집어서 썰어보면 그제야 지금까지의 칼질이 사뿐사뿐 꽤 가벼웠다는 사실을 새삼 깨닫는다. 사실 껍질이 중요하기는 중요하다. 파프리카 전체의 구조를 지탱해 주기 때문에 껍질의 손질에 따라 전혀 다른 식재료로 활용할 수 있다. 통통하고 둥근 모양이 종을 닮았다고 해서 파프리카는 벨 페퍼(Bell pepper), 혹은 단맛이 두드러져 스위트 페퍼(Sweet pepper)라 일컫는다. 녹색과 빨간색이 양대 색상인데 청고추가 익으면 홍고추가 되듯 파프리카도 녹색에서 빨간색으로 바뀐다. 품종에 따라 오렌지색, 아주 연한 연두색, 가지와 흡사한 보라색을 띠는 것도 있다. 맛에는 두드러지는 차이가 없지만 색깔이 워낙 예쁜지라 샐러드 등에 섞어 쓰면 나름의 재미가 있다. 파프리카의 밑면을 확인해 몸통이 세 갈래인 것을 수놈, 네 갈래인 것을 암놈으로 구분하며 후자가 요리에 더 좋다는 이야기가 있다. 하지만 이는 낭설이며 파프리카는 성별이 없다. 마지막으로 토마토처럼 과일 같은 열매지만 채소로 분류된다.

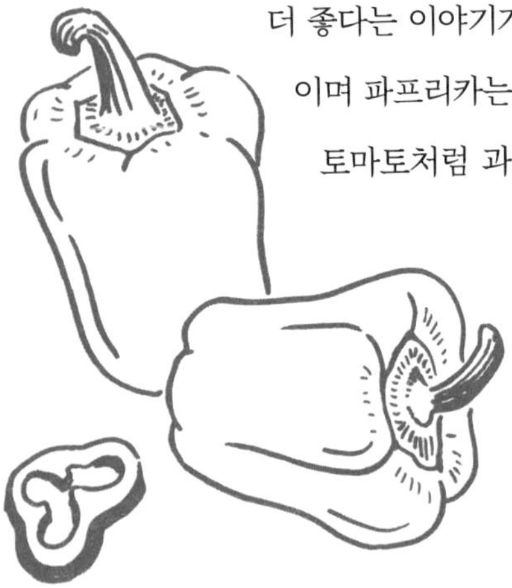

껍질을 살렸을 때의 아삭거림이 매력이라면, 껍질을 벗겨낸 파프리카의 과육은 매끈함과 부드러움이 돋보인다. 일단 가스레인지 등에 직화로 파프리카를 올린다. 둥글둥글해서 불에서 굴러떨어질 수 있으므로 석쇠를 받치는 것도 좋다. 파프리카의 겉면이 고르게 시커메질 때까지 가스 불에 그을린다. 가스 불이 부담스럽다면 토치도 좋다. 다만 불꽃이 좁은 영역에 집중적으로 영향을 미치므로 속살까지 태우지 않도록 파프리카를 고루 움직여가며 그을린다. 어떤 불꽃으로 그을리더라도 뜨거우므로 파프리카는 집게로 다룬다.

전체를 고르게 그을려 파프리카가 시커멓게 되다 못해 껍질이 드문드문 벗겨지기 시작하면 종이봉투에 담아 주둥이를 잘 여미고 20분 정도 그대로 둔다. 남은 파프리카의 수분을 열이 빼앗아 수증기를 만들어 살짝 삶아주는 효과를 내니 그을린 껍질 대부분이 과육에서 절로 떨어져 나간다. 10분이 지나고도 껍질이 붙어 있다고 해도 걱정할 필요는 없다. 어차피 물로 한번 씻어야 하는데, 이때 엄지손가락으로 표면을 가볍게 문질러주면 나머지도 다 떨어져 나간다. 직화와 수증기로 인해 과육이 익어 부드러워졌으므로 꼭지를 손가락으로 당기면 씨도 함께 딸려 떨어진다. 껍질도 꼭지도 씨도 떠나고 과육만 남은 파프리카를 종이 행주 위에 올려 물기를 걷어낸다.

껍질을 벗겨내는 것으로 조리의 75퍼센트쯤을 마친 셈이라 어떻게든 먹어도 좋다. 직화에 그을린지라 소위 '불맛'이 배어 있다는 점을 참고해 조금 과감한 듯한 양념도 잘 어울린다. 껍질째로는 김치에도 넣어 먹는데 나물로 못 먹을 이유가 없으니, 풋고추나 오이고추처럼 된장에 무치면 여름 밥반찬으로 맛있게 먹을 수 있다. 특히 고추를 고추장에 찍어 먹을 정도인 우리의 고추 사랑을 응용해 풋고추부터 홍고추, 청양고추 등을 취향에 따라 송송 썰어 함께 무치면 더욱 맛있다.

양식도 크게 손이 가지 않는다. 올리브유와 식초를 3:1 비율로 섞어 만든 비네그레트에 버무리면 여러 갈래로 응용할 수 있는 샐러드의 기본이 된다. 향신채인 양파와 마늘을 필두로 오이나 토마토, 가지 같은 채소, 올리브, 염소젖과 양젖으로 만든 페타 치즈, 안초비 등의 맛내기 재료를 있는 대로 더하면 표정이 조금씩 다른 지중해풍의 맛을 즐길 수 있다. 그냥 먹어도 좋지만 샌드위치에 넣으면 제 몫을 톡톡히 한다.

이왕 그을리는 김에 파프리카를 여러 개 손질한다면 두고 먹을 수 있는 병조림도 만들 수 있다. 올리브유에 마늘을 더해 맛과 향이 배어들도록 은근히 볶은 뒤 완전히 식힌다. 그 사이 파프리카를 그을려 껍질을 벗겨내고 길이로 2~8등분한다. 썬 파프리카를 소금과 식초에 차례대로 버무린 뒤 끓는 물 등으로 살균한 병조림용 메이슨 자(Mason jar)에 차곡차곡 담는다. 병의 바닥에 식초를 조금 깔고 마늘과 올리브유를 채운다. 밀봉하면 냉장고에서 두고 1년 동안 먹을 수 있다.

통틀어 파프리카라 다뤘지만 맵지 않은 이 고추의 이름 세계는 다소 복잡하다. 사실 우리는 오랫동안 파프리카를 '피망'이라 불러왔다. 포르투갈어 '피멘탕(Pimentão)'을 일본에서 음차한 '피망(ピーマン)'이 건너온 것이다. '파프리카'는 엄밀히 따지면 '스위트 페퍼나 벨 페퍼를 말려낸 가루'를 일컫는

명칭이다. 정리하면 생채소는 '스위트(혹은 벨) 페퍼', 말려 가루를 내면 '파프리카'라는 말이다. 이야기를 꺼낸 김에 보충하자면 가루 파프리카는 매운맛을 지닌 고추로 만드는 경우도 있으니 단맛과 향만을 원한다면 '스위트 파프리카'라고 이름 붙은 것을 고른다. 생파프리카의 껍질을 벗기고자 불에 그을렸을 때 불맛이 배는 것과 흡사하게 연기를 쐬어 향을 한 켜 더 입힌 뒤 말려서 가루를 낸 것이다. 스위트 파프리카는 이름처럼 단맛이 꽤 두드러지니 육개장을 끓일 때 한국 고춧가루의 균형을 잡아준다는 느낌으로 조금씩 더하면 맛의 표정이 좀 더 다양해진다.

올리브

여름 끼니 해결에 크게 공헌하는 콩국수의 맛내기에 나만의 비밀이 둘 있다. 바로 아몬드와 올리브다. 아몬드는 견과류이니 이해가 쉽겠지만 올리브라니? 뜬금없다 싶을 수 있지만 올리브를 적당히 다져 고명으로 얹으면 풍성함을 뚫고 올라오는 짭짤함이 대체로 기본 간이 약한 콩국수의 텁텁함을 덜어준다. 그래도 모자란다 싶으면 올리브가 담긴 소금물을 1~2작은술 더해도 좋다. 걸쭉하고 차가워 소금이 잘 녹지 않는 콩국물의 간을 맞추는 데 신의 한 수다.

비단 콩국수에만 올리브를 먹지 않는다. 짭짤함이 필요한데 김치는 딱히 내키지 않을 때 올리브는 한식 식단의 밑반찬으로도 이질감이 전혀 없다. 다들 짜게 먹는다고 난리를 치는 가운데서도 단맛의 방해 없이 짠맛이 제 목소리를 내는 음식이 별로 없는 현실이다. 김치? 짜거나 시지 않고 그저 맵고 달아진 지 오래됐다. 장아찌? 김치보다 더 달다. 올리브도 결국 절임 음식임을 감안한다면 마음먹기에 따라 얼마든 더 가깝게 두고 요긴하게 쓸 수 있다. 국내 생산이 안 되기는 하지만 올리브는 엄청나게 보편적인 식재료다. '기름'을 일컫는 영어 '오일(Oil)'이 사실 '올리브유(라틴어 ŏlĕum)'에서 왔으니, 모든 기름과 그 원재료 이전에 올리브가 존재했다.

올리브의 서슴없는 짠맛은 사실 궁여지책의 산물이다. 가공을 거치지 않은 열매는 써서 먹기가 어렵다. 녹색이었다가 익으면서 검은색으로 변하고 맛도 좀 더 부드러워지기는 하지만 쓴맛이 어디 가지는 않는다. 결국 많은 양의 소금과 소금물로 몇 개월 동안 염지와 발효를 시킨 뒤에야 올리브는 먹을 수 있는, 아니 맛있는 식재료로 탈바꿈해 깡통이나 병에 담겨 팔린다.

물론 시간이 돈인 현실에서 식품공학이 팔짱을 끼고 방관할 리가 없다. 가성소다, 혹은 좀 더 적나라한 이름인 양잿물로 올리브를 처리하면 과육에 미세한 구멍이 나면서 소금물의 침투와 쓴맛의 추출에 걸리는 시간이 줄어든다. 다만 하나를 얻으면 다른 하나를 잃는지라, 공업 가공은 시간을 줄이는 대신 맛도 더 많이 잃는다. 그래서 올리브의 고소함이나 향은 아무래도 약해진다.

올리브는 보편적이고도 다양해서 골라 먹기도 자칫 잘못하면 일이 될 수 있다. 일단 품종에 상관없이 적용할 수 있는 간단한 요령 두 가지로 멍석을 깔아보자. 첫째, 병조림 등 통조림 외의 제품에 우선권을 준다. 통조림이라고 덮어놓고 품질이 낮은 건 아니고 병조림 가운데도 썩 맛있지 않은 제품이 많다. 하지만 우리가 고를 수 있는 선택지만 놓고 보자면 둘은 출발점이 다르고 병조림의 수준이 좀 더 높다. 게다가 병에 담긴 채로 필요한 만큼 꺼내 쓸 수 있으니 통조림보다 편하다. 둘째, 씨를 발라낸 것과 아닌 것을 필요에 따라 고른다. 씨를 발라낸 제품이 쓰기 편해 장땡일 것 같지만 맛을 보면 질감의 차이를 느낄 수 있다. 아무래도 씨를 발라내지 않은 과육이 훨씬 더 아삭하고 생생하니, 맛을 위해 귀찮음은 감수할 수 있다면 후자를 권한다. 요리에 쓸 때는 마늘과 같은 요령으로 도마에 올리고 칼등으로 지그시 눌러준다. 씨만 쏙 빠져나올 것이다.

이렇게 기본을 이해했다면 국내에 주로 유통되는 올리

브 몇 종류의 특징을 살펴보자. 고르고 먹는 데는 지장이 없지만, 포장에 붙어 나오는 이름이 언제나 올리브의 품종을 가리키지는 않는다는 점을 염두에 두자. 와인이나 치즈를 포함한 유럽산 농산품 혹은 음식이 대체로 그렇듯, 품종보다 법으로 보호받는 생산지의 명칭을 더 흔히 쓴다.

카스텔베트라노

카스텔베트라노는 원산지인 이탈리아 남부 시칠리아의 지역이고, 품종 이름은 노체렐라 델 벨리체(Nocerella del belice)다. 청록에 가까운 생생한 녹색이 인상적인 카스텔베트라노는 풍성하면서도 부드러운 과육에 맛은 순한 편이라 그냥 먹기에 좋다. 피자의 고명이나 통조림 너머의 올리브와 친해지고 싶다면 가장 먼저 권한다. 여름의 끝자락에 상큼한 화이트와인, 부슬부슬하고 풀 냄새 그윽한 염소젖 혹은 양젖 치즈와 잘 어울린다. 검은색 카스텔베트라노도 유통된다.

체리놀라

이탈리아 풀리아주의 체리놀라 지방에서 나오는 이 올리브는 국방색 또는 탁한 황갈색을 띤다. 면바지나 군복의 '올리브색'이 바로 체리놀라의 색이다. 올리브 가운데서도 큰 편인데다가 아삭하고 자기주장이 강한 맛을 지니고 있다. 여름이라면 체다 치즈와 함께 시원한 라거 맥주의 안주로 좋다.

칼라마타

그리스 칼라마타가 고향인 칼라마타는 녹색이었을 때 수확하지 않는다. 다 익으면 편의상 검정 올리브로 분류되기는 하지만 진한 자주색을 띤다. 많은 경우 레드와인이나 레드와인 식초에 담근 상태로 팔린다. 프랑스의 니수아즈(Niçoise)와 더불어 프로방스의 전통 음식인 타프나드(Tapenade)의 재료로 흔히 쓰인다.

만자니야

스페인산이며 씨를 발라내고 속에 파프리카를 채웠다. 속이 채워져 있지 않은 만자니야라면 마늘과 함께 적당히 으깨고 접시에 담은 뒤 올리브유를 졸졸 끼얹어 낸다.

미션

통조림 가공된 미국 캘리포니아산 올리브라면 별 예외 없이 미션일 것이다. 캘리포니아에서는 별도의 가공 과정을 거쳐 녹색 올리브를 검은색으로 숙성시켜 출시한다. 양잿물과 더불어 산화 처리를 통해 통상 6~8주 걸리는 가공 시간을 24시간으로 단축시키는 한편, 발색제인 글루콘산철로 검은색을 살린다. 이런 과정을 거쳐 '익은(Ripe)' 캘리포니아 올리브가 만들어진다. 요즘은 좀 더 자연스러운 가공을 강조하느라 발색제를 뺀, 진한 회색에 가까운 제품도 있다.

세계적으로 보편적인 식품이라고 했듯 딱히 안 어울리는 맥락을 찾기가 더 어려운 게 올리브다. 그런 가운데 한식으로 지평을 넓혀 잠재력을 헤아려보면 안초비와 더불어 맛의 '원 투 펀치'로 쓰는 시나리오를 생각해 볼 수 있다. 둘 다 두드러지는 짠맛에 감칠맛까지 지니고 있어 많은 음식을 밍밍함에서 구원해 줄 수 있는 가운데, 나물에 특히 유효하다. 고사리나물에 올리브와 안초비를 더하면 그렇게 맛있을 수가 없다. 물론 올리브라면 이탈리아, 이탈리아라면 파스타이니 간단한 레시피를 하나 소개한다.

안초비 올리브 파스타

(《실버스푼 클래식》에서 발췌 인용)

재료

- 안초비 100g, 올리브유 4큰술, 마늘 2쪽, 케이퍼 50g, 검정 올리브 100g, 스파게티 350g, 다진 생파슬리 이파리(고명), 소금

* 안초비는 물에 담가 소금기를 빼고 건져놓는다.

* 마늘은 껍질을 벗기고 케이퍼는 건져낸다.

* 검정 올리브는 씨를 발라내고 썬다.

만드는 법

1. 프라이팬이나 스킬렛에 기름을 두르고 불에 올려 달군 뒤 마늘을 올려 약불에서 노릇해질 때까지 종종 뒤적이며 익힌다. 구멍 뚫린 국자로 마늘을 건져내 버린다.
2. 케이퍼와 올리브를 팬에 넣고 종종 뒤적이며 5분 정도 익힌다.
3. 안초비를 더해 형체가 사라질 때까지 나무 숟가락으로 으깨며 익힌다.
4. 소스를 만드는 사이 스파게티를 삶는다. 소금물을 넉넉히 끓여 스파게티를 넣고 심이 살짝 씹힐 정도(알 덴테)로 익힌다.
5. 삶은 물을 쏟아 버리고 스파게티를 소스가 담긴 팬이나 스킬렛에 더해 잘 버무린다. 파슬리를 솔솔 뿌려 바로 낸다.

토마토

심호흡을 한 번 깊게 하고 전화를 걸었다. 신호가 흐르고 흘러 음성사서함으로 넘어가겠다 싶은 시점에 남성이 전화를 받았다. 햇볕을 많이 받은 듯한 목소리였다. "여보세요." "네, 안녕하세요. 다름이 아니고 생산하신 방울흑토마토를 백화점에서 샀는데요, 껍질이 정말 너무 질겨서 먹기가 어렵더라고요. 궁금해서 전화를 드려봤습니다." "아, 그거요. 원래 그런 거예요." "네…. 알겠습니다. 감사합니다."

생산자와 통화를 한다고 뭐가 달라지겠느냐만, 그래도 정말 물어나 보고 싶은 정도로 토마토의 껍질이 질겼다. 동물도 아닌데 가죽인가 싶을 정도였으니까. 게다가 여느 곳도 아니고 백화점에서도 유기농 상품 전문 매대의 토마토였다. 그렇지만 '원래 그렇다'는데 무슨 할 말이 더 있겠는가. 틀린 말도 아니다. 한국은 물론 전 세계의 농작물 현실이 그렇고 토마토는 대표 주자이며 원래 그런 지도 꽤 오래됐다. 이상적인 세계라면 토마토는 햇볕을 마음껏 머금어 터지기 직전에 수확 및 유통돼야 한다. 하지만 진짜로 터져버릴 수 있으니 그러기가 어렵다. 토마토는 복숭아, 딸기와 더불어 유통 과정에서 파손되기 가장 쉬운 과채류다.

게다가 쓰임새마저 많아 팔자가 더 나빠진다. 채소로 분류되지만 과일이라 여길 정도로 단맛, 짠맛, 가장 중요한 감칠맛을 두루 지녔다. 아삭함과 폭신함 사이를 오가는 질감도 이리저리 잘 어울린다. 덕분에 가장 세계화된 음식인 햄버거와 피자의 필수 요소로 자리 잡았으니, 옥수수, 콩, 커피 등과 더불어 원자재(Commodity)로 분류 및 거래된다. 생물이지만 상품이니 그에 맞게 품종 개량 및 경작될 수밖에 없다. 단단하게 개량된 품종을 유통 과정에서 견디도록 설익었을 때 따는 것이다. 그런 가운데 소위 '후숙'은 일반적으로 에틸렌 가스가 맡는다. 따라서 토마토는 '맹탕'이더라도 전혀 이상할 게 없다. 세계적인 추세다. 그래서 이제는 완전히 내려놓았다. 토마토는 맛에 대한 기대 없이 건강을 위한다 생각하고 먹고 산다.

그렇게 생토마토에 대한 기대를 내려놓으면 새로운 세계의 문이 열린다. 바로 익은 토마토의 세계다. 한식에 맛을 들인 외국인이 된장국이나 고추장찌개를 끓일 때 국산 장류를 써주었으면 바라듯, 피자나 파스타 같은 이탈리아 음식에는 이탈리아산 토마토를 써야 제맛이 난다. 과연 무엇이 제맛인가? 단단한 단맛 뒤로 짠맛이 살짝 감도는 가운데 다부진 감칠맛이 조화를 이루는 맛이다. 소스로 변해 익으면 한결 더 진해지는 맛이 나는, 화산재 토양에서 제철에 잘 익은 토마토를 깡통에 담아 익혔다. 질긴 껍질도 비교적 깔끔하게 벗겨진 채로 뚜껑만 따서 바로 쓸 수 있도록 팔린다. 요즘은 토양과 햇살 모두 좋다는 미국 캘리포니아산도 와인과 마찬가지로 구대륙의 명성을 바짝 따라잡고 있으니 이탈리아산 대신 선택하더라도 맛의 대세에는 지장이 없다.

통조림 토마토는 어떻게 쓰면 좋을까? 피자든 파스타든 소스를 만드는 경우라면 대체로 국물은 남겨두고 토마토의 과육만 쓴다. 보통 푸드프로세서 등으로 갈지만 손으로 으깨는 나름의 맛이 있다. 이미 익힌 제품이니 신선함을 더 잃지 않도록 30분~1시간 이내로 끓이는 게 좋다. 참고로 250도 이상에서 굽는 이탈리아의 마르게리타 피자 같은 경우는 오븐의 온도 자체가 너무 높으므로 통조림 토마토를 더 익히지 않고 갈아서만 쓰기도 한다. 통조림의 국물을 전부 넣으면 맛이 옅어질 수 있으니 소스를 만들면서 수분을 보충하는 용도로 써도 좋고, 아니면 유리잔으로 옮겨 냉장고에 두었다가 다음 날 아침에 마시면 특히 해장에 좋다. 블러디 메리 같은 서양식 해장 칵테일 등이 대체로 토마토의 단맛, 신맛, 감칠맛에 기대는 걸 생각해 보면 전혀 어색하지 않다.

아무리 기대를 내려놓았다지만 모든 토마토의 쓰임새를 통조림으로 대체할 수는 없다. 꼭 생토마토를 요리에 써야 하는 경우라면 모든 식재료를 살리는 소금의 힘을 빌린다. 토마토를 썰어 한두 자밤 정도의 소금을 뿌리고 가볍게, 30분 정도만 절인다. 일반적인 큰 토마토라면 1센티미터 두께로 가로로 썰어 깍둑썰기하고, 방울토마토는 반 또는 4등분으로 가른다. 30분쯤 절여 수분이 웬만큼 빠지면 체에 밭쳐 과육만 남긴다. 이제 많은 샐러드의 기본이 간단히 잡혔다. 오이, 올리브, 페타 치즈 등과 함께 올리브유로 버무리면 지중해식 샐러드가 되고, 묵은 빵을 깍둑썰기해서 함께 버무리면 판자넬라 샐러드가 된다. 한국에서는 간을 하지 않은 토마토와 생모차렐라 치즈를 번갈아 담고 달콤한 발사믹 글레이즈를 끼얹은 것을 카프레제 샐러드라고 부르는 경향이 있는데, 소금에 절인 토마토와 다소 백지 같은 맛의 생모차렐라 치즈를 함께 버무리면 훨씬 맛있다. 절인 토마토 국물은 짠맛과 신맛의 간을 맞추는 데 쓸 수 있다.

통째로 익힌 것만 언급했지만 통조림 토마토의 세계도 아주 다양하다. 일단 깍둑썬 토마토가 있으면 소스나 수프 등에 좀 더 편하게 쓸 수 있다. 다만 수분 손실을 막기 위해 염화칼슘을 첨가했다면 익혀도 잘 뭉개지지 않을 수 있으니 성분 표시를 확인한다. 한편 토마토 퓌레(Puree)와 파사타(Passata)는 껍질과 씨를 제외하고 만들었다는 점에서는 비슷하지만 대체로 전자는 익히고 후자는 익히지 않는다. 따라서 후자가 좀 더 묽은 편이다. 둘 다 국내에서도 구입할 수 있는데 익히지 않은 후자가 더 신선하다. 파사타는 유리병에 담겨 팔리니 쉽게 구분할 수 있다. 토마토 페이스트는 오래 끓여 마치 고추장과 흡사한 질감을 지녔으며, 맛이 강하게 농축돼 있다. 따라서 보통의 토마토 맛에 한층 더 진한 맛의 켜를 깔아주고자 할 때 쓴다. 통조림보다 튜브가 두고 쓰기 편하다.

양파와 살롯

4급 현역 입대자였던 내가 자대에서 몇몇 보직을 전전한 뒤 자리를 잡은 곳은 취사장과 대대 운영 본부 사이의 어딘가였다. 식품 담당, 군의 표현을 '1종 계원'이 된 것이다. 원래는 취사병이 겸업하던 보직이었는데 어쩌다 보니 나만 예외였다. 그리하여 반찬단지에 고양이 발 드나들듯 취사장을 부지런히 들락거리며 고기도 내려놓고 고추장 깡통도 창고에 쌓았다.

양파를 손질하는 요령을 배운 것도 그때였다. 훔쳐봤다는 표현이 맞겠다. 양파를 왼손으로 잡고 수직으로 도마 위에 세워 윗동과 밑동을 썰어낸다. 그리고 손바닥에 올려 식칼로 가볍게 탁 내리치면 겉껍질부터 맨 바깥쪽 켜에 칼집이 들어간다. 덕분에 맨 바깥쪽 켜와 함께 껍질을 손쉽게 벗겨낼 수 있다.

누군가는 반발할 수도 있다. 맨 바깥쪽 켜를 버리라는 말 아닌가? 맞다. 손으로 양파의 얇으면서도 뻣뻣한 껍질만 벗겨내는 것보다 훨씬 효율적인 데다가, 껍질 바로 안쪽의 켜는 상처를 입거나 이미 물러진 경우도 많다. 게다가 몇 개라고 딱 잘라 말하지 않겠지만 정말 많은 양파가 필요하므로 손질이 채 끝나기도 전에 지칠 수 있다. 그러니 맨 바깥쪽 켜는 과감하게 버리자.

스테인리스 팬에 캐러멜화를 촉진하기 위한 설탕을 약간 뿌리고 중간 센 불에 일단 올린 뒤 양파를 썰기 시작한다. 취사병들은 정말 무섭다 싶을 정도로 빠르고도 경쾌하게 3백 명분의 양파를 매 끼니마다 처리했다. 오른손잡이라면 가볍게 주먹 쥔 왼손을 내밀어 양파에 얹고 다가오는 칼에 맞춰 조금씩 뒤로 물러나며 써는, 전형적인 칼질이다. 칼이 도마에 닿는 소리도 경쾌하고 칼질하는 오른손도 우아해 누구라도 탐을 낼 기술이지만 최선이 아닐 수도 있다. 양파는 중심에서 원형으로 켜를 이루는 채소이기 때문이다. 수직으로 반 가른 뒤 우리에게 익숙한 방식으로 썰면 두께는 일정하지만 높이에 따라 크기 혹은 부피는 차이가 나니 고르게 조리되지 않을 수 있다. 따라서 같은 요령으로 가볍게 주먹 쥔 왼손을 양파에 얹고 맨 바깥쪽에서 중심부로 방사형으로 칼을 넣어 썬다.

팬이 달궈지고 설탕이 녹으면 양파를 써는 대로 올린다. 격렬한 소리를 내면서 양파가 춤을 추지 않고 그저 조용히 자리를 잡는다면 적절히 달궈진 것이다. 가정에서 팬을 단 하나만 쓴다면 논스틱 팬이 정답이지만 이름처럼 붙지 않는 코팅이 돼 있으므로 양파의 캐러멜화에는 무용지물이다. 캐러멜화가 원활하지도 않을뿐더러 정수이자 핵심인 눌어붙기가 거의 이루어지지 않는다. 전기밥솥의 매끈한 내솥 코팅이 관리에는 편하지만 누룽지의 가능성을 원천 봉쇄 하는 것과 같은 원리다. 누룽지와 구수한 숭늉의 원리도 같은 캐러멜화이니까.

정석대로라면 고른 조리를 위해 다 썰어 한꺼번에 팬에 올리는 게 맞겠지만 조리 시간이 꽤 길기 때문에 시차는 크게 문제가 안 된다. 더군다나 무게 대비 86퍼센트에 이르는 수분이 거의 다 빠져버리므로 양도 엄청나게 줄어든다. 그러므로 일단 팬이 넘쳐나도록 수북이 쌓고 종종 뒤적이며 볶는다. 양파는 조리에 따라 색이 변하며 각기 다른 맛을 낸다. 그리고 우리는 그 모든 색을 차별 없이 사랑한다. 쌈장이나 춘장에 찍어 먹는 생양파 본래의 흰색부터 아삭함이 살아 있도록 센 불에 살짝 볶아내는 반투명한 흰색, 맛의 바탕을 이루느라 국물에 녹아든 투명함, 그리고 간장식촛물 맛이 배어든, 까만색의 바탕을 이루는 흰색까지 말이다. 그 사이 어디쯤에 캐러멜화된 양파가 띠는 아주 진한 갈색도 자리를 잡는다.

일단 수분이 빠지고 부피가 줄어든 뒤 양파의 온도가 110도를 넘기면 본격적인 캐러멜화가 이루어지기 시작한다. 양파가 조금씩 스테인리스 팬의 바닥에 붙기 시작할 테니 나무 주걱으로 긁어낸다. 프랑스어로 '퐁(Fond)'이라고 일컫는 맛의 핵심이자 바탕이다. 코냑이나 럼을 조금씩 부으면 훨씬 더 쉽게 긁어낼 수 있는 것은 물론 알코올이 날아가면서 리큐어 특유의 향도 배어든다. 물론 술이 내키지 않는다면 물을 붓고 긁어내도 좋다. 팬을 가득 메웠던 흰 양파가 검은색에 가까운 갈색의 한 줌 곤죽이 될 때까지 적어도 45분은 걸린다. 그만큼 불 앞에서 뒤적일 인내심이 없다면 베이킹소다 약간으로 산도를 높여 양파의 세포막 파괴를 촉진시키는 꼼수를 쓸 수도 있다. 캐러멜화의 시간이 절반 수준으로 줄어들기는 하지만 맛은 좀 아쉬울 수 있으니 한 번쯤은 진득하게 시간을 들여볼 것을 권한다.

그렇게 양파의 폭발하는 단맛이 눈을 떴다. 설탕 대신 생양파를 갈아 불고기를 재우면서 깃들었으면 소망했던, 자연스럽고도 강한 단맛이다. 불을 만나지 않는 한 잠재력을 끌어낼 수 없으니 애초에 생양파에게는 무거운 짐인 단맛이다. 하지만 캐러멜화한 양파는 자연스러운 단맛을 품은 만큼 한식에도 잘 어울린다. 특히 김치찌개 혹은 김치찜에 천생연분이다. 두툼한 냄비에 식용유를 두르고 돼지고기를 튀기듯 지진다. 배어 나온 기름에 김치와 국물을 넣고 적당히 볶다가 물을 부어 약불에 은근히 푹 끓이는 사이에 밥을 새로 짓는다. 금방 지어낸 밥 한 숟가락에 푹 익은 김치와 돼지고기, 그리고 캐러멜화한 양파를 조금 올려 먹는다. 요즘 유행인 '단짠'의 '밀당'은 물론, 매운맛을 가르며 파고드는 단맛이 입안 구석구석을 메운다. '이것이 한식이 꿈꿔야 할 이상적인 맛의 폭발은 아닐까'라는 생각마저 든다.

한편 샬롯은 양파에 비하면 맛과 향이 좀 더 진하기는 하지만 생김새만 놓고 보면 영락없는 꼬마 양파다. 따라서 양파와 같은 요령으로 껍질을 벗긴다. 그리고 반으로 갈라 도마에 눕힌다. 양파보다 훨씬 작아 난이도가 더 높은 칼질이 필요하다. 칼을 안 쓰는 손의 엄지와 검지로 샬롯의 양 끝을 꼭 잡고, 칼끝을 이용해 길이 방향으로 썬다. 작은 재료이니 최대한 곱게, 최대 3밀리미터 간격으로 썬다. 칼질이 몇 차례 더 남았으므로 뿌리 쪽은 썰지 말고 남겨둔다. 이제 엄지와 검지로 샬롯의 둥근 윗부분을 잡고, 이번엔 수평으로 3밀리리터 간격의 칼집을 넣는다. 마지막으로 길이와 수직 방향으로 썰면 최대한 고르게, 마치 다진 것처럼 샬롯을 썰 수 있다. 글로 설명하니 왠지 복잡해 보이지만 정육면체를 세로, 가로, 높이 순으로 한 번씩, 같은 폭으로 칼질을 한다고 생각하면 쉽다.

그런데 샬롯은 대체 무엇인가? 부추속(Allium genus) 식물이니 양파나 파 등의 일가다. 크기는 5백 원짜리 동전이나 골프공만 하고 속살은 보라색이니 크기를 줄인 적양파 같다고 생각하면 이해가 쉽다. 전 지구인의 맛내기 채소로 쓰이는 양파와 흡사한데, 크기가 줄어들면서 마치 물기만 고스란히 빠지기라도 한 듯 농축된, 즉 강렬한 맛과 향을 낸다. 그래서 양파가 맛의 바탕을 깔아준다면 샬롯은 맛의 표정을 잡아주고 또 북돋아주니 소스부터 스테이크까지 안 쓰이는 곳이 없다. 샬롯을 '당신의 맛 세계를 업그레이드해 줄 비밀 재료'라 일컫기도 한다. 레스토랑 주방에서는 붙박이 재료지만 가정의 부엌에서는 상대적으로 덜 알려져 있기 때문이다.

날로 쓰는 경우, 샬롯 맛을 가장 쉽게 살릴 수 있는 요리는 샐러드다. 드레싱의 한 종류인 비네그레트를 만들 때 1작은술 또는 반 개 분량을 더하면 강렬한 향이 샐러드 전체의 집중력을 높여준다. 마늘과는 또 다른 결의 강렬함인 데다가 아리고 맵지 않아 그 어떤 향신채보다 먼저 챙기고 싶은 맛과 향을 내준다. 비네그레트를 포함한 드레싱은 생채소 샐러드에만 쓴다고 생각하기 쉽지만 그렇지 않다. 데치거나 찌거나 구운 채소에 끼얹어도 온기와 함께 샬롯의 향기가 살아나면서 맛이 좀 더 섬세해진다. 우리가 늘 먹는 채소인 브로콜리(데치거나 찐 것), 당근(은근히 삶거나 오븐에 구운 것)과 짝짓기를 권한다.

양파처럼 샬롯도 익히면 또 다른 맛을 즐길 수 있다. 각종 볶음류에도 쓸 수 있는데, 일종의 연습으로 스테이크의 고명을 먼저 시도해 볼 수 있다. 스테이크를 다 굽고 난, 소금과 후추로 맛이 든 소기름이 번들거리는 팬에 곱게 썬 샬롯을 올리고 나무 주걱으로 계속 뒤적이며 투명해질 때까지 볶는다. 스테이크는 아주 뜨겁게 지진 팬에 굽는 게 정석이므로 남은 열로 샬롯이 타거나 끈적거리며 쓴맛을 내지 않도록 주의한다.

특히 무쇠 팬처럼 열전도율이 떨어져 열기를 머금으면 오랫동안 식지 않는 조리 도구의 경우 속 편하게 불을 끈 상태에서 볶기 시작하고 모자라다 싶으면 다시 불을 켠다. 혹시라도 스테이크를 굽는 김에 레드와인을 마시고 있었다면 샬롯에게도 한두 모금 준 뒤 알코올을 날리고 살짝 졸여 마무리한다. 와인을 나눠 줬든 아니든, 볶은 샬롯을 스테이크 위에 가지런히 올리고 맬든처럼 굵고 아삭한 바닷소금을 뿌리면 손이 좀 가는 소스 없이도 잘 갖춘 듯한 요리가 된다.

샬롯은 볶음 요리의 맛도 돋워주지만 버섯, 특히 양송이의 맛을 몇 단계 끌어올려 준다. 팬에 식용유를 두르고 센 불에 올려 달군다. 버섯에서 물이 나오지 않도록, 최대한 센 불에서 짧게 볶을 것이므로 얇은 논스틱 팬보다 두툼한 스테인리스 팬이나 무쇠 팬이 더 좋다. 팬을 달구는 동안 양송이를 손질한다. 버섯이 물을 스펀지처럼 빨아들이므로 물로 씻으면 안 된다는 통념은 근거가 없기 때문에 큰 대접에 물을 넉넉히 담고 양송이를 한꺼번에 담가 가볍게 헹군 뒤 건져 종이 행주 등으로 닦아낸다. 작은 것이라면 반만 가르면 되는데 우리가 살 수 있는 건 대체로 큰 편이므로 4등분한다.

팬의 기름에서 연기가 피어오를락 말락 할 정도로 뜨겁게 달궈지면 양송이를 올려 자주 뒤적이며 볶는다. 소금과 후추로 간하고, 불에서 내리기 1~2분 전에 곱게 썬 샬롯을 솔솔 뿌리고 고루 뒤적여 마무리한다. 어차피 남는 열로 충분히 익으므로 좀 덜 익힌다는 느낌으로 볶는 게 좋다. 버섯이 지닌 땅의 향기 위로 샬롯의 향긋함이 군침 넘어가도록 피어오른다. 버섯은 감칠맛이 빼어난 재료이므로 굳이 고기 등에 곁들이지 않고 그냥 먹어도 맛있다.

마지막으로 샬롯의 보관 요령을 살펴보자. 샬롯은 주로 백화점 식품 코너에서 플라스틱 용기에 담아 냉장 보관해 팔리는데, 양파를 냉장고에 보관하지 않듯 샬롯도 상온에 보관하는 게 좋다. 서늘하고 그늘진 곳에 두면 적어도 한 달은 멀쩡히 두고 쓸 수 있고, 3개월에서 6개월까지도 보관한 사례를 어렵지 않게 찾아볼 수 있다. 외국에서는 샬롯도 양파처럼 그물망에 넣어서 파는지라 그대로 어딘가에 매달아서 쓰면 되는데, 한국에서는 아직 그런 경우를 보지 못했으므로 구멍을 송송 뚫은 종이봉투에 담고 주둥이를 잘 여며주면 걱정 없이 오래 두고 쓸 수 있다.

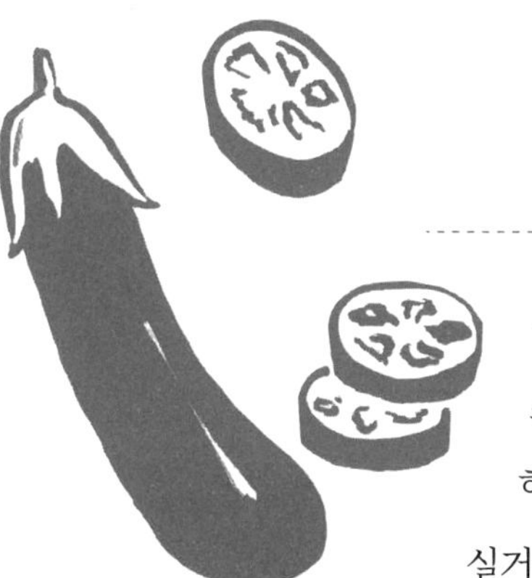

가지

부글부글 끓는 냄비의 물 위로 스테인리스 국그릇이 아슬아슬하게 떠 있다. 종종 끓는 물이 넘실거리다가 그릇으로도 흘러 들어간다. 승객은 길이 방향으로 8등분한 가지다. 찜기가 집에 자리 잡기 이전의 시절, 가지는 그렇게 삶는 것도 찌는 것도 아닌 여정을 거쳐 익어갔다. 최종 기착지는 언제나 나물이었다. 나는 가지나물을 좋아했다. 푹 익은 속살과 질깃함이 남아 있는 껍질의 조화가 재미있었다. 하지만 성인이 되고 나서야 알았다. 사람들은 대체로 가지의 그런 부분을 싫어한다는 것을. 푹 익어버려 곤죽 같은 질감도 그렇지만 고운 미색의 속살이 푸르죽죽해져 입맛이 떨어진다는 이유 때문이었다. 죽은 돌고래 속살 같다는 이들도 있다.

사시사철 어디에서나 살 수 있을 정도로 흔하지만 조리는 너무나도 만만치 않은 채소가 가지다. 반질반질한 보라색 껍질에 칼이 딱 사뿐사뿐하게 들어가는 느낌이 좋아서 하루 종일 썰어도 즐거울 것 같은 채소가 가지다. 그러나 거기까지. 조건반사처럼 별생각 없이 사와서 도마에 올려놓으면 비로소 본격적인 고민이 밀려온다. 가지는 대체 어떻게 먹는 게 좋을까?

정답은 '아무렇게나'다. 가지는 다른 맛을 굉장히 잘 흡수하는 식재료다. 그래서 나물부터 샐러드, 구이부터 튀김까지 웬만한 요리에는 모두 고개를 들이밀 수 있다. 눈치도 꽤 빨라서 이런저런 식재료와 두루두루 잘 어울린다. 말하자면 잠재력이 엄청난 채소인데 교육과 훈련이 좀 필요하다. 잠깐의 학습만으로도 잠재력이 활짝 피어나지만, 배려해 주지 않으면 눈치 없이 거의 모든 음식을 완벽하게 망칠 수 있다. 전혀 과장을 보태지 않고 가지의 미래가 우리의 손에 달렸다.

가지는 왜 까다로운 식재료일까. 여느 채소가 그렇듯 가지도 수분이라는 '양날의 칼'을 품고 있다. 특유의 싱싱함이며 질감 등은 높은 함유량의 수분 덕분에 가능하지만 맥락에 맞춰 다스리지 못하면 음식 전체를 망칠 수 있다. 속살이 곤죽이 되면서 질감이 엉망이 되고 간도 흐려진다. 더군다나 수분이 전부가 아니다. 하루 종일 가지만 썰면서 살 수 있을 것 같은 특유의 사뿐사뿐한 느낌은 조직의 공기 덕분이다. 사이사이 공기가 들어차 있는 가운데 조직이 느슨하게 얽혀 있으니 가지는 버섯과 더불어 채소계의 스펀지다.

그래서 가지의 수분과 공기를 덜어내는 '선행학습'이 필요하다. 첫 번째 방식은 소금만으로 가능하다. 쓰임새에 맞게 썬 가지를 체에 밭치고 소금을 솔솔, 넉넉히 뿌린 뒤 두 손으로 가볍게 버무려 30분 정도 둔다. 삼투압으로 느슨하게 얽혀 있던 조직에서 수분이 빠지니 눌러서 공기를 빼낼 수 있다. 종이 행주를 덮고 가볍게 손바닥으로 눌러주면 수분과 공기가 동시에 빠져나온다. 염장과 나물에 익숙한 우리에게 가지 절이는 것쯤이야 식은 죽 먹기다.

이 방법은 간단한 대신 시간이 오래 걸리니, 성미가 급하다면 전자레인지로 속성 코스를 밟을 수 있다. 일단 가지를 가로나 세로로 필요한 두께로 썰고 소금과 후추를 솔솔 뿌려 간한다. 전자레인지의 내부 공간에 맞는 접시를 준비해 종이 행주를 두 장 깔고 가지를 일정하게 담은 뒤 그 위에 종이 행주를 두 장 올리고 같은 크기의 접시로 덮는다. 접시는 무거울수록 좋다. 전자레인지에서 5~10분 돌린 뒤 꺼내고(접시가 뜨거우니 주의한다), 새 종이 행주 두 장 사이에 가지를 넣어 손바닥으로 가볍게 눌러 남은 수분과 공기를 함께 뺀다.

우리는 대체로 데치거나 삶은 채소 혹은 나물류의 물기를 짤 때 손에 넣고 둥글게 뭉쳐 짜는데, 그럼 안으로 들어갈수록 물기가 빠지지 않고 압력을 지나치게 가해 연약한 채소가 물크러진다. 따라서 한 켜씩 펼쳐놓고 종이 행주를 올려 물기를 빨아들이는 게 좋다. 한꺼번에 많이 손질하고 싶다면 '접시-종이 행주-가지-종이 행주-접시'의 켜를 여러 개 쌓아 올린 뒤 전자레인지에 한꺼번에 돌리면 된다.

이제 선행학습 또는 요리 세계의 용어로 '밑준비'가 끝났다. 가지의 눈치가 빨라진 데다가 한 번 다 익기까지 했으니 정말 가지가지의 가지 요리를 해 먹을 수 있다. 일단 지금까지 곤죽의 서러운 팔자를 떨칠 수 없었던 한식에서의 명예를 회복시켜 주자. 참기름에 소금이든 간장이든 심지어 된장이든, 어떤 바탕의 양념이든 가지와 버무려 먹으면 맛있다. 마늘도 마늘이지만 가지의 향과 생강이 아주 잘 어울리는데, 생강을 다져 더하면 씹히는 질감도 나쁘고 쓴맛도 두드러지므로 강판에 곱게 갈아 즙만 더한다. 여름이라면 가지냉국도 좋다. 대부분의 레시피에서 채택하는, 물러지도록 삶거나 뭉쳐서 물기를 뺀 가지보다 훨씬 가벼우니 사과 식초 등으로 상큼함을 낸 국물과 잘 어우러진다.

서양 요리도 크게 특별할 구석은 없다. 양념장을 비네그레트로 대체하면 샐러드가 된다. 맛과 향, 질감의 차원에서 여러 갈래의 가능성이 있다. 가지는 일단 다른 맛과 향을 잘 받아들이는 매개체로 주로 강한 맛의 식재료 및 향신료와 좋은 시너지 효과를 낸다. 전자로는 안초비(없다면 액젓), 올리브, 치즈와 토마토, 후자로는 커민, 너트멕 등이 대표적인 짝이다.

한편 치즈는 매끄럽고 풍성한 질감을 더해주니, 가장 순한 맛인 리코타나 크림치즈부터 양젖이나 염소젖으로 만드는 페타처럼 강렬한 치즈까지 다른 표정으로 두루두루 잘 어울린다. 치즈가 지닌 고소한 맛의 여운을 이어주고 싶다면 호두를 더하면 좋고 매끄러움과 풍성함, 그리고 감칠맛을 엮어주고 싶다면 프로슈토나 하몽 같은 생햄이 가지를 기다리고 있다. 공기도 수분도 빠져 안전해졌으니 훨씬 가볍고 즐겁게 튀겨 먹을 수도 있다. 사시사철 언제라도 눈치 빠른 가지 요리 한 가지쯤 손에 쥐고 있으면 든든하다.

오이

마늘종 다음으로 오이를 좋아한다. 생으로 먹어도 좋고 무쳐도, 심지어 볶아도 좋지만 소박이를 위해 절여둔 오이가 최고다. 오이를 세로로 3, 4등분해서 십자로 칼집을 넣되 맨 끝 1, 2센티미터는 남겨둔다. 그래야 이름처럼 '소박이'를 해도 소가 빠져나가지 않고 칼집 사이에 자리를 잡는다. 소박이도 김치이므로 일단 소금에 절여야 한다. 오이를 넓은 '다라이'에 담고 소금을 솔솔 뿌린 뒤 칼집을 넣은 사이에도 조금씩 뿌린다. 생오이와 김치를 담그기 딱 좋은 상태의 정확하게 중간 상태일 때 집어 먹는 걸 언제나 좋아했다. 아삭함이 살아 있을 만큼만 절인 짭짤한 오이 위로 드문드문 녹지 않은 굵은 바닷소금 알갱이가 흩어져 있다. 덕분에 씹으면 소금의 폭발적인 짠맛과 특유의 질감이 오이의 싱그러운 풋내와 함께 퍼진다. 때로 '꼬다리', 즉 양쪽 끝부분을 잘못 고르면 만만치 않게 쓸 때도 있지만 그마저도 나름의 맛이 있다. 짜니까 그만 집어 먹으라는 지청구에도 멈추지를 못한다.

그런 오이를 먹는 재미로라도 소박이를 열심히 담가 먹었는데, 손이 꽤 가는 김치다 보니 고민을 하게 됐다. 바쁜 현실에서 과연 얼마만큼의 시간을 오이소박이에 투자해야 할까? 게다가 다른 김치에 비해 최적의 맛을 내는 기간도 짧은 편이다. 신맛이 제법 날 만큼 익히기가 쉽지 않을뿐더러, 익히더라도 곧 물크러지기 시작해 매력이 떨어지는 경우도 잦았다. 그러다 보니 자연스레 생각한 대안이 바로 피클이었다. '피클이라니, 그건 피자나 파스타 먹을 때 곁들이는 새콤달콤한 곁들이 음식 아닌가?'라고 생각하기 쉽다. 물론 맞는 말이다. 단촛물을 끓여 금방 담가 먹는다고 해서 '즉석 피클(Quick pickle)'이라 부르고 피클 세계의 정확히 절반을 차지한다.

나머지 절반은 발효 피클이 차지하는데, 뜯어보면 김치 아닌가 하는 생각이 들 정도다. 무엇보다 숙성과 젖산 발효를 통해 잘 익힌 김치에서 맛볼 수 있는 쨍하고도 상큼한 신맛이 들기 때문이다. 게다가 소금물과 오이 단 두 가지 재료만으로 만들 수 있으므로 손이 거의 가지 않을 정도다. 15분이면 오이 손질부터 피클 담그기까지 끝낼 수 있고 익히기도 생각보다 까다롭지 않다.

만드는 법+을 찬찬히 살펴보자. 일단 물을 끓이고 그 사이 오이를 손질한다. 칼날을 세워 오이 표면을 천천히 긁어 가시를 걷어내고 과채 세척제 등으로 씻는다. 이제 오이를 썰 차례인데 정석은 없으니 마음대로 모양을 내거나 몇 등분을 해도 상관없다. 다만 이리저리 만들어보니 모든 조각에 껍질이 고르게 붙어 있어야 똑같은 정도로 물러 먹기에도 편하다는 결론을 내렸다. 따라서 오이소박이 담글 때와 흡사하게 오이를 손가락 길이로 3, 4등분한 뒤 각 조각을 4등분하는 게 가장 좋다. 고르게 익을뿐더러 먹기에도 편하다.

썬 오이를 유리병에 차곡차곡 담는다. 잡균이 발효를 망치지 못하도록 병을 살균하는 게 좋은데, 끓는 물로 살균하

+ Sandor Ellix Katz, 《The Art of Fermentation》, p123~125

는 것이 특별한 도구도 필요하지 않고 가장 보편적인 방식이다. 넉넉한 크기의 냄비에 병을 담고 병이 잠기도록 물을 붓고 팔팔 끓인다. 아니면 식기세척기나 오븐을 쓸 수도 있다. 전자를 쓴다면 피클 병을 다른 그릇과 함께 설거지하면 끝이고, 후자라면 110도로 예열한 오븐에 20분 동안 둔다. 이제 끓인 물에 고운 바닷소금을 탄다. 비율은 물 1000밀리리터당 소금 35그램이다. 물은 계량컵에 다는 게 정석이지만 어차피 부피와 무게가 같으므로 저울에 달아 써도 상관없다. 계량컵에 소금을 담고 영점 조정을 한 뒤 뜨거운 물을 붓는다. 대체로 소금이 바로 녹아 저어줄 필요도 없을 테니 그대로 병에 붓는다.

오이가 완전히 잠기도록 소금물을 붓는데, 만약 모자라더라도 당황하지 말고 같은 농도(1000:35, 즉 3.5%)로 소금물을 만들어 더한다. 농도가 맞는 소금물을 오이가 잠기도록 붓는 게 관건이므로 양은 크게 상관이 없다. 발효가 원활하게 될 수 있도록 면포를 덮고 병 주둥이 둘레에 고무줄을 둘러 고정시키거나, 뚜껑을 느슨히 닫는다. 이때 오이가 떠오르지 않도록 랩을 씌운 종지 등으로 눌러준다. 상온에 두면 이틀쯤 뒤부터 맑은 국물이 탁해지고 오이가 불투명해지기 시작한다. 발효가 본격적으로 진행되는 조짐이니 슬슬 뚜껑을 열어 맛을 본다. 시금털털하고 아직 맛이 덜 들었다 싶을 때 냉장고에 넣으면 조금 늦게 익고, 그보다 좀 더 두면 신맛이 제대로 난다. 상온에서 3~6일까지 발효시키는데 기간이 길어질수록 피클의 신맛도 강해진다.

일단 발효의 감을 잡았다면 부재료를 더해 맛을 확장시킬 수 있다. 가장 기본적인 발효 피클의 부재료는 마늘이다. 어차피 한국은 마늘 강국이므로 양에 구애받지 않고 오이 사이사이에 양껏 담아 함께 익힌다. 월계수 잎, 통후추, 고수의 씨앗인 코리앤더, 북유럽의 허브 딜 등으로 향을 더하며 좋아하는 조합을 찾는다. 신맛이 또렷한 표정을 낼 정도로 피클이 익으면 정말 김치처럼 먹을 수 있다. 피클이니 샌드위치나 훈제 혹은 염장 연어 같은 서양 음식에나 곁들여야 할 것 같지만, 오이 백김치나 마찬가지다 보니 한식 밥상에 올려도 잘 어울린다. 물론 오이가 핵심이지만 국물까지 쓰임새가 있다는 게 발효 피클의 장점이다. 적당히 시큼하고 시원해서 해장에 마셔도 좋지만 국수를 말아 먹으면 훌륭하다. 특히 닭을 삶아 식힌 국물과 반씩 섞고 닭고기와 다진 피클을 얹으면 간단하게 초계국수의 분위기를 낼 수 있다.

완두콩

짜장이냐 짬뽕이냐, 그것이 문제로다. 탕수육의 '부먹' 및 '찍먹'의 선택과 더불어 우리에게 매우 큰 의미를 지닌 문제다.

고백하건대 나는 단 한 번도 이 사안의 심각함을 이해하지 못한 채 지난 40여 년을 살아왔다. 나에게 중국집의 '식사'란 언제 어디서나 볶음밥이었기 때문이다. 나이를 먹으며 짜장면의 지분이 차츰 늘어 결국은 양자택일을 놓고 고민하는 팔자가 돼버리기는 했다. 하지만 적어도 어린 시절에는 터럭만큼도 고민하지 않았다. 무엇보다 완두콩 때문이었다.

완두콩에 이끌려 볶음밥을 심각하게 받아들인 건 초등학교 2학년 때였다. 새로 이사 간 아파트의 상가 2층에는 중국집이 있었다. 따뜻한 차를 내주는 등, 아파트 주민만을 상대로 하는 곳치고는 약간의 격식이 배어 있는 곳이었다. 그래서였을까, 볶음밥에는 언제나 완두콩이 잔뜩 들어 있었다. 그래 봐야 주방 쪽 선반에 잔뜩 쌓인 통조림에서 나온 것이었겠지만, 그 바깥의 세계를 모르는 초등학교 2학년에게는 충분히 고급스러워 보였다.

그리고 2년 뒤, 깨달음이 찾아왔다. 계기는 어머니가 구독했던 여성지의 부록이었다. 제목은 정확하게 기억나지 않지만 '살림 요령 사전'과 비슷했으니, 요리를 비롯한 가사의 요령을 간추려 담은 핸드북이었다. "콩알에 직접 간을 할 수 없으므로 완두콩을 찔 때는 깍지에 넉넉하게 소금을 뿌려야 맛있다"라는 항목을 읽고는 알았다. 큰 깡통에 담긴 완두콩이 전부가 아니라는 것을. 음식에 호기심이 많았던 어린이였던 나는 핸드북을 들이밀며 완두콩 깍지에 소금을 넉넉하게 뿌려 쪄 먹자고 건의했다. 하지만 이 바람은 약 75퍼센트만 이루어졌다. 찐 완두콩이 밥상에 올라오기는 했지만 깍지에 소금 간은 돼 있지 않았기 때문이다. '음식은 최대한 싱겁게'라는 가풍 탓이었다.

그래서인지 '소금을 넉넉하게 뿌려'라는 문구는 여태까지 잊히지 않고 매년 봄마다 나를 이끈다. 이제는 콩을 대부분 까서 팔고 완두콩도 예외가 아니기에, 오히려 깍지째 파는 것을 사려면 전통시장을 찾는 등 발품을 약간 팔아야 한다. 초록색 깍지가 잔뜩 담긴 망이 눈에 들어올 때 나는 조금 안심한다. 올봄에도 완두콩을 먹고 지나갈 수 있겠구나. 다행이다.

깍지까지 입에 넣어야 하므로 완두콩은 최대한 깨끗하게 씻는다. 싱크대에 물을 받고 과채 세척제를 풀어 완두콩을 충분히 담갔다가 헹군다. 아니, 그런데 굳이 깍지를 입에 넣고 까먹어야 하나? 품격 떨어지게. 누군가는 그렇게 합리적인 회의를 품을 수도 있다. 영 내키지 않는다면 그저 손으로 깍지 하나를 까서 먹어도 그만이다. 꼭지 쪽의 끝을 엄지와 검지로 꾹 눌러 떼어낸 뒤 등쪽으로 잡아 내리면 실을 당겨 소포 봉투를 열듯 깍지가 갈라지며 콩알이 드러난다. 한 알씩 집어 먹든, 아니면 입을 벌리고 털어 넣든 각자 알아서 할 일이다. 다만 찐 완두콩이 공기 하나쯤의 분량이라면 이처럼 차분하게 한 깍지씩 까먹어도 상관없다. 어쩌면 그렇게 먹어야만 콩알의 맛을 최대한 음미할 수 있을지도 모른다. 하지만 봄은 짧고 완두콩은 잠깐 스치고 지나가니 눈에 띌 때마다 한 자루씩 사다가 찐다면 이야기가 달라진다. 한 깍지씩 집어 먹어서는 감질날뿐더러 콩알을 발라내다가 지쳐 먹는 재미를 빼앗겨 버릴 수도 있다.

여기까지 고려했다면 품격쯤은 살짝 밀어두고 좀 더 편하게 먹는 게 좋지 않을까? 잘 씻은 콩깍지를 체에 밭쳐 물기를 적당히 털어내고 찜기에 담는다. 스테인리스 재질의 접이식 찜기보다 대나무 찜기가 좀 더 다루기 편하다. 한 자루를 샀다면 찜통이 두 층은 필요할 것이다. 냄비에 물을 내용물이 잠길 정도로 담고 끓기 시작하면 찜통에 담은 콩깍지에 소금을 넉넉하게 뿌려준다. 대체 얼마만큼이 넉넉한 것일까? 중간 굵기 꽃소금의 흰색이 콩깍지의 초록색을 3분의 1쯤 덮는다는 기분으로 뿌려주면 넉넉하다.

소금을 다 뿌렸다면 물이 보글보글 끓을 정도로만 불을 줄이고 찜통을 올린다. 수증기, 즉 습열로 식재료를 익히는 찜은 완만한 조리법이므로 재료가 타거나 과조리될 가능성도 낮다. 다만 너무 익히면 콩알 자체가 쪼그라들어 맛이 떨어지니 깍지 표면에 물기가 송골송골 맺힐 때까지만 쪘다가 내려 그대로 식힌다. 현대사회에서 타인에게 제공할 수 있는, 인류애를 원동력으로 삼는 자발적인 친절함만큼의 온기가 남아 있을 때 깍지를 입에 넣고 이 사이로 가볍게 문 뒤 끝을 손가락으로 잡아 훑으며 빼낸다. 콩깍지의 싱그러움이 깃든 짭짤한 물이 배어 나와 완두콩의 농축된 봄의 맛에 간을 맞춰줄 것이다. 종류에 상관없이 좋아하는 맥주를 콩깍지가 머금고 있는 온기에 반비례해 차게 두었다가 반주로 곁들이면 크게 한 것도 없이 왠지 뿌듯한 술상이 어느새 완성된다.

시금치

시금치 하면 뽀빠이, 뽀빠이 하면 시금치다. 〈뽀빠이〉는 E.C. 세거에 의해 1919년 처음 등장했다. 애인인 올리브 오일을 위험에 빠트리는 연적이자 맞수 브루터스에 맞서다가 힘이 달리면 통조림을 손으로 짜다시피 눌러 열고 시금치를 먹는다. 그리고 힘을 내 상황을 정리한다. 뽀빠이의 활약 덕분에 1930년대 미국에서는 시금치 소비량이 30퍼센트나 늘었다고 한다. 텍사스주의 시금치 재배 농가에서는 동상까지 세워 뽀빠이를 기린다.

시금치는 바람이 쌀쌀해지면 본격적으로 등장해 겨울이 제철이라 여기는 경향이 있지만, 사실 재배 기간을 줄이고 수확 시기를 앞당겨 그렇다. 원래 시금치의 제철은 2월 말에서 3월 초다. 여름에도 자라는 시금치가 있기는 하지만 이파리가 크고 줄기가 긴 서양종이고, 겨울부터 봄까지 먹는 종류는 짧고 땅에 달라붙어 자라는 동양종이다. 이파리가 뾰족한 동양종은 해가 길어지면 꽃대가 올라와 씨앗을 만드는 데 에너지를 소비하므로 상품 가치가 없어진다. 따라서 해가 짧아 꽃대가 올라오지 않는 가을과 겨울에 재배한다.

시금치를 사면 늘 고민한다. 밑동을 자를 것인가 말 것인가? 우리는 거의 백 퍼센트 시금치를 송이째 익혀 반찬을 만드는데 무슨 상관일까? 직접 시금치를 익혀보면 단박에 알 수 있다. 모래 탓에 시금치의 모든 이파리가 밑동에 붙어 있는 채로는 익히는 게 쉽지 않다. 순수한 조리의 관점에서도 밑동은 살짝 골칫거리다. 우리가 먹는 시금치는 대체로 뻣뻣한 편이니 줄기가 한데 모인 밑동은 꽤 딱딱하다. 뿌리 바로 위라서 단맛이 좀 더 강하다는 장점은 있지만, 줄기나 잎과 같은 속도로 익지 않으니 결국 조금 덜 익는다.

그래서 시금치의 완결성 대신 깔끔한 손질과 고른 조리를 위해 밑동을 잘라 버린다. 시금치가 철사 등으로 가지런히 묶여 있다면 몇 갑절 더 편하다. 밑동에서 1센티미터쯤 위를 칼로 썰어낸다. 한 번의 칼질로 다발 전체의 밑동을 썰어낼 수 있으니 절대 철사를 먼저 풀지 말자. 이제 싱크대에 밑동을 자른 시금치를 넣고 철사를 푼 뒤 물을 받는다. 시금치 전체가 잠길 때까지 물을 받은 뒤 1~2분 정도 둔다. 시금치가 물에 잠겨 있는 채로 두 손으로 잡고 가볍게 서너 번 흔들어 준 뒤 체에 밭친다. 싱크대 바닥에 깔린 모래가 보일 것이다. 물을 빼고 모래를 개수대로 흘려보낸 뒤 같은 과정을 되풀이 한다. 모래가 나오지 않을 때까지, 두세 번 정도면 충분할 것이다. 체에 밭쳐 좀 두거나 채소 탈수기를 써 물기를 완전히 뺀다. 멍들거나 짓무른 이파리를 골라내고 종이 행주를 두른 뒤 밀폐 용기나 지퍼백에 담아 냉장고에 둔다. 5~7일은 싱싱하게 두고 쓸 수 있다.

흔히 시금치를 끓는 물에 데친다고 생각하지만 오래 끓일 필요는 없다. 대부분은 끓는 물을 부어주는 것만으로 부드럽게 익힐 수 있다. 시금치를 싱크대 혹은 볼에 담고 팔팔 끓인 물을 붓는다. 뜨거운 물의 열기만으로 숨이 적당히 죽는다. 물이 여전히 뜨거울 테니 손보다 집게로 시금치를 건져 체에 밭쳤다가 물기를 뺀다. 참고로 시금치를 두 손 사이에 올리고 둥글게 뭉쳐서 누르지 않는다. 물기가 균일하게 빠지지 않기 때문이다. 대신 일단 체에 밭쳐 대부분의 물기를 걷어낸 뒤 도마 위에 종이 행주를 한 겹 깐다. 그 위에 익힌 시금치를 한 켜로 고르게 올린 뒤 종이 행주를 한 겹 올려 손바닥으로 가볍게 누른다.

두 번째는 씻고 남은 물기로 익히기다. 앞에서 살펴본

요령으로 씻은 시금치를 바로 넓고 납작한 소테 팬이나 프라이팬에 넣고 불에 올려 숨이 죽을 때까지 익힌다. 세 번째는 찜인데, 완만하게 익힐 수 있어 시금치의 과조리를 막을 수 있다. 대나무 찜기나 스테인리스 스팀 찜바구니에 담아, 보글보글 끓는 물 위에 올려 익힌다. 마지막으로 본격적인 데치기가 있다. 끓는 소금물에 담가 익히는 방법으로 물기를 완전히 빼고 다져 라자냐나 크로켓, 파이 등의 서양 요리에 쓰는 경우가 아니라면 굳이 고려하지 않아도 좋다.

숨이 죽도록 익혀도 엄청나게 부드러워지거나 맛의 표정이 연약해지는 녹채가 아니므로 시금치는 조금 과감하다 싶게 맛을 내도 좋다. 어쩌면 지금까지 우리가, 특히 어린 시절에 시금치를 그다지 맛있다고 느끼지 못한 이유는 맛을 과감하게 내지 않았기 때문일 수도 있다. 이 점을 염두에 두고 시금치와 잘 어울리는 맛내기 재료 혹은 요령을 살펴보자.

일단 모든 음식과 맛내기의 기본인 소금부터 짚고 넘어가야 순리다. 시금치는 짠맛을 잘 받아들이므로 다른 채소보다 간을 더 세게 한다. 맛을 봤을 때 짠맛이 시금치의 단맛을 뚫고 나오는 듯하다가 여운을 너무 길게 남기지 않고 사라지는 정도로 간을 해보자. 달리 말해 소금과 짠맛의 존재감이 확실히 느껴져야 시금치도 더 맛있어진다.

다음으로는 마늘인데, 식용유나 올리브유에 서서히 익혀 단맛을 최대로 뽑아내 쓴다. 팬에 좋아하는 기름을 넉넉히 두르고 달구지 않은 상태에서 중간 굵기로 다진 마늘을 원하는 만큼 올린 뒤 약불에서 서서히 익힌다. 마늘이 투명해질 때까지 익으면 기름과 함께 시금치에 더해 버무린다. 신맛으로 균형을 잡아주고 싶다면 단맛을 내는 발사믹이나 상큼한 사과(사이더) 식초를 쓴다. 마지막으로 참기름은 시금치와 찰떡궁합이므로 다른 나물을 버무릴 때보다 좀 더 넉넉하게 쓴다.

고구마

음식 평론가는 자질구레하게 이것저것 주워 먹어야 해서 하나의 음식 혹은 식재료를 오래 사 먹는 경우가 꽤 드물다. 그런 가운데 고구마는 한 농장의 한 품종을 10년 가까이 꾸준히 먹고 있다. 발단은 어느 날 집으로 예고 없이 날아든 자색 고구마 한 상자였다. 알고 보니 아는 시인 겸 편집자가 선물로 보낸 것이었다. 그렇게 알게 된 판매처에서 꾸준히 고구마를 사 먹던 어느 날 새로운 품종의 소식을 들었다. 단맛은 밤고구마에 가깝지만 질감은 뻑뻑하지 않고 물고구마처럼 부드러운, 말하자면 양쪽의 장점을 한꺼번에 갖춘 품종이라고 했다. 바로 주문해 맛을 보고 놀랐다. 아무런 맛도 더하지 않고 그냥 굽기만 한 고구마가 독립된 디저트와 같은 완성도를 지니고 있었다. 품종의 이름은 '달수', '이렇게 달 수가 없다'고

해서 붙은 이름이라고 했다.

달수는 이제 전국 고구마 재배량의 40퍼센트를 차지할 정도로 전국구의 명성을 누리고 있다. 사실 고구마를 품종 이름까지 알고 사 먹기란 쉬운 일은 아니다. 여느 작물이 그렇듯 품종이 매우 다양한 데다가, 고구마라면 '물', '호박', '밤' 등 일반적인 분류로만 기억하고 선택하기 쉽다. 그런 가운데 달수는 이름을 널리 알렸다. 인기의 비결이 무엇이냐고? 무려 27브릭스에 이르는 당도다. 브릭스는 당도의 단위로 물 100그램을 기준으로 녹아 있는 당분의 양을 의미한다. 1브릭스면 물 100그램에 당 1그램이 녹아 있다는 것이다. 비교하자면 귤 가운데 당도가 높은 것이 12브릭스, 요즘 최고급 과일의 신예로 꼽히는 샤인머스캣이 최소 18브릭스다. 달수가 이들 과일보다 1.5~2배 이상 더 달다.

달수의 본명은 베니하루카(べにはるか)로 일본 고구마다. 규슈오키나와 농업 연구소에서 1997~2007년에 개발 및 육성한 고구마로 '규슈121호'와 '하루코가네'의 교배종이다. 일본에서도 인기가 좋아 고향세 답례품 상위권에 오르곤 한다. 국내에는 2010년경에 들어와 재배 및 확산되기 시작했는데, 문제는 공식적으로 품종을 반입한 기록이 없다는 점이다. 더군다나 개미바구미 등 금지 해충이 서식해 외국 품종의 반입이 불가능한 지역에서 재배를 시작했다. 그렇다면 베니하루카는 어떻게 국내에 자리를 잡은 것일까?

2020년 11월 15일 〈일본농업신문〉에 달수와 베니하루카에 관한 기사가 실렸다.✢ 제목이 '고구마 베니하루카 무단 유통 한국에서 확대, 재배면적 40퍼센트 수출 경쟁에 우려'였다. 한국 농민이 견학에서 들여온 베니하루카가 국내에 자리 잡았다는 요지였다. 해남군농업기술센터에서 농민들의 요청으로 베니하루카를 무균 배양해 '해남1호'라는 이름을 붙여 보급해 왔다고 한다. 워낙 맛이 좋다 보니 해남고구마생산자협회를 통해 해남1호가 전국으로 퍼졌다. 달수는 이제 대세로 자리 잡았고 계속 세를 불려나가고 있다. 심지어 일본 본명을 응용한 '베니의 하루' 같은 이름으로도 팔리고 있다.

베니하루카와 달수, 혹은 해남1호의 관계가 공식적인 국제 문제로 발전될 가능성은 없다. 베니하루카가 신품종 보호에 관한 국제 협약(UPOV)으로 보호받을 수 없는 처지에 놓여 있기 때문이다. 해외에서 품종 육성자 권리를 행사하려면 양도가 시작된 지 4년 이내에 현지에서 품종 등록을 해야 한다. 일본의 입장에서는 반출되는지조차 몰랐을 것이므로 그런 절차를 거쳤을 리가 없다. 게다가 작물은 의류 같은 공산품과 또 달라 자발적으로 재배한 흐름을 막거나 돌리기도 어렵다.

✢ '일본서 두들겨 맞고 있는 해남1호 고구마', 〈전남인터넷신문〉, 2020년 11월 30일, http://www.jnnews.co.kr/m/view.php?idx=291759

하지만 농업계에서는 도의나 자존심 차원에서 고민하지 않을 수 없다. 실제로 달수에 대한 농업 매체의 보도는 대부분 이런 시각이다. 하필 일본 품종이 무단 도입돼 전국적으로 퍼져나간 탓에 질타를 받으므로 망신살이 뻗친다는 논리다. 이런 가운데 국산 고구마가 딱히 손을 놓고 있는 것만은 아니다. 농촌진흥청에서 기능성과 재배 안정성이 우수한 품종을 지속적으로 개발 및 보급하고 있다. 그 결과 국산 품종의 재배면적 점유율이 2016년 15.9퍼센트에서 2020년에는 37.1퍼센트로 2.5배가량 높아졌으며, 2024년에는 40퍼센트를 목표로 잡고 움직이고 있다. 높은 베타카로틴 함유량이나 많은 수확량을 장점으로 내세우는 국산 고구마의 대표 품종은 호감미, 풍원미, 진율미 등이다. 최선을 다한 작명이겠지만 달수만큼 착 붙지는 않는다.

품종이 어디에서 어떤 경로로 들어왔든, 일단 우리 집으로 굴러 들어온 고구마는 잘 먹는 게 예의다. 날것으로는 물론 익힌 뒤에도 저장성이 나쁘지 않은 작물이 고구마다. 따라서 생각날 때마다 조금씩 사는 것보다 아예 대량을 사서 한꺼번에 조리하는 게 훨씬 편하다. 사실 고구마는 의외로 조리 후보다 전의 보관이 훨씬 더 어렵다.

구황작물이니 거칠게 굴려도 되지 않을까 싶지만 고구마는 아열대인 남미와 중미가 고향이다. 최상의 보관 온도가 12~16도이므로 여름은 불타오르고 겨울은 꽁꽁 얼어붙는 한국에서는 보관이 특히 어렵다. 냉장고에 넣어도 상하고 온도가 높은 곳에 그대로 두면 멍이 든 곳부터 썩어버린다. 따라서 상자로 구매했다면 받자마자 뒤집어 온도가 맞는 곳에서 일단 통풍을 시킨다. 오래 두고 먹을 요량이라면 신문지로 한 개씩 싸고, 조리 직전까지는 물을 대지 않는다.

고구마 보관이 은근히 까다로워 보인다면 환경이 허락하는 만큼 최대한 빨리 조리해 버리는 게 몇 배는 속이 편하다. 과연 고구마는 어떻게 조리해야 잠재력, 즉 단맛을 최대한 끌어낼 수 있을까? 겨울에는 길거리의 군고구마를 떠올리기 쉽다. 드럼통을 개조해서 만든 일종의 오븐으로 굽는 고구마 말이다. 냄새도 정취도 매우 훌륭하지만, 이런 드럼통 오븐식의 조리법은 고구마에 최선이 아니다. 장작불은 최대 600도까지 올라가며 복사열도 만만치 않다. 따라서 고구마가 맛의 멍석을 깔기도 전에 얼른 재주를 부리라고 몰아붙일 것이다. 그렇게 주눅이 든 고구마는 차선으로 익어버린다.

미국국립생물정보센터(NCBI)의 논문[✢]에 의하면 익히지 않은 고구마는 자당, 포도당, 과당을 함유하고 있지만 대체로 썩 달지 않다. 하지만 익히기 시작하면 전분이 가수분해

✢ 자세한 내용은, 〈Changes in sugar composition during baking and their effects on sensory attributes of baked sweet potatoes〉, https://www.ncbi.nlm.nih.gov/pmc/articles/PMC4252450/

돼 맥아당으로 바뀐다. 품종에 따라 차이는 있지만 고구마를 익히면 맥아당의 비율이 최소 50퍼센트 이상으로 늘어나면서 단맛의 주도권을 확실히 잡아준다. 따라서 고구마가 맥아당을 최대한 발달시킬 수 있어야 제맛이 날 텐데, 관건은 온도다. 고구마의 전분을 맥아당으로 바꿔주는 효소는 57도에서 활동을 시작해 75도가 되면 손을 놓는다.

따라서 이 사이의 온도에서 30분 정도 두었다가 본격적으로 익히는 게 바람직하다. 결국 에어프라이어나 찜기보다 오븐이 더 좋은데, 없다면 최대한 낮은 온도에서 천천히 구울 것을 권한다. 오븐을 쓴다면 맥아당을 활성화시킨 뒤 180도 이하의 온도에서 마저 굽는다. 드럼통 오븐을 흉내 내 온도를 너무 높이면 겉은 타고 속은 말라 고구마가 초라해진다. 다 구운 고구마는 완전히 식힌 뒤 지퍼백에 담아 냉동 보관했다가 크기에 따라 전자레인지에서 1~2분 정도 돌린다. 갓 구운 것과 최대한 가까운 느낌으로 먹을 수 있다.

단호박

이왕 오븐에 불을 지핀 김에 단호박도 구워보자. 본격적으로 준비를 하기 전에 가볍게 구분하고 넘어가자. 우리가 단호박이라고 부르는 채소의 정확한 명칭은 '카보차 스쿼시(Kabocha squash)'다. 말하자면 흔히 호박으로 알고 있는 '펌킨'과 다른데, 둘의 차이는 무엇일까? 아주 간단히 요약하면 '펌킨'이 '스쿼시'의 일종이고 이들 모두가 쿠커비타(Cucurbita)속의 일원이다.

단호박은 오렌지색 펌킨에 비하면 수분이 적고 살이 조금 더 단단하며 단맛도 두드러지는데 손질이 조금 까다롭다. 채소지만 껍질(Rind)보다 껍데기(Shell)에 가까운 단단한 표면 탓이다. 따라서 통호박인 상태에서는 껍질을 벗겨내기도 어려울 뿐만 아니라 껍질을 뚫고 속살까지 들어가기도 만만치 않다. 여기에 둥글넓적한 모양, 음식점 주방만큼 잘 벼려놓지 않는 가정 식칼의 상태까지 감안하면 칼을 잘못 다뤘다가 미끄러져 사고가 날 수도 있다. 일단 반을 갈라놓으면 이후의 과정은 수월한데, 유튜브의 무료 콘텐츠를 뒤져봐도 가르는 요령은 보여주지도 않거니와 칼만으로 아슬아슬하게 썰어낸다. 누구에게도 권할 수 없을 만큼 위험하다.

그렇다면 어떤 요령으로 손질해야 할까? 유료 요리 강습 비디오나 요리책을 찾아보면 단호박 공략법을 세 단계로 나눠 설명한다. 첫째, 숟가락이나 칼로 꼭지를 떼어낸다. 둘째, 미끄러짐을 막기 위해 도마 위에 행주를 깐 다음 단호박을 올린다. 식칼이나 빵 반죽칼을 꼭지 근처에 대고 고기망치로 천천히 두들겨 꽂는다. 셋째, 식칼이든 빵 반죽칼이든 껍질과 속살을 완전히 관통한 것을 확인한 뒤 고기망치로 칼날을 살살 두들기며 수직 방향으로 단호박을 가른다. 한쪽을 완전히 가르면 수직으로 세운 뒤 칼날을 세워 반대편을 마저 갈라준다. 단단한 껍질을 공략했더라도 전분 탓에 살이 달라붙어 칼날이 마음먹은 만큼 원활하게 움직이지 않으므로 조심, 또 조심하며 아주 천천히 나아간다.

안전에 초점을 맞춘 공략법은 이렇지만 대부분의 가정에서는 고기망치나 빵 반죽칼을 갖추지 않았을 가능성이 높다. 따라서 일단 행주라도 깐 뒤 꼭지 근처를 손잡이와 가장 가까운 부분의 칼날로 조심스레 두어 차례 찍어 충분히 틈을 낸 다음 칼끝을 꽂아 천천히 움직여 가른다. 일단 반을 가르고 나면 이후 손질은 한결 순조롭다. 숟가락으로 씨와 섬유질을 깔끔하게 긁어낸 다음 썰어낸 면이 도마에 닿도록 엎어 위와 아래를 평평하게 썰어준다. 그대로 한 번 더 반을 가르면 비로소 손으로 쥐기 쉬워지니 껍질도 안정적으로 벗겨낼 수 있다. 식칼이나 과도보다 채소 필러(Vetetable peeler)가 훨씬 안전하고 편하니 참고하자.

한편 단호박을 오븐에 구우면 아예 껍질을 벗겨낼 필요가 없다. 센 불에 좀 구워야만 살이 부드러워지니 다소 번거롭지만 대신 캐러멜화를 거쳐 훨씬 진하고 강렬한 단호박 맛을 볼 수 있다. 오븐을 205도로 예열하고 크기에 따라 2등분 혹은 4등분한 단호박에 식용유와 소금을 약간 더해 버무린 뒤 자른 면이 닿도록 제과제빵 팬에 올린다. 20분 정도 구운 뒤 뒤집어 15분 정도, 속살이 부드러워질 때까지 익힌다. 이렇게 익힌 단호박은 사실 껍질까지 먹을 수 있을 정도로 연해지는데 살에 비하면 딱딱하고 뻣뻣하므로 딱히 권하지는 않는다. 손으로 껍질을 벗겨내거나 아니면 숟가락으로 살을 살살 긁어내면 단호박의 정수를 먹을 준비가 끝난다. 고구마와 같은 요령으로 지퍼백에 담아 냉동 보관한다.

아스파라거스

"그거 스테이크 옆에 나오는 채소잖아."

우리에게 아스파라거스란 대체로 이런 식재료다. 고기를 보좌하는 채소. 대중적이지도 싸지도 않으니 고급 요리에서 한두 개 정도 체면치레하듯 먹는 채소. 내가 아스파라거스라면 좀 억울할 법한 인식이다. 무엇보다 맛이며 향이 상당히 강하면서도 개성적이라 굳이 고기의 힘을 빌지 않더라도 맛있게 먹을 수 있기 때문이다. 그러니 아스파라거스만 맛있게 먹는 요령을 살펴보자.

일단 너무 굵지 않은 것을 고른다. 성인 남성인 나는 네 번째 손가락인 약지를 기준으로 삼고 줄기의 지름이 1.5센티미터 안팎인 것을 선호한다. 손질은 크게 세 단계로 나뉘는데 '가볍게'가 핵심이다. 아스파라거스는 연약한 식물이라 손질 과정에서 줄기가 꺾이거나 봉우리가 떨어지기 쉽다. 따라서 먹지 못하는 부분을 제거하는 동안 나머지를 멀쩡히 남겨주는 것도 중요하다. 일단 단단한 밑동부터 잘라내자. 가는 것이라면 대체로 괜찮지만 내 기준인 지름 1.5센티미터만 돼도 밑둥은 나뭇가지처럼 뻣뻣하고 딱딱할 수 있다. 잘라내지 않으면 잘 익지도 않고 익더라도 껍질이 조각조각 갈라져 잘 씹히지 않거나 최악의 경우 이 사이에 끼기도 한다.

아스파라거스 묶음에서 한 개를 무작위로 집어 맨 밑의 잘린 부분을 손가락으로 살짝 들어본다. 그럼 손가락의 힘에 딸려 올라오다가 저항하는 지점이 있다. 조금 더 힘을 주면 이 지점에서 밑동이 꺾인다. 껍질의 단단한 정도가 갈리는 지점이다. 아스파라거스는 대체로 비슷한 굵기끼리 분류해 포장하므로 한 묶음에 포함된 것들은 대부분 그 지점 위로 껍질이 연해 먹을 수 있다. 따라서 꺾어낸 아스파라거스를 기준 삼아 나머지의 밑동도 칼로 썰어낸다. 때로 줄기를 많이 자른다 싶어 아깝다는 생각이 들기도 하는데, 아쉬운 마음에 익혀 먹어보면 역시나 씹어 넘기지 못하고 뱉어낼 테니 과감히 잘라내자.

끝의 봉오리가 떨어지지 않도록 아스파라거스를 물로 가볍게 씻어 2단계를 넘긴다. 3단계인 껍질 벗겨내기는 선택이다. 밑동만 잘라내도 아스파라거스는 맛있게 먹을 수 있지만 껍질까지 벗기면 줄기의 연한 속살을 사뿐사뿐 씹는 맛이 아름답다. 도마나 작업대에 종이 행주를 한 겹 깔고 아스파라거스를 올린다. 봉오리 끝을 쥐고 돌려가며 껍질을 필러로 가볍게 벗겨낸다. 힘을 많이 들여 필러를 움직이면 아스파라거스가 눌려 꺾이거나 껍질과 함께 속살까지 깎아낼 수 있으니 존재하지 않는 껍질을 벗겨내는 마임(무언극)을 한다는 생각으로 최대한 가볍게 손을 움직인다.

이제 익힐 차례인데, 방법에 상관없이 '살짝'이 관건이다. 너무 익히면 줄기의 아삭함이 사라져 아스파라거스는 비참해진다. 이를 막기 위해 살짝 익혀야 하니 열원에서 일찍 꺼내 여열로 마저 익힌다. 집에서라면 팬에 지지기와 끓는 물에 데치기, 두 조리법만 익혀도 충분하다. 일단 지지기부터. 팬에 올리브유를 두르고 중불에 올려 기름이 반짝이며 흐르면 아스파라거스를 올린다. 소금과 후추로 간하고 종종 뒤적이며 5~7분 정도 고루 익힌다. 접시에 담고 아스파라거스가 뜨거울 때 버터를 약간 올려 맛을 더하는 것도 좋다.

두 번째 조리법은 데치기다. 손질한 아스파라거스의 길이보다 지름이 큰 냄비에 물을 3분의 2 정도 담아 불에 올린다. 원래 채소는 파스타처럼 바닷물만큼 짠 소금물에 데쳐야 간도 잘 배고 싱싱한 녹색도 살아난다고들 했다. 하지만 실험과 연구로 인해 소금은 큰 의미가 없음이 밝혀졌다. 따라서 표면이 살짝 투명해지고, 집게로 들어 올렸을 때 형태가 완전히 살아 있되 살짝 굽을 정도까지만 데친다. 2~4분이면 충분할 것이다. 차가운 수돗물에 담가 조리를 멈추고 물에 충분히 담가 식힌다. 식은 아스파라거스를 체로 건져내고 종이 행주에 올려 물기를 말끔히 걷어낸다.

지지든 데치든 익힌 아스파라거스는 온전한 채식의 영역에서 출발해 조금씩 맛의 켜를 입혀가며 즐길 수 있다. 먼저 여느 샐러드처럼 산과 기름으로 산뜻함과 풍부함을 보태 먹을 수 있다. 맛이 진하고 강한 채소다 보니 발효의 깊고 구수한 맛과 더불어 신맛도 갖춘 된장과 잘 어울린다. 샐러드 드레싱(비네그레트)의 기본 비율인 기름 3:산(레몬즙, 식초) 1에 된장을 너무 걸쭉해지지 않을 정도로만 더해 잘 풀고 아스파라거스에 끼얹거나 버무린다.

굳이 스테이크는 아니더라도, 동물성 재료를 합류시키면 아스파라거스의 맛이 한결 더 깊어진다. 최소한의 노력으로 최대한의 결과를 뽑아낼 수 있는 식재료로 이탈리아의 파르미지아노 레지아노가 있다. 파스타에 쓰듯 아스파라거스에 솔솔 뿌리면 '치즈의 왕'이라는 별명에 걸맞게 짭짤함과 고소함, 진한 감칠맛을 한꺼번에 불어넣어 차원이 다른 요리가 된다.

결이 조금씩 다른 고소함끼리 엮어줄 수 있어 견과류도 아스파라거스와 잘 어울리는데, 지방의 풍성함에 나름의 균형이 잡힌 아몬드가 가장 좋은 짝이다. 채식의 일부로 소개하면 좋겠지만 제맛을 내기 위해 버터에 볶아야 하므로 안타깝게도 동물성 요리로 소개할 수밖에 없다. 팬에 버터를 녹이고 껍질을 벗겨 얇게 저민 아몬드(마트에서 판다)를 넣은 뒤 노릇해질 때까지 6~7분 정도 볶아 그대로 아스파라거스에 끼얹어 먹는다. 아몬드 자체의 맛만 채식에 보태고 싶다면 버터 없이 팬에 살짝 구운 아몬드를 다지거나 갈아 비네그레트에 섞어준다.

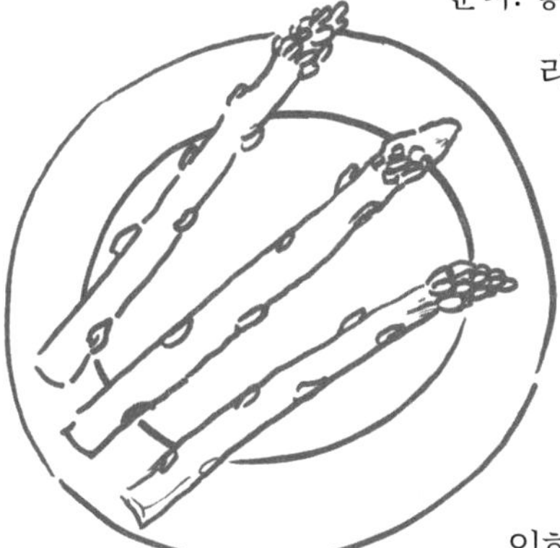

아스파라거스를 중심으로 한 끼를 만들고 싶다면? 얹어준다. 좋아하는 조리법으로 익힌 아스파라거스를 접시에 가지런히 깔고 그 위에 각종 단백질 식재료를 얹으면 된다는 의미다. 가장 품이 덜 드는 재료는 달걀이다. '달걀(255쪽)'에서 살펴본 것처럼 올리브유에 튀기듯 익히고 토스트를 곁들인다. 달걀노른자가 굳지 않도록 익혀야 아스파라거스와 토스트 사이에서 다리를 놓아주는 소스 역할을 맡을 수 있다. 베이컨을 즐긴다면 두어 쪽 팬에 먼저 굽고, 녹아 나온 기름으로 아스파라거스와 달걀을 차례로 익혀 같이 먹는 것도 좋다. 좀 더 공을 들이고 싶다면 연어도 있다. '연어(192쪽)'를 참고

해 미디엄 레어 이하로 구워 역시 얹고, 썬 레몬을 곁들인다. 동물의 고기를 물망에 올리지 않더라도 아스파라거스를 맛있게 먹을 수 있는 길은 여러 갈래다.

애호박

애호박을 잘 씻어 수평으로 둥글게 썬다, 까지 쓰고 요즘은 잘 쓰지 않는 자를 서랍에서 꺼내 두께를 헤아려본다. 여담이지만 전공이었던 건축 탓에 한때 자가 몇 개인지 세기가 귀찮을 정도로 많이 가지고 있었다. 그만큼 치수에 대한 감각도 일정 수준 훈련을 통해 갖췄으니 감은 잡히지만 그래도 정확한 게 좋다. 예상대로 최대 1센티미터까지는 괜찮을 것 같다. 이름이 '애'호박이니 이 채소는 섬세하다 못해 연약하다. 따라서 웬만한 조리에 썩 잘 버티지 못하니 조금 넉넉하다 싶게 써는 게 차라리 낫다. 썬 애호박을 종이 행주 위에 가지런히 올리고 소금을 가볍게 솔솔 뿌려 30분쯤 둔다. 수분 함량이 무게의 95퍼센트이다 보니 일정 수준 덜어내는 게 호박의 맛과 질감 모두에 도움이 된다. 게다가 우리는 양념 문화가 발달해서 '찍히는' 음식 쪽에는 간을 적게 하는 경향이 있는데, 애호박전이라면 아무런 맛도 나지 않을 가능성이 높다.

따라서 소금을 넉넉히 뿌리고 기다리는 동안 입힐 옷

을 준비한다. 애호박의 수분 함량이 95퍼센트라 했으니 나머지 요소에서는 웬만하면 수분을 더하지 않는 게 맛있는 호박전의 요령이다. 애호박, 달걀, 밀가루 정도가 전부인 호박전의 재료에서 나머지 수분의 가능성은 달걀흰자가 쥐고 있다. 10퍼센트가 단백질이고 나머지가 수분이니 애호박과 막상막하다. 따라서 호박전을 몇 개를 부치든 쓰는 달걀의 절반에서 흰자를 걷어낸다고 생각하자. 애호박에 소금을 뿌린 뒤 달걀을 풀어놓으면 물기가 빠지는 동안 온도가 올라가 좀 더 자연스레 흰자와 노른자가 어우러진다. 같은 이치로 달걀에 소금 간을 하면 단백질 사슬이 풀어져 더 부드러워지니 참고하자.

30분이 지나면 애호박을 종이 행주로 덮어 손으로 가볍게 두들기듯 눌러 표면에 송송 맺힌 물기를 완전히 걷어낸다. 이제 본격적으로 애호박을 부칠 차례다. 논스틱 팬의 바닥을 한 켜 입힐 정도로만 기름을 가볍게 두르고 약불에 올려 최대 10분 정도 달군다. 오른손잡이라면 불과 팬을 맨 왼쪽에, 그리고 달걀, 밀가루, 호박의 순으로 둔다. 오른손으로 호박을 집어 밀가루를 입히고 손으로 가볍게 털어낸 뒤 달걀물에 넣는다. 그리고 왼손으로 집어 달군 팬에 올린다. 아무것도 아닌 것 같지만 이렇게 양손을 엄격히 분리해서 써야 손에 반죽이 묻어 전을 부치다 말고 손을 씻는 불상사를 미연에 방지할 수 있다. 3~4분 정도 지진 뒤 뒤집어서 2~3분을 마저 익힌다. 한 김 날리고 먹어야 이에 사뿐사뿐 씹히는 애호박의 '알 덴테' 질감을 즐길 수 있다. 레몬즙을 한두 방울 떨군 간장에 찍어 먹으면 향긋함과 산뜻함이 한결 더 살아난다.

사계절 살 수 있고 비싸지도 않지만 수분 함량 95퍼센트 탓에 애호박은 까다로운 채소다. 이런 채소를 우리는 곤죽이 될 때까지 볶고는 호박'나물'이라 부른다. 물기가 흥건한 가운데 애호박은 부스러져 무슨 맛인지도 느끼기 어렵다. 채소마다 다르기는 하지만, 연약한 애호박이라면 굳이 볶지 않고도 맛있는 나물을 무쳐 먹을 수 있다. 역시 애호박을 도마에 올리고 0.3~0.5센티미터 두께로 어슷하게 썬다. 전을 부치려고 수평으로 써는 것보다 두 배 정도의 단면적이 나오도록 썬다고 접근한다. 체에 담아 소금을 넉넉하게 뿌리고 볼을 받친다. 얇게 썰었으니 짧게는 10분이면 물기가 빠진다. 종이 행주를 한 켜씩 깔고 덮어 물기를 완전히 걷어내면 호박나물의 바탕이 간단히 준비된다.

한식의 전통을 살리자면 새우젓이나 액젓 등 젓갈류와 잘 어울리니, 이를 바탕으로 송송 썬 대파나 쪽파, 마늘, 식초, 참기름 등과 버무린다. 어느 밥상에 올려도 두루 어울리지만 특히 하늘이 맺어준 삼겹살구이와 깻잎쌈의 인연 사이에서 삼각관계의 분쟁 가능성이 없는 공존을 도모하는 데 탁월하다. 살짝 아삭함이 남아 있는 질감이 삼겹살과 깻잎 사이를 중재해 줄 뿐만 아니라 젓갈의 감칠맛과 짠맛이 삼겹살의 기름을 견제해 주는 덕분이다.

한편 양식을 원한다면 약방의 감초처럼 쓰는 비네그레트를 준비한다. 산과 기름을 1:3의 비율로 섞고 소금과 후추로 간한 뒤 거품기로 휘저어 걸쭉하게 유화된 드레싱을 만든다. 마늘과 샬롯 등의 향신채는 음식을 만들기 30분 전쯤 산에 담가두면 매운맛이 상당히 빠져 덜 버겁다. 어떤 종류의 식초를 써도 좋지만 앞에서도 살짝 언급했듯 레몬이 애호박과 아주 잘 어울리니 즙도 내고 겉껍질도 강판으로 갈아 더하면 풋풋하고 싱그럽다. 여기까지만 나아가도 훌륭하지만 음식을 요리로 탈바꿈시킬 수 있는 묘안이 두 가지나 있다. 첫 번째는 견과류의 고소함을 더해주는 것이다. 팬에 기름을 두르지 않고 얇게 저민 아몬드를 넣은 뒤 고소한 냄새가 피어오를 때까지 볶아 애호박과 함께 버무린다.

두 번째로는 정말 용의 눈을 찍어 그림을 완성하는 마음으로 허브인 바질을 더한다. 바질과 애호박이 지닌 풋풋함이 어우러지는 한편 바질의 달큼한 향이 피어올라 한층 더 감각적인 요리로 변모한다. 바질을 이파리만 따서 착착 포갠 뒤 수평 방향으로 돌돌 말아 도마에 올리고, 최대한 가늘게 썬다. 썰린 이파리가 저절로 풀리며 아주 가는 채가 된다. 프랑스어로 시포나드(Chiffonade)라 불리는 칼질의 기술이다. 어찌 보면 토마토와 생모차렐라의 카프레제 샐러드보다 화이트와인에 잘 어울리는 음식인 데다가, 카프레제 샐러드의 재료 값과 비교한다면 '가성비'마저 좋다. 치아바타 같은 빵을 곁들여도 좋고, 끼니를 해결하고 싶다면 새우나 흰살생선 등을 팬에 가볍게 익혀 곁들이면 30분 안에 와인을 곁들인 식사를 준비할 수 있다.

글을 읽고 입맛이 돌아 나물이든 샐러드든 만들어본다면 고민이 생길 것이다. 호박의 속살은 굳이 써야만 할까? 식재료를 낭비하면 안 되지만 물기는 끝없이 나오고 소금에 절이면 꺾이거나 부스러지기도 한다. 수분 함량 95퍼센트라면 최선을 다하더라도 완전한 방어는 불가능할 수도 있다. 여기까지 생각이 미친다면 과감하게 속살을 배제해 보자. 애호박을 3등분하고 껍질 바로 밑의 일부분만 속살이 남도록 돌려깎아 채 썬다. 지금까지 살펴본 과정을 그대로 거치면 아삭함과 고소함이 훨씬 더 두드러지는 호박무침을 먹을 수 있다. 남은 속살 걱정은 맛있게 먹고 난 뒤에 해도 늦지 않다.

콜리플라워

2월 말에서 3월 초는 채소의 간절기다. 봄나물의 철은 적어도 한 달 더 기다려야 한다. 가장 만만할뿐더러 즉각적인 싱싱함을 줄 수 있는 오이는 고르고 골라 집어 들어도 시들고 말라 있기 일쑤다. 간절기에 뭔가 좀 다른 선택은 없을까? 엄청난 자신감으로 "이걸 다들 먹읍시다!"라고 할 만한 건 솔직히 없지만 "저, 이런 것도 있는데 한번쯤 고려해 보시죠?"라고 슬쩍 들이밀 만한 채소는 몇 있다.

대표적인 게 콜리플라워다. 콜리플라워는 브로콜리처럼 브라시카 올레라케아속의 식물로 채소 선반에서도 나란히 팔린다. 낯설게 다가오지만 기본 조리법을 다양하게 응용할 수 있으니 일단 안면을 트고 나면 다양한 식생활에 큰 도움이 된다. 일단 기본 손질 요령은 브로콜리와 비슷하다. 큰 송이에 과도를 집어넣어 작은 송이를 균일한 크기로 솎아낸다는 느낌으로 잘라낸다. 다만 브로콜리와 달리 콜리플라워는 양배추처럼 큰 송이를 4등분해서 파는 경우가 대부분이므로 이미 잘린 단면을 보면서 칼로 송이를 소분한다.

콜리플라워도 브로콜리처럼 일종의 싹이 뭉쳐 하나의 큰 송이를 이루는 구조지만 브로콜리보다 알갱이가 훨씬 더 작을뿐더러 깔깔하다. 따라서 생으로 먹으면 질감이 유쾌하지도 않지만 사레가 들리기 쉬우므로 익히기를 권한다. 기본은 찜이다. 양수 냄비나 팬 등에 물을 채우고 손질한 콜리플라워를 찜기에 담아 올린다. 그대로 약불에 올려 물이 끓을락 말락 한 상태를 유지하면서 수증기로 7~8분 정도 삶는다.

콜리플라워는 파스타가 아니지만 알 덴테의 미덕을 빌어와 부드럽게 씹히되 끝에 살짝 저항이 남아 있도록 삶는 게 좋다. 완전히 식혀두고 먹어도 좋지만 온기가 완전히 가시지 않았을 때 사과 식초를 바탕으로 만든 비네그레트에 버무리면 이 시기에 기대할 수 있는 수준치고는 제법 상큼한 채소 요리가 된다. 온기가 남아 있을 때 버무려야 콜리플라워가 드레싱을 더 잘 흡수하며 식초의 향도 한결 살아난다.

한편 결이 좀 더 다른 샐러드도 있다. 빵가루 3큰술과 완숙으로 삶은 달걀 한 개를 준비한다. 팬에 버터를 둘러 녹이고 달걀은 잘게 다진다. 버터가 거품을 내며 녹으면 빵가루를 더해 노릇해질 때까지 5분 정도 볶는다. 찐 콜리플라워를 더해 온도만 올려준다는 느낌으로 1분 더 볶은 뒤 레몬즙과 삶은 달걀을 넣고 한데 버무려 마무리한다. 다진 파슬리 잎이나 케이퍼 등을 더해도 좋고, 아예 달걀 샐러드에 콜리플라워를 더해준다는 느낌으로 접근해도 좋다. 삶은 달걀 서너 개를 굵게 썰고 찐 콜리플라워, 볶은 빵가루 등을 더해 마요네즈로 버무린다. 부드러운 달걀에 바삭한 빵가루, 알 덴테의 느낌이 살짝 남아 있는 콜리플라워가 심심치 않은 질감의 대조를 준다.

마지막으로 샐러드에 통조림 참치와 찐 콜리플라워를 더해 맛을 낼 수도 있다. 접근 방식은 달걀 샐러드와 같다. 기름을 짠 통조림 참치와 콜리플라워를 무게 기준 3:1의 비율로 맞춰 섞고, 셀러리와 양파, 쪽파 등을 적당히 더해 마요네즈에 버무린다. 흰 빵도 좋지만 통밀이 조금 섞인 식빵으로 샌드위치를 만들면 한결 더 맛있다.

비트

전쟁을 비롯한 나라의 어려움이 입지를 좌우하는 채소가 있다. 단단해서 생으로 먹기는 어렵고 삶아서 먹어야 하는데 시간이 오래 걸리니 제2차세계대전 중에 골칫거리가 됐다고 한다. 연료를 포함해 모든 물자가 부족한 여건에서 가정마다 이 채소를 삶으려는 시도 자체가 본의 아니게 이기적인 처사로 전락한 것이다. 그래서 고민 끝에 공동체가 한데 모여 이 채소를 삶았고 최대한 아껴가며 먹었다고 한다. 그렇게까지 해서 먹어야 할 채소가 있을까? 나도 입으로 전해 들은 이야기라 사실인지는 모르겠지만 어쨌든 하나는 확실히 알고 있다. 맛이 있든 없든, 이 채소를 먹으려면 오래 삶기는 삶아야 한다. 비트 말이다.

비트가 과연 우리의 밥상에 오르기는 하는 걸까? 잘 찾지 않아서 그렇지 비트는 건재한다. 동네 마트 이상의 식품 구입처에서는 없는 듯 있는 듯, 랩에 싸여 자기 자리를 차지하고 있는 비트를 발견할 수 있다. 1982년에 국내 출간된 요리책에도 비트 샐러드가 실려 있으니 적어도 40년 가까이 우리는 이 채소를 알고 있었다. 그렇지만 인터넷을 검색하면 실제로 먹는 이야기는 찾아보기 어렵다. 비트도 무의 종류이니 깍두기를 담가 먹는 것 정도야 놀라울 일도 아니지만(실제로 많다), 그 외에는 이렇다 할 쓰임새가 드러나지 않는다. 대부분의 수요는 건강보조식품 역할의 비트즙이 차지하는데 그나마도 "많이 먹기는 힘들어요"라는 의견이 다수다. 비트에서는 진한 흙내가 나는데 이를 생으로 즙을 내 마시려니 힘들 수밖에 없다. 말하자면 양파즙이나 사과즙과는 차원이 다른, 삶이 불행해질 정도의 냄새를 풍긴다.

그렇다면 비트를 그저 채소의 한 종류로 활용할 길은 없을까? 시간이 많이 들 뿐, 비트의 조리법은 냄비에 물과 비트를 담고 중불에 올려 물이 끓기 시작하면 그대로 45~60분 정도 삶는 것이 전부다. 칼을 찔러 넣었을 때 저항이 거의 없이 편하게 들어간다면 다 익은 것이다. 삶은 비트를 건져 찬물에 담그면 껍질은 감자처럼 손으로 쓱쓱 벗길 수 있다.

이렇게 삶은 비트는 꽤 먹을 만하다. 익히면 비트의 단맛이 살아나는 한편, 날것일 때의 흙냄새도 약간 아슬아슬하지만 대체로 유쾌한 쪽으로 살짝 잦아든다. 특히 늦가을에 정말 잘 어울리는 냄새라 짠맛과 신맛, 고소함을 지닌 식재료와 적절히 짝지어주는 것만으로 그럴싸한 가을 음식을 손쉽게 만들 수 있다. 일단 짠맛과 고소함이라면 치즈를 생각해 볼 수 있다. 비트는 치즈를 가리지 않아서 대체로 웬만한 종류와 무난히 짝을 이루는데, 그런 가운데 유난히 잘 어울리는 것들이 있다.

대표적으로 염소젖 치즈가 있다. 특유의 풀 냄새가 비트의 흙냄새와 잘 어울릴 뿐만 아니라 신맛을 적당히 품고 있어 물릴 수 있는 비트의 균형을 잡아준다. 질감 또한 물컹거릴 수 있는 비트를 부드러움으로 잘 받쳐준다. 비슷한 계열로 양젖으로 만드는 페타(그리스)나 푸른곰팡이로 발효시켜 특유의 무늬가 두드러지는 스틸턴(영국), 로크포르(프랑스) 등의 블루치즈도 좋다. 두 번째는 페코리노(이탈리아)나 에멘탈(스위스), 콩테(프랑스)처럼 약간 단단하면서도 고소한 맛이 두드러지는 치즈다.

결이 다른 고소함을 비트와 엮고 싶다면 견과류도 좋은 선택이다. 두루두루 잘 어울리는 가운데 껍질의 쓴맛이 비트의 흙냄새와 맛의 주도권 싸움을 벌일 호두가 최선이다. 마지막으로 신맛과 단맛을 엮어준다는 차원에서 비트는 오렌지나 사과와도 좋은 짝을 이룬다. 비트를 중심에 두고 치즈와 견과류, 과일만 적절히 더해 비네그레트에 버무리면 따뜻한 음식에 끌리는 늦가을에도 차가우면서 잘 어울리는 샐러드를 먹을 수 있다.

비트와 레드벨벳케이크

삶기가 번거로워 일종의 업둥이로 전락한 비트는 디저트인 레드벨벳케이크를 구원해 평판의 균형을 맞추었다. 빅토리아 시대(1837~1901년)부터 존재했던 레드벨벳케이크는 원래 버터밀크나 식초의 산이 코코아가루의 안토시아닌을 활성화시켜 특유의 붉은색을 내는데, 궁핍하던 전쟁통에 비트즙을 대신 쓴 것이다. 요즘의 코코아가루는 알칼리 처리 과정을 거쳐 산과 반응하지 않으므로, 레드벨벳케이크에 색을 제대로 내려면 '더치 프로세스' 제품은 피한다.

브로콜리

7, 8년 전 전라남도 강진에서 '인생 브로콜리'를 먹었다. 해외에서 살다가 몇십 년 만에 고국을 찾은 이와 일대를 돌다가 한정식 골목에서 저녁상을 받았다. 허투루 자리만 채우는 반찬 하나 없이 모든 게 맛있었지만 브로콜리는 조금 과장을 보태 압도적이었다. 향이 살아 있는 가운데 대가리는 부드럽고 줄기는 기분 좋을 만큼 아삭했다. 음식과 요리에 엄청나게 해박한 지인은 쪄서 이런 질감을 끌어낸 것 같다고 귀띔해 주었다.

그런 브로콜리를 마음에 품은 채 집에서 먹을라치면 이상하게도 별 의욕이 생기지 않는다. 찌든 데치든 굽든 그저

'풀을 먹어야지'라는 심경으로 브로콜리를 우적우적 씹는 나를 발견하고 서글퍼진다. 왜 그럴까. 동네 마트에서 그냥 집어올 수 있을 정도로 흔해진 만큼 질이 떨어지는 것이 많기 때문이다. 브로콜리의 대가리를 이루고 있는 작은 봉오리 하나하나는 꽃과 유사한 형태를 이루는 위화(僞花)인데, 일단 전체가 진한 청록색으로 빼곡하게 들어차 있어야 싱싱하다. 막상 찾아보면 이런 브로콜리가 별로 없고 점점이 노란색으로 변한 경우가 대부분이다. 맛의 정점을 넘어섰다는 의미다.

또 브로콜리는 적당히 커야 한다. 마트를 들먹여서 좀 미안하지만 그런 판매처에서 두 개씩 비닐에 포장해 파는 것들은 대체로 작다. 손질을 해보면 바로 느낌이 오는데, 줄기의 질긴 껍질까지 다 벗겨내고 나면 의외로 먹을 게 많지 않은 채소가 브로콜리다. 그래서 "두 개씩 묶어서 괜찮은 가격에 파네!"라며 사 오면 데칠 물을 불에 올리고 손질하는 동안 또 서글퍼진다. 이렇게 먹을 게 없다니. 마지막으로 브로콜리는 단단하고 무거워야 한다. 대가리도 그렇지만 특히 줄기가 단단해야 싱싱하고 익혀도 아삭함을 잃지 않는다. 이런 브로콜리를 찾기란, 생각보다 어려운 일이다.

브로콜리도 배추나 무처럼 좌우대칭형인 채소지만 형국이 다르다. 따라서 경험이 전혀 없다면 손질의 길이 잘 안 보여 막막할 수 있는데, 세 단계로 나눠 기억하자. 일단 브로콜리는 나무를 닮아서 굵은 밑동이 가는 줄기로 갈라지니 이

지점에서 손질을 시작한다. 둘째, 밑에서 위로 올라오며 가는 줄기를 하나씩 따낸다는 기분으로 썰어낸다. 큰 송이를 작은 송이(Floret)로 나누는 것이다. 셋째, 송이를 잘라낸 그대로 먹어도 좋지만 크기를 최대한 맞춰야 균일하게 익는다.

덤으로 줄기를 잊지 않는다. 껍질이 두껍고 질겨 연필 깎듯 돌려 썰어 벗겨내면 족히 3분의 1은 부피가 줄어들지만 워낙 아삭한 데다가 오이와 살짝 비슷하고 맛도 진해 먹는 즐거움이 또 다르다. 대개 껍질을 벗긴 뒤 가로로 4등분, 세로로 2등분으로 썰면 어른 새끼손가락 크기로 여덟 조각을 얻을 수 있다. 손질이 끝난 브로콜리는 받아놓은 물에 담가 씻은 뒤 흐르는 물에 헹궈 체에 밭쳐놓는다.

나에게 인생 브로콜리를 선사했던 찜은 기본적으로 난이도가 별로 높지는 않지만 냄비 외에도 찜기를 갖춰야 하므로 조리하는 데 아주 효율적이라 보기는 어렵다. 따라서 웬만하면 그냥 데쳐 먹는 게 속 편하다. 넉넉한 크기의 냄비에 물을 담아 끓이고 소금을 적당히 친 뒤 손질한 브로콜리를 넣는다. 칼로 줄기를 찔러 저항 없이 들어갈 때까지 5분 정도 데친다. 브로콜리를 건져서 수돗물에 담가 조리를 멈춘다.

오븐구이 또한 고려해 볼 수 있다. 손질한 브로콜리를 제과제빵 팬에 한 켜로 여유 있게 담고 올리브유, 소금, 후추, 그리고 캐러멜화를 도와주는 설탕 약간을 뿌린 뒤 250도로 예열한 오븐에서 10~15분 정도 굽는다. 오븐구이는 찜이나 데침보다 훨씬 더 부드럽게 익는 대신 캐러멜화 덕분에 맛과 향이 한층 더 강해진다. 특히 배추 일가(브라시카속) 특유의 쌉쌀함이 제법 두드러져 갑자기 쌀쌀해지는 날씨에 어울리는 맛을 내준다.

브로콜리는 많은 식재료와 두루두루 잘 어울리는데 멀리 나가 열심히 찾을 필요가 없어 가산점을 번다. 특히 우리가 너무나도 사랑하는 마늘과 아주 좋은 짝을 이룬다. 논스틱 팬에 올리브유를 자작하게 담아 약불에 올리고 강판에 갈거나 곱게 다진 마늘을 올린다. 기름이 차가울 때 마늘을 올려야 타서 쓴맛이 나거나 끈적거리지 않으므로 팬보다 마늘을 미리 준비한다. 약불을 유지하며 마늘을 기름에 데친다는 느낌으로 뒤적이며 반투명해질 때까지 익힌 다음 익혀놓은 브로콜리에 버무리면 끝인데, 따뜻한 걸 먹고 싶다면 브로콜리를 전자레인지에서 1분 정도 데우거나 갓 삶아낸 파스타에 다 같이 버무린다.

손질과 조리가 내키지 않는 이들을 위해 냉동 브로콜리의 세계도 존재한다. 흔해서 쉽게 살 수 있는데, 품질이 썩 좋지 않은 건 넘어갈 수 있지만 한 덩어리로 냉동해서 파는 제품은 용서가 안 된다. 채소와 브로콜리를 아무리 사랑해도 한 번에 먹기 어려울 만큼 많을 뿐만 아니라 표면적이 적으므로 해동도 비효율적이다. 이런 제품은 우리의 '채소 열심히 먹기' 결심을 찰나에 꺾어버리므로 멀리하고, 필요한 만큼만 편하게 쓸 수 있는 개별 냉동 제품인지 구매 전에 반드시 확인하자. 냉동 브로콜리는 날것을 사서 직접 데치거나 찌는 것만큼 신선하거나 아삭하지는 않지만, 채소 먹기의 의무를 억지로 이행하는 수준 이상으로는 먹을 만하다.

방울양배추

식초는 그저 식초일 뿐인데 언젠가부터 '비네거'라 불리고 있다. 특히 고급 수입 식초일수록 그런 경향이 강하다. 페트병에 담긴 국산은 식초고 유리병에 담긴 수입산은 비네거인가? 요리책을 번역하며 식재료의 명칭이며 요리 용어를 놓고 늘 고민하는지라 때로는 이런 식의 무차별적 수용과 음식 언어 체계의 교란에 환멸을 느낀다. 그런 가운데 동명 영화로 유명한 소설 《나를 찾아줘》처럼 기발함에 무릎을 '탁' 치게 하는 번역 및 작명을 가진 식재료가 몇몇 있다. 땅콩호박과 국수호박(버터넛 스쿼시와 스파게티 스쿼시), 그리고 방울양배추(브뤼셀 스프라우트)다.

'방울양배추'라니. 방울토마토처럼 꼬마 양배추일 거라는 연상이 바로 떠올라 상상력의 큰 소모 없이도 크기와 족보를 한 방에 떠올릴 수 있다. 꼬마 채소는 귀여우니 맛도 좋을 것 같다. 작명 덕분에 낯섦을 적당히 극복하고 바로 한국의 채소, 더 나아가 식재료의 세계에 연착륙한다. 방울양배추라는 이름을 달고 채소 선반에 놓여 있다면 양배추와 비슷하겠거니 여기고 호기심에라도 한 번쯤 먹어보게 된다.

만약 비네거처럼 뭔가 좀 있어 보이겠다고 브뤼셀 스프라우트라는 이름을 그대로 붙여 내보냈다면? 생김새로 무엇인지는 알겠지만 왠지 조리법도 특별하거나 까다로울 것 같고, 특히 초고추장 같은 건 절대 찍어 먹으면 안 된다고 여기고 지나칠 수 있다. 브뤼셀 스프라우트도 우리도 모두 불행해지는 시나리오다.

실제로 브뤼셀 스프라우트는 어느 정도 불행을 꼬리표처럼 달고 다니는 채소다. 5세기 유럽 북부에서 처음 등장했고 13세기 브뤼셀에서 집중적으로 경작해 지금의 이름이 붙은 이 채소는 미국의 추수감사절 만찬에 곁들이로 빠지지 않는 식재료다. 그런데 브라시카(배추속) 식물이 대체로 그렇듯 익히면 특유의 구린내가 나 특히 아이들이 싫어한다. 황 탓인데 구린내는 오래 조리할수록 강해지니 세심히 조리해야 하는데 대체로 그렇게 하지 못한다. 결국 뭉개지도록 푹 삶아 질감도 기분 나쁘고 구린내도 풀풀 풍기는 식탁의 불청객으로 돌변해 버렸고 어쨌든 만들었으나 먹히지 않는 슬픈 역사를 매년 되풀이해 겪곤 한다.

본고장의 팔자가 이렇다고 지레 좌절할 필요는 없다. 귤이 회수를 건너면 탱자가 된다고들 하지만, 우리는 뒤집어 물건너온 탱자를 귤로 탈바꿈시킬 수 있다. 브뤼셀 스프라우트의 구린내도, 뭉개질 듯 푹 삶은 질감도 잊고 새로운 이름인 방울양배추와 함께 새 출발할 수 있는 길을 함께 찾아보자. 한국어 이름이 방울양배추이고 배추속의 식물이라면 고르는 요령을 우리가 모를 리 없다. 속이 부피에 비해 무겁도록, 튼실하게 꽉 들어차야 맛있다. 배추나 양배추가 그렇다면 방울양배추도 마찬가지다. 특히 백화점 같은 곳에서 플라스틱 상자에 소포장해서 파는 경우라면 대강 집어올 수도 있는데, 쭉정이처럼 속이 허탕임을 집에서 발견하고 허탈함에 빠질 수 있다. 마지막으로 꼬마 채소라는 정체성과 본분을 존중해 지나치게 큰 것을 피한다. 지름이 3.5~4센티미터 정도면 적당하다.

에라 모르겠다고 푹 삶아버렸다가는 사달이 나지만, 약간의 섬세함을 발휘하면 방울양배추도 아름답게 익어 우리에게 화답해 준다. 거의 모든 채소를 생으로 먹는 우리인지라 방울양배추도 시도는 해볼 수 있겠지만 권하지는 않는다. 이파리 한 장은 괜찮지만 켜켜이 뭉친 한 포기는 의외로 딱딱하고 뻣뻣해 씹다가 사레가 들릴 수 있다.

그래서 조린다는 느낌으로 적당히 부드러워질 때까지 삶아 먹는 기본 조리를 권한다. 일단 방울양배추를 준비해 수직으로 반을 가르는데, 단면이 드러나면서 자연스럽게 떨어지는 바깥의 이파리는 뻣뻣할 수 있으니 버려도 좋다. 그대로 익혀도 좋지만 여유가 있다면 큰 양배추를 손질하듯 밑동의 심을 발라내면 좀 더 편하게 먹을 수 있다. 심을 삼각뿔 모양으로 발라낸다는 느낌으로 칼끝으로 썰어내면 된다.

냄비에 손질한 방울양배추를 담고 물을 잠기도록 자작하게 부은 뒤 소금으로 간하고 불에 올린다. 방울양배추 500그램 기준으로 소금 ½~1큰술이다. 물이 끓어오르기 시작하면 약불로 낮추고 뚜껑을 덮어 보글보글 조리듯 끓인다. 과도 끝으로 찔렀을 때 한가운데까지 무리 없이 들어갈 때까지 8~10분 정도 삶은 뒤 건진다. 먹는 요령은 양배추를 따라가도 좋고, 먼 친척뻘인 데다가 손질해서 데쳐놓으면 크기가 비슷한 브로콜리를 참조해도 좋다. 그리고 초고추장과 쌈장 말이다. 브로콜리를 초고추장에 찍어 먹는다면 방울양배추를 못 찍어 먹을 이유가 없고, 또한 양배추를 쌈장에 찍어 먹는다면 방울양배추도 똑같이 먹을 수 있다. 제육볶음에는 찐 양배추잎을 쌈 싸 먹으면 맛있는데, 때로 이파리가 두꺼워 씹는 게 부담스러울 때는 방울양배추가 좋은 대안이 될 수 있다. 밥을 한 술 떠서 제육 한 점과 쌈장 찍은 삶은 방울양배추 반 개를 같이 올려 먹어보자.

삶은 방울양배추는 여러 갈래로 응용해 열심히 먹을 수 있다. 최소의 효과로 최대의 맛을 끌어낼 수 있는 요령을 꼽자면 버터 지짐이다. 팬을 중불에 올리고 버터를 조금 넉넉하다 싶게 녹인다. 팬은 무쇠나 스테인리스 스틸 등 두꺼운 것일수록 좋다. 버터가 녹아 거품을 내며 끓어오르면 삶아서 건진 방울양배추의 가른 면을 팬의 바닥에 닿도록 올려서 지진다. 이미 충분히 익혔으므로 버터, 특히 유당의 힘을 빌어 지진 면을 캐러멜화만 해준다는 느낌으로 익힌다. 자른 면이 검은색에 가까운 진한 갈색을 띠면 팬에서 꺼낸다. 방울양배추가 너무 물러졌다면 삶는 시간을 줄인다.

지방으로 맛을 내줬다면 산으로 균형을 잡아줘야 더 맛있다. 레몬을 필두로 사과 식초, 와인 식초 등의 기본적인 과일즙이나 식초가 두루두루 잘 어울리는 가운데, 발사믹 식초는 방울양배추를 위한 '히든카드'다. 신맛보다도 두드러지는 단맛 때문에 일반 샐러드에는 그다지 권하지 않지만, 바로 그 단맛이 방울양배추의 뒷자락에 깔리는 씁쓸함과 균형을 잘 맞춰준다.

조리가 끝난 뒤 마무리 격으로 끼얹어 버무려도 좋지만 지지는 가운데 넣고 살짝 졸여주면 한결 더 맛있다. 수분이 졸아들면서 맛과 향이 강해지는 것은 물론 끈끈해져 방울양배추에 얇은 막을 한 켜 입혀준다. '글레이징(Glazing)'이라 일컫는 조리법으로 도자기 표면에 발라 구우면 광택을 내주는 유약이 '글레이즈'니 조리에도 식재료에 반짝이는 맛의 켜를 입혀준다. 글레이징으로 맛을 내겠다면 방울양배추를 미리 삶지 말고 아예 팬에서 지져 익혀도 좋다. 버터를 녹이고 반으로 가른 생방울양배추를 올려 6~8분 정도 지진 뒤 팬 바닥에 깔리는 정도의 자작한 국물을 만든다는 느낌으로 발사믹 식초와 물을 적절히 섞어 붓고 5분 정도 졸여 물기를 날린다.

'한국인은 누가 뭐래도 초고추장!'이라는 입장을 꿋꿋하게 지켜나갈 이들에게는 두 번째 히든카드가 있다. 바로 핫소스와 스리라차다. 서양에는 타바스코로 대표되는 핫소스가 있다면 동양에는 스리라차가 있다. 제형과 매운맛의 강도는 다르지만 고추의 매운맛과 식초의 신맛을 함께 지니고 있어 초고추장파에게 훌륭한 대안으로 제 몫을 톡톡히 할 수 있다. 그냥 삶았든 지졌든 적당히 뿌려 버무리면 단맛, 신맛, 매운맛이 골고루 잘 어울려 수육이나 치킨에 곁들이면 좋다.

당근

당근은 애증의 식재료다. 왠지 꼭 먹어야 할 것 같지만 조리를 잘하기가 어렵다. 설사 잘 익히더라도 당근 자체가 맛이 없는 경우가 99퍼센트다. 대체로 아무 맛이 나지 않는다. 당근의 맛이란 무엇일까? 좋고 나쁨을 따져보기 전에 그림이 딱히 떠오르지도 않는다.

그래서 어느 순간부터 당근에 무심해졌다. 팔리는 상태도 도움이 안 된다. 이파리가 달린 당근을 보거나 산 적이 있는가? 주홍색 외의, 노란색이나 보라색 당근을 본 적은 있는

가? 싱싱하고 표면마저 반질반질해, 그러면 안 되지만 진열대에서 한 개를 쑥 뽑아내 말처럼 우적우적 씹어 먹고 싶어지는 당근을 본 적 있는가? 한국에서는 보기 어려운 광경이다. 그 길고 푸른 윗동이 완전히 잘린 채 흙이 묻은 채로 진열대나 상자에서 뒹군다. 손에 흙이 묻지 말라고 감자와 나눠 쓰는 집게까지 갖춘 마트에는 당근이 굴욕당하는 (흙빛) 광경뿐이다.

그래서 동네의 소위 친환경 유기농 식품점에서 아무 생각 없이 집어 든 당근이 달고 맛있었을 때, 나는 흥분했다. 그동안 먹었던 맛있고 아름다운 당근의 기억이 머릿속을 스쳐 지나갔다. 그래서 세 개를 한 끼에 다 먹고는 다음 날 또 샀다. 그리고 계산하는 와중에 직원에게 흥분된 말투로 주절거렸다. "이 당근 진짜 맛있더라고요." 그들은 대체로 심드렁했다. 당근에 대한 불신인지 나를 향한 불신인지는 모르겠지만. 겸연쩍어져 당근과 염장 다시마 등등을 주섬주섬 챙겨서 뒷걸음질해 가게를 빠져나왔다. 이후 일주일에 두세 번은 들러 당근을 샀다. 세 개 2980원인 무농약 당근이었다.

믿기 어렵지만 당근도 맛으로 먹을 수 있는 식재료다. 가장 간단하게는 샐러드를 만들 수 있다. 당근을 눈이 굵은 강판에 갈아낸 뒤 소금을 솔솔 뿌린다. 30분쯤 살짝 절였다가 쟁반에 종이 행주를 깔고 그 위에 한 켜로 고르게 넌다. 종이 행주를 한 켜 더 올려 손바닥으로 가볍게 눌러가며 물기를 뺀다. 당근 특유의 뻣뻣함과 날것의 느낌은 가셔낸 한편 아삭함은 그럭저럭 남아 있으니 웬만한 샐러드에 무리 없이 초대할 수 있다. 채 썬 오이와 함께 좋아하는 드레싱을 넣고 버무려도 좋고, 올리브를 숭덩숭덩 썰거나 다져 당근 위에 솔솔 뿌리고 가볍게 섞어 먹어도 맛있다. 그린 올리브와 블랙 올리브 둘 다 좋지만 블랙 올리브가 조금 더 잘 어울린다. 당근의 달콤함과 올리브의 짭짤함이 밀고 당기며 입맛을 돋워 준다.

더 당근다운 당근을 먹고 싶다면 조림이 있다. 조린 당근은 흔하다고? 당근은 무와 더불어 한식 갈비찜의 필수 재료다. '닭볶음탕'이라는 해괴망측한 명칭으로 강제로 '순화'된 닭도리탕에도 들어간다. 다른 식문화권을 살펴봐도 당근은 대체로 스튜 같은 원리의 조리법에 쓰인다. 따라서 출발점은 바람직하나 도착점은 사뭇 다르다. 갈비찜(사실 조림)은 소의 갈빗살, 즉 호흡에 쓰이는 흉곽(운동이 많은 부위)을 부드러워질 정도로 푹 익혀 먹는 음식이다. 당근도 무른 채소는 아니지만 소고기는 아니고 갈빗살은 더더욱 아니므로 함께, 혹은 시차를 주어 넣더라도 너무 오래 끓이면 곤죽이 돼버릴 수밖에 없다. 딱딱한 생당근도 먹기 어렵지만 이렇게 물러터져도 소위 재료 본연의 맛을 완전히 잃어버린다.

당근을 고기로부터 독립시키면 문제를 쉽게 해결할 수 있다. 당근도 행복해지고 사람도 당근 행복해진다. 방법도 익숙한 갈비찜에서 크게 벗어나지 않는다. 당근을 조금만 더 이해하면 된다. 당근은 50~70도에서 펙틴메틸에스테라제(Pectin methylesterase, PME)라는 효소를 활성화시켜 펙틴이 칼슘 이온과 결착되도록 돕는다. 그 결과 펙틴이 강화돼 높은 온도에서 익힐 때처럼 곤죽이 되지 않고 익는다. 한 시간씩 은근히 조리는 체계적인 레시피가 있지만 굳이 필요하지 않다.

그저 당근을 씻어 껍질을 벗기고 먹기 좋은 크기로 썬다. 당근은 대체로 원뿔형이므로, 고른 조리를 위해 크기보다 부피가 최대한 일정하도록 썬다. 당근을 냄비에 담아 물을 자작하게 붓고 소금을 두 자밤쯤 넉넉히 더해 중불에 올린 뒤 뚜껑을 덮는다. 물이 끓기 시작하면 불을 가장 약하게 줄이고 물이 끓을락 말락 한 상태로 유지한다. 뚜껑은 숨통이 트이도록 약간 열어 냄비에 걸쳐놓는다. 타이머를 맞춰 10분 정도 익히고 상태를 파악한다. 포크로 당근을 찔렀을 때 어느 정도 저항이 있으면 적절히 익은 것이다. 크기와 화력에 따라 다르지만 대체로 10~20분이 걸린다. 다 익으면 불에서 내려 당근만 건져낸다. 남은 열로 더 익으면 물러질 수 있으니 찬물로 한 번 헹궈줘도 좋다. 딱 기분 좋게 씹히도록 익은 당근은 모든 고기에 잘 어울리지만 특히 양고기와 먹으면 맛있다. 물론 고기를 굳이 보좌할 필요 없이 독립적으로 먹어도 좋다. 좋아하는 식초로 만든 비네그레트를 끼얹고 앞에서 언급한 올리브, 피스타치오 등을 솔솔 뿌려주면 한결 더 맛있다. 아무것도 없다면 마요네즈만 찍어 먹어도 훌륭하다.

감자

1998년 6월, 제대한 그날 동사무소에서 전역 신고를 하고 바로 여권을 만들었다. 그리고 일주일 만에 친구가 있는 미국 동부로 떠났다. 지금 돌이켜 보면 도저히 믿기지 않지만, 911 테러 전이라 친구가 비행기 출입구까지 마중을 나왔다. 친구네 가족은 이민자들의 전형적인 사업(세탁소 등)을 거쳐 동네 쇼핑몰에서 햄버거와 핫도그 가게를 운영하고 있었다. 특별한 목적이 없이 떠난 여행이다 보니 결국은 친구네 가게 일을 돕게 됐는데, 가장 인상적이었던 일이 바로 감자 썰기였다.

그전까지만 해도 나는 감자를 칼로 썰고 튀긴다고 생각했는데, 전혀 아니었다. 당시만 해도 크고 길쭉해서 낯설었던 감자(러셋 혹은 러셋 버뱅크 품종)를 씻어 길이 방향으로 틀에 올린다. 손잡이를 힘차게 아래로 누르면 감자가 격자무늬의 칼날 틀을 빠져나가면서 길쭉하고도 가지런히, 쪼개지듯 썰린다. 썬 감자를 플라스틱 용기에 물과 함께 하룻밤 두고 전분을 적당히 걷어낸 뒤 건져 주문에 맞춰 튀긴다. 갓 군복무를 마친 20대 청년이 26개월간 해왔던 일과 너무 결이 맞는 한편 크기 때문에라도 나름 단단한 감자가 막 누르기 시작하면 저항하다가 결국 갈래갈래 가지런히 잘리면서 틀을 쑥 빠져나가는 과정 자체에 시원한 리듬감이 있어 때로 나는 쉬지도 않고 감자를 눌러댔다.

맛은 어땠느냐고? 당연히 훌륭했다. 겉은 바삭하고 속은 폭신폭신한 질감의 대조가 고소함 및 짭짤함과 맞물려 다른 음식이 필요 없을 정도였다. 당시에는 '아, 감자를 직접 썰어서 튀기면 이렇게 맛있구나'라고 철석같이 믿었지만 이제는 잘 알고 있다. 직접 썬 감자도 맛이 없을 수 있고, 내 손으로 썰지 않더라도 맛있는 감자를 먹을 수 있다. 비밀은 감자의 전분 함유량이다.

대부분의 감자가 안데스나 칠레 중남부를 고향으로 삼는 가운데, 선발 육종을 통해 대략 천 종이 식용으로 분류된다. 그리고 이다지도 많은 감자를 전분의 함유량을 기준으로 한 줄로 세워 분류한다. 늘 헷갈리는데 전분이 많은 감자를 분질(Starchy), 적은 감자를 점질(Waxy)이라 분류한다. 영어를 한자로 옮겨놓으니 더 헷갈리는 경향이 있지만 사실은 간단하다. 썰면 연하고 가루(분)가 묻어날 정도로 전분이 많아서 분질, 표면이 미끌거리고 무 같은 채소와 비할 바는 아니지만 칼날이 들어갔을 때 아주 살짝 저항하는 느낌이 든다면 점질이다. 후자는 미끌거리는 밀랍(Wax)에서 이름을 따왔음을 안다면 잘 잊히지 않는다. 프렌치프라이의 대표 품종인 러셋 일족은 분질 감자다.

조리를 해보면 분질과 점질의 차이가 확연히 드러난다. 분질 감자는 국이나 찌개 등에 넣고 끓이면 금세 부서진다. 채소 감자가 아니라 등뼈를 의미하는 '감저'에서 이름이 붙었다는 말도 있지만, 대부분의 감자탕집에서 미리 삶아둔 감자를 넣고 내는 이유도 이 때문이라 추측한다. 국물과 함께 끓이다 보면 뭉개져 보잘것없어질 수 있고, 그러면 감자탕인데 감자에 신경 쓰지 않는다는 항의를 들을 수도 있기 때문이다.

한국 감자의 대세인 수미는 점질과 분질의 중간이지만 무르고 익히면 잘 부스러지는 편이다. 따라서 튀기거나 매시트포테이토처럼 가는 수준으로 으깨지만 않는다면(살짝 으깨면 거칠거칠한 죽이 되고, 계속 치대면 끈적한 풀이 돼버린다) 국물 음식과 샐러드 등에 그럭저럭 쓸 수 있다. 물론 어떤 요리든 만들어 먹을 수는 있지만, 결과물에 잘 어울리는 감자를 쓴 것만큼 최선이 아닐 수 있다는 말이다. 그나마 요즘은 '조려도 부스러지지 않는다'며 반찬용임을 강조하는 점질 품종을 종종 찾아볼 수 있는데, 막상 조리를 해보면 더 단단해도 되겠다는 느낌을 받는다.

용도에 맞는 걸 고르기만 한다면 감자의 조리는 그 이상 간단할 수 없다. 잘못 으깨면 죽이나 풀이 돼버린다고 했듯 약점을 부각시키지 않는 데 초점을 맞춘다. 일단 그냥 먹는다면 삶기보다 수분과 접촉하지 않는 찜을 권한다. 찜기에 담아 끓을락 말락 하며 수증기를 올리는 냄비 위에 올려놓으면 끝이다. 불맛을 선호한다면 장작불 같은 직화나 오븐구이도 가능한데, 감자의 크기와 수분 함유량(75% 정도)을 감안하면 맛을 얻는 대신 부피를 잃을 수 있다는 점만 염두에 두자.

한편 완전히 으깨지 않는 보통의 샐러드를 만든다면 2센티미터 크기로 썰어 반드시 찬물에서 삶는다. 전기 주전자가 흔해진 세상이라 라면처럼 미리 끓인 뜨거운 물에 익히면 겉과 속이 고르게 익지 않아 설컹거릴 수 있다. 그리고 물에 반드시 소금 간을 한다. 대체로 샐러드는 차가운 채소 음식이라 생각하는 경향이 있으며, 감자는 마요네즈와 잘 어울리는지라 '차가운 삶은 감자+마요네즈=감자 샐러드'로 통한다. 하지만 나름 유명한 독일식 감자 샐러드처럼 품은 안 들이면서도 색다른 맛을 얻을 수 있는 요리도 있다. 마요네즈 대신 겨자 알갱이가 드문드문 씹히는 디종 머스터드와 식초로 드레싱을 만들어 감자가 따뜻할 때 넣고 버무린다. 그대로 10분쯤 두면 따뜻한 감자가 드레싱을 흡수해 더 깊은 맛을 내는 샐러드가 된다. 다진 양파나 파슬리 등을 더해 향을 북돋아주면 한결 더 맛있다.

러셋 감자를 국내에서도 살 수 있다면 튀겨 먹는 게 좋을까? 패스트푸드의 세계에서는 오늘도 배달이라는 고난에도 바삭함을 잃지 않는 감자튀김을 위해 불철주야 연구 중이다. 하지만 튀김은 종이 포장지에 담겨 오는 동안 수증기 때문에 예외 없이 눅눅해져 버린다. 이런 현실에 염증을 느껴 감자만큼은 직접 튀겨보고 싶다면? 최대한 번거롭지 않은 레시피가 있다. 2018년 세상을 떠난 프랑스의 거장 셰프 조엘 로부숑이 고안한 방식으로, 초벌(낮은 온도)과 재벌(높은 온도)

로 두 번 나눠서 튀기는 전통 방식을 하나로 합친 것이다.

감자와 기름을 넣어도 절반에서 3분의 1이 남을 만큼 크고 넉넉한 냄비에 단면의 가로세로가 0.5센티미터가 되도록 길게 썬 감자와 기름 1.5리터를 함께 담아 센 불에 올린다. 맞다, 차가운 기름과 감자를 함께 담아 조리를 시작한다. 5분이 지나 기름이 끓기 시작하면 뒤적이지 않고 15분 정도 튀긴다. 마지막으로 뒤적이며 노릇하고 바삭해질 때까지 15분 더 튀긴다. 감자튀김을 건져서 종이 행주에 올려 기름기를 걷어내는 동시에 소금을 넉넉히 뿌려 간하고 바로 먹는다.

튀김 조리의 번거로움을 대폭 줄여주는 레시피지만 이 정도도 충분히 부담스럽기는 하다. 그런 생각이 든다면 '직접 조리'에서 '직접'을 절반으로 쪼개 한쪽만 쓰는 요령도 있다. 바로 냉동 감자의 활용이다. 튀김에 잘 맞는 감자를 썰어 약간의 보호막(밀가루 등)은 물론 간과 양념까지 마친 제품이 이렇게 싸도 되나 싶을 정도의 가격으로 판매되고 있다. 따라서 손질은 번거롭되 튀김의 모험만큼은 경험해 보고 싶은 경우에 이보다 더 훌륭한 선택이 없다. 외식에서 감자튀김을 유난히 맛있게 먹었다면 이런 제품 가운데 하나였을 가능성이 무척 높다.

3

육류와 해산물

Meats & Seafoods

닭가슴살과 닭다릿살

나도 피땀 어린 닭가슴살의 시기를 거쳤다. 토할 때까지 닭가슴살을 먹고, 닭가슴살을 먹다가 토하는 시기 말이다. 그래서 더 이상 먹지 않기로 마음을 굳게 먹었지만 때로 닭가슴살을 하루 세끼, 1년 내내 먹는 꿈을 꾸다가 잠에서 깨기도 한다. '남 이야기가 아닌데?'라고 생각할 독자들이 분명 있을 것이다.

닭가슴살 먹기는 의외로 방대한 여정이다. 고단백 저열량이라 다이어트에 좋다는 말에 가볍게 발을 들였다가는 길을 잃고 헤맬 수 있다. 특히 익힌 걸 사 먹으면 그러기가 쉽다. 조리는 몇 배 번거로운 반면 익힌 상품은 확실한 하나의 산업으로 자리를 잡았으니 제품의 선택도 굉장히 다양해 보인다. 하지만 사 먹다 보면 의외로 한계가 빨리 찾아온다. 스스로 익혀 먹는 만큼이나 많은 기성품을 사 먹어본 결과 공통점이 있었다. 닭가슴살의 약점인 '무맛'을 무마하기 위해 간이 대체로 강했다. 짠맛이나 감칠맛이 강하다면 괜찮을 텐데 단맛이 강한 것이 다수였다. 여기에 재료 특유의 냄새를 가리기 위해 '스모크 후레바' 같은 가공육용 향신료까지 쓰면 닭가슴살 자체보다 맛과 향이 더 거슬려 먹기 힘들어진다. 딸려오는 소스도 크게 보면 닭가슴살을 가공한 것과 같은 길을 걸으므로 장기적인 안목에서는 썩 바람직하지 않다.

그래서 썩 내키지는 않지만 닭가슴살의 집밥화를 조심스레 권해본다. 당연히 번거롭고 식재료 자체의 한계 때문에 열심히 조리를 갈고 닦아도 별로 보람을 못 느낄 수도 있지만 맛을 직접 관리할 수 있으니 덜 질리고 좀 더 오래 먹을 수 있다. 또한 닭가슴살 같은 재료를 적당히 익힐 수 있는 경지에 이른다면 다른 식재료쯤은 훨씬 가벼운 마음으로 대할 수 있게 된다. 극기훈련이나 가파른 산행 뒤에 (잠깐이나마) 일상생활의 움직임이 가볍게 느껴지는 것과 비슷하달까.

닭가슴살 조리는 쉽지 않다. 어감은 괜찮지만 단점을 여실히 드러내는 표현인 '퍽퍽살'로 불리는 것만 봐도 알 수 있다. 지방도 없고 다리나 날개에 비하면 운동도 전혀 하지 않으니 자체의 맛도 거의 없다. 닭이 운동을 해도 가슴살은 복지부동이므로 맛에는 보탬이 안 된다는 말인데, 애초에 현대 축산업은 고효율의

빠른 성장을 추구하니 닭 자체가 운동을 거의 하지 않는다. 운동을 못 하는 동물의 운동을 안 하는 부위이니 닭가슴살은 맛이랄 게 없으며 금방 과조리돼 퍽퍽하고 뻣뻣해지기 쉽다.

닭가슴살의 정도를 걷고 싶다면 역시 통으로 익혀야 제 맛이다. 염지를 이용해 은근히 삶는 레시피를 소개해 보자. 닭가슴살 네 쪽 기준으로 간장 125밀리리터, 소금 4큰술, 설탕 2큰술을 준비한다. 넉넉한 냄비에 물 4리터, 소금, 설탕을 넣고 닭가슴살을 담아 뚜껑을 덮은 뒤 그대로 30분 정도 둔다. 간장과 소금을 탄 염지가 삼투압의 원리에 따라 닭가슴살에 맛을 들이고 수분도 보충한다. 시간이 되면 그대로 중불에 올린다. 물의 온도가 골고루 올라가도록 가끔 휘저으며 확인하고 80도까지 오르면 불을 끄고 뚜껑을 덮은 채로 불에서 내린다. 닭가슴살의 내부 온도가 70도까지 오르도록 15~20분 정도 그대로 익힌다. 이 요령만 알고 있어도 기성품을 사서 먹는 것보다 좀 더 오래 닭가슴살과 공생할 수 있다. 믿어달라.

같은 닭이라도 다릿살은 가슴살과 팔자가 판이하다. 닭가슴살이 고행의 동반자라면 닭다릿살은 쾌락의 동반자다. 무엇보다 오랜 조리에 잘 버티는 육질과 바삭하게 익힐 수 있는 껍질을 겸비해 통닭의 대체제로 가장 유용한 부위다. 다릿살은 뼈를 완전히 바른 부분육으로 팔려 별도의 손질이 없이 포장을 뜯자마자 바로 조리할 수 있다. 가공된 모양이 넓적해서 어떤 조리법을 택해도 고르게 익힐 수 있으며 껍질이 한 면에 고르게 붙어 있어 바삭하게 익히기도 쉽다. 이래저래 수프부터 구이, 튀김 등 다양한 요리에 쓸 수 있으니 만능 부위다. 껍질을 바삭하게 지져 단맛과 짠맛 모두가 두드러지는 데리야키 소스와 짝을 지어주면 정말 훌륭하다. 간단한 데리야키 소스 다릿살 구이를 소개한다.

데리야키 소스 다릿살 구이

재료

- 데리야키 소스

  간장 125ml, 맛술 2큰술, 간 생강 ½큰술, 마늘 1쪽, 설탕 100g, 후추 약간, 옥수수전분 ½작은술
- 닭다릿살 8쪽, 식용유 2큰술

* 마늘은 다지거나 간다.

만드는 법

1. 데리야키 소스를 만든다. 데리야키 소스 재료를 냄비에 담고 거품기로 잘 저어 완전히 섞은 뒤 중간 센 불에 올려 보글보글 끓인다. 숟가락을 담갔다가 꺼내 등의 한가운데 손가락으로 길을 냈을 때 소스가 흘러 흔적을 남기지 않으

면 적당한 점도를 갖춘 것이다.

2. 닭다릿살을 굽는다. 팬을 중간 센 불에 올리고 식용유를 가볍게 둘러 연기가 피어오를 때까지 달군다. 종이 행주로 닭다릿살의 물기를 걷어낸 뒤 껍질이 붙은 면이 팬 바닥에 닿도록 올린다. 뒤집개로 약간 힘을 주어 눌러가며 5~7분 정도 굽는다. 은박지로 닭다릿살을 덮고 무거운 주물 팬이나 냄비 등을 올려 눌러도 좋다. 닭다릿살에 붙은 껍질이 팬의 바닥에 많이 접촉해 수분과 기름이 최대한 빠져나오고 껍질이 바삭해지는 게 핵심이다.

3. 닭다릿살을 뒤집고 중불로 낮춘 뒤 3~4분 정도 더 굽는다. 온도계로 내부 온도가 80도를 찍으면 다 익은 것이다. 다 익은 닭다릿살을 접시로 옮긴다.

4. 팬에서 녹아 나온 기름이 너무 많다 싶으면 일부 떠낸다. 1의 데리야키 소스를 붓고 중불에서 보글보글 끓이고 닭다릿살과 접시에 고인 육즙을 팬에 옮긴 뒤 닭다릿살에 소스가 고루 입혀지도록 뒤적이며 3분 정도 더 익힌다. 껍질을 먹고 싶지 않다면 벗겨내고 팬에 넣은 뒤 소스에 버무린다. 닭다릿살은 접시에, 팬 바닥에 남은 소스는 공기에 옮겨 담는다. 간이 약하다 싶으면 소스를 더한다.

돼지 안심과 갈비

우리는 돼지를 정녕 사랑하고 있는 걸까? 삼겹살과 목살이 국가 고기 소비량의 1, 2위를 다툴 정도로 사랑받으므로 그렇게 믿고 싶지만 사실은 아니다. 삼겹살(지방 비율 28.5%)과 목살(지방 비율 9.5%) 모두 고기 사이 혹은 위아래의 비계, 즉 지방이 익으면서 내는 고소한 맛과 매끄러운 감촉 때문에 사랑받는다. 그렇다면 삼겹살과 목살을 뺀 나머지 부위는 어디로 가는 걸까? 돼지고기 대접도 제대로 못 받으며 싸게 팔려 나가는 가운데, 터럭만큼의 비계도 딸리지 않은, 따라서 인기 없는 살코기 부위로 안심이 있다.

등심과 뱃살 사이에서 양 끝이 뾰족한 원통 모양으로 자리 잡고 있는 안심은 이름처럼 안심하고 먹기 어려운 부위다. 지방의 도움을 정말 하나도 받을 수 없으니 과조리가 되기 쉽고 맛도 지나치다 싶을 정도로 '담백'하다. 하지만 돼지 안심은 삼겹살이나 목살은 누리지 못하는, 또 다른 가능성을 품고 있다. 무엇보다 돼지고기가 '또 다른 백색육'으로 홍보의 물결을 타는 데서 알 수 있듯, 안심처럼 지방이 없는 부위가 단백질의 주 섭취원으로 제 몫을 할 수 있다.

특히 건강 등 여러 이유로 너무 쉽게 물려버리는 닭가슴살을 참고 먹는 경우라면 돼지 안심이 가격과 맛 양면에서 훌륭한 대체제가 될 수 있다. 게다가 한국인의 고기 소비는 여전히 부족해 2016년 말을 기준으로 OECD 평균의 81퍼센트다. 그나마 돼지고기 소비량이 24.3킬로그램으로 1위를 달리는 가운데, 뜯어보면 안심은 최대 소비 부위 5위권 안에 이름을 올리지도 못한다.

그렇다면 안심은 어떻게 먹는 게 좋을까? 전체가 균일하게 살코기이니 온도계만 갖추었다면 통으로 구워 먹는 게 이론적으로는 최선이지만 높은 난이도를 감안하면 선뜻 권하기는 어렵다. 아무래도 조리에 실패할 가능성이 쉬운 식재료이기도 하지만, 모양이 뒤틀리지 않도록 굵은 실로 묶어 모양을 잡아주는 등 잔손도 많이 간다. 한편 보편적으로 통하는 카레나 장조림도 안심에게는 무리다. 지방이 전혀 없으므로 오래 끓이는 조리법을 견디지 못해 질기고 퍽퍽해지는데, 이게 의식하지 않고 참고 먹어야 하는 수준이다. 이보다 더 단순하고도 빨리 익는 재료의 특성에 맞는 손질 및 조리법을 살펴보자.

일단 안심을 덩어리째 접시나 쟁반 등에 담아 냉동실에 30분 동안 둔다. 안심은 너무 부드럽다 보니 섣불리 칼을 댔다가는 뭉개지거나 찢겨 균일하게 썰 수가 없다. 따라서 냉동실에 잠깐 두어 '각'만 잡아준다. 30분이 지나 겉이 적당히 단단해졌다면 도마에 올려 뾰족한 양 끝을 잘라내고 30~45도로 비스듬히 저며낸다. 칼날을 크게 움직여 써는 게 아니라, 최대한 재료에 밀착시켜 저며내는 것이다. 얇을수록 빨리 익히기 좋으니 두께는 0.5센티미터 이하가 바람직하다.

끝까지 다 저며냈다면 두 갈래로 나눠 조리할 수 있다. 가장 먼저 채를 쳐서 볶아 먹기다. 저며낸 안심을 서너 장씩 겹쳐 곱게 채 친다. 폭은 썰어낸 두께보다 좁을수록 좋다. 잠깐, 채 친다면 정육점에 맡기는 게 훨씬 편하지 않을까? 틀린 말은 아니다. 정육점에서 잘 드는 칼을 써 전문적으로 썰어줄 수 있는 것도 맞다. 하지만 생고기를 그대로 썰어주는지라 생각만큼 곱게 채가 나오지 않는다. 백화점이나 마트 등에서 포장육으로 파는 '잡채용' 돼지고기를 보면 알 수 있을 것이다.

굳이 냉동실에 넣었다 채 치는 등의 수고를 들인 안심은 각자 좋아하는 채소와 볶아 먹을 수 있다. 조리되는 정도가 다른 고기와 채소는 별도로 익히는 게 바람직한데, 일반적인 경우와 달리 채소를 먼저 볶고 안심을 나중에 볶는다. 안심에는 지방이 없어 배어 나올 맛도 없거니와 빨리 익으므로 채소를 먼저 볶아 충분히 달궈진 팬에 잠깐만 볶는 게 최선이기 때문이다. 팬에 기름을 넉넉히 두르고 안심을 올려 계속 뒤적이며 겉의 색이 변할 때까지만 볶고 채소와 합쳐 마무리한다. 밥반찬으로도 좋지만 납작하고 넓은 밀가루 국수를 삶아 함께 볶으면 잘 어울린다. 아무래도 자기만의 맛이 두드러지는 부위는 아니므로 좀 강하다 싶게 소금 간을 하고, 굴소스 등으로 감칠맛을 불어넣어도 좋다.

그다음 방법은 볶기보다 더 간편하다. 썬 고기를 그대

로, 혹은 도마 위에 올려 고기망치나 냄비 바닥 등으로 살살 두드려 좀 더 얇게 편다. 이때 고기의 밑면과 윗면 모두에 랩을 씌워 튀거나 뭉개지는 걸 막는다. 역시 간을 강하게 하고 기름을 넉넉히 두른 뜨거운 팬에 겉면의 색이 변할 때까지만 지져 먹는다. 밀가루로 보호막을 한 켜 입혀줘도 좋다.

우리는 여러 종류의 돼지갈비도 즐긴다. 찬찬히 살펴보면 실제 돼지가 가지고 있는 것보다 더 다양한 종류의 갈비 요리를 먹고 있다고 해도 지나친 말이 아니다. 돼지는 소에 비해 덩치가 작으므로 갈비, 즉 흉곽 자체가 작다는 사실을 감안하면 나름 흥미롭다.

첫 번째는 조리법으로 분류되는 돼지갈비다. 달콤한 양념에 푹 잠긴 채로 식탁에 등장하는, 구우면 놀랍게도 쥐포의 맛이 나는 돼지고기 말이다. 갈비라 부르기는 하지만 워낙 양념에 푹 잠겨 있는지라 이 살이 정확히 돼지의 어디에서 나오는지 구분하기도 쉽지 않다.

해부학적 관점으로 접근하면 갈비 근처에서 그렇게 넓은 살점이 나오기는 어렵다. 따라서 무엇인가 이상하지만 너무 큰 의문을 품어봐야 분위기만 깨지고 맛도 떨어질 수 있으니 그냥 넘어가는 게 최선이다. 종종 갈비라는 이름에 충실하기 위해 애를 쓰느라 살점이 거의 붙지 않은 갈빗대를 꿔다놓은 보릿자루처럼 고기 옆에 담아 내오는 곳도 있다. 의심이 한층 더 깊어지지만 그래도 고민 말고 고기를 먹자.

두 번째는 찜용 돼지갈비다. 굵은 뼈가 딸려오는 찜용은 돼지의 흉곽에서도 앞부분으로, 1번부터 4, 5번까지의 갈비뼈를 정형해 낸다. 마블링이 아예 없는 것은 아니지만 대체로 살코기와 비계가 각각 덩이진 채로 이웃하고 있어 그나마 찜에 가장 적합하다. 일반 솥에서 오래 푹 끓여도 좋지만 압력솥을 쓰면 조리 시간이 절반 이하로 줄어든다.

간장 바탕 양념에 생강을 듬뿍 넣고 압력솥에서 45분~1시간쯤 고기 자체를 푹 익힌 뒤 압력을 빼고 약불에 졸여 맛을 좀 더 들인다. 갓 끓여내면 더 맛있고 하루만 지나면 퍽퍽해지는 살코기를 먼저 먹는 게 좋다. 간간한 국물은 체로 한 번 거르면 맛달걀의 바탕으로 알뜰하게 쓸 수 있다. 냄비에 찬물과 달걀을 담아 불에 올리고, 물이 끓으면 불도 끄고 6분 정도 두었다가 껍질을 깐다. 삶은 달걀을 걸러낸 국물에 담그고 종이 행주를 두어 겹 접어 위에 올린다. 종이 행주가 국물을 머금으면서 달걀이 떠오르지 않도록 눌러준다. 하루쯤 냉장고에 두면 먹을 수 있다.

세 번째가 본격적인 흉곽의 갈비다. 수평으로 갈라 둘로 나눠 배 쪽, 그러니까 삼겹살과 붙은 쪽을 배갈비(Spare rib)라 부른다. 지방 공포증 등으로 인해 돼지가 갈수록 날씬하게 사육되는 경향이 있지만 아무래도 배 쪽이니 딸려 나오는 살점이 제법 쏠쏠하다. 그런 가운데서도 지방이 많지는 않은 탓에 조리의 난이도가 높아, 미국에서는 바비큐의 대표 부위로 꼽히며 온갖 지역 및 전국 대회를 통해 누가 좀 더 맛있게 잘 익혔는지 우열을 가린다.

마지막으로 이 모든 갈비가 지나간 자리에 등갈비가 남는다. 무교동의 첫 번째 골목에서 지글지글 익어가며 손님을 끄는, 바로 그 부위 말이다. 등뼈와 붙어 있는 갈빗대로 배갈비에 비하면 폭도 좁고 살도 뼈를 간신히 둘러쌀 정도로 적게 붙어 있다. 게다가 인접한 부위마저 비계가 적기로 소문난 안심이나 등심인지라 먹을 게 별로 없고, 있더라도 대체로 퍽퍽하게 익는다.

정리하면 '진짜' 돼지갈비, 즉 흉곽은 소의 팔자와는 정반대로 사랑을 받기가 여간해서는 쉽지 않은 부위다. 소의 흉곽도 곡선을 그리지만 동물 자체의 덩치가 큰지라 최대한 직선에 가깝게 뼈와 살을 정형할 수 있는 반면, 돼지는 원래 먹을 게 없는 부위가 더 작아질 뿐이다. 그래서 뼈 한 대 단위로 썰어 소위 '쪽갈비'를 만드는데 그럼 더 잉여 부위가 돼버린다. 둥글어서 냄비나 솥에 차곡차곡 많이 들어가지도 않을뿐더러 면 전체가 열원에 고르게 닿지 않으니 균일하게 구워지지도 않는다.

따라서 등이든 배든, 돼지의 갈비는 최대한 짝으로 모여 있는 것을 산다. 설사 동네 마트나 정육점에서 이미 한 대 단위로 곱게 썰어 팔고 있더라도 일단은 좌절하지 말고 물어본다. 많은 경우 정육점에서는 재고를 갖추고 있으므로 썰어놓지 않은 등갈비를 꺼내줄 가능성이 높다. 아니면 대체로 이런 음식은 주말에나 해 먹을 여유가 나므로 수요일이나 목요일 쯤 주거래처(?)에 들러 사정을 설명하고 준비해 줄 것을 요청한다. 요즘은 인터넷 오픈마켓에서 짝째로 파는 제품을 쉽게 구할 수 있다.

바비큐가 되고픈 등갈비 조림+

집에 오븐을 갖추고 있다면 등갈비 조림을 시도해 보자. 재료 목록도 조리 시간도 길어 얼핏 보면 위축될 수도 있지만 자세히 살펴보면 손이 많이 가지 않는다. 양념은 섞어주기만 하면 되고 온도가 낮아 조리가 오래 걸릴 뿐이므로 오븐에 넣고 다른 일을 하다 보면 어느새 잘 익은 등갈비가 기다리고 있을 것이다.

흑설탕이 중심을 이루는 마른 양념(Dry rub)은 갈비에 맛을 불어넣을 뿐만 아니라 오랜 시간 익으며 갈비의 겉면에 껍데기(Bark)를 만들어준다. 직화로 구워 먹는 진짜는 아니지만, 갈빗살과 질감의 대조를 이루는 또 다른 껍데

+ Alton Brown, 〈Food Network〉, 'Who Loves Ya Baby-Back?', https://www.foodnetwork.com/recipes/alton-brown/who-loves-ya-baby-back-recipe-1937448

기의 맛을 즐길 수 있다. 참고로 진짜 바비큐의 세계에서는 껍데기의 색이나 갈비에 입혀진 정도, 맛과 질감 등을 굉장히 중요하게 평가한다. 바비큐를 흉내 낸 등갈비 조림은 단 한 점의 살도 남기지 않고 깨끗하게 발라 먹을 수 있을 정도로 잘 익되 전혀 퍽퍽하지 않다.

재료

- 돼지 등갈비 2짝
- 마른 양념

  흑설탕 8큰술, 꽃소금 3큰술, 후춧가루 ½작은술, 고춧가루 ½큰술, 오레가노 ½작은술, 타임 ½작은술, 양파가루 ½작은술, 마늘가루 ½작은술, 생강가루 ½작은술
- 조림 국물
- 물 1컵(250ml), 식초 2큰술, 우스터소스 2큰술, 꿀 1큰술, 마늘 2쪽

* 마늘은 곱게 다진다.

만드는 법

1. 오븐을 120도로 예열한다.
2. 공기나 사발에 마른 양념 재료를 전부 넣고 잘 섞는다.

3. 은박지 위에 등갈비를 1짝씩 올리고 2의 마른 양념을 솔솔 뿌린 뒤 손으로 문질러 최대한 골고루 입힌다. 은박지를 여며 등갈비를 완전히 감싼 다음 냉장고에 1시간 이상 둔다.

4. 계량컵(없다면 일반 컵이나 공기)에 조림 국물 재료를 전부 넣고 전자레인지에서 1분 돌린다.

5. 등갈비를 꺼내 제과제빵 팬에 올리고 한쪽 끝을 열어 조림 국물을 절반씩 나눠 붓는다. 은박지의 끝을 다시 여미고 팬을 흔들어 국물을 골고루 분배시킨다. 예열한 오븐에 넣고 2시간 30분 정도 굽는다.

6. 은박지 바닥에 고인 조림 국물을 냄비에 담아 불에 올린 뒤 절반으로 졸아들 때까지 보글보글 끓인다. 오븐에 브로일러가 딸려 있다면 졸인 양념을 등갈비 전체에 고루 발라 마무리로 살짝 굽고, 없다면 찍어 먹는 소스로 쓴다. 다 익은 등갈비는 뼈 2대 간격으로 썰어 접시에 담는다.

간 소고기와 집버거

햄버거. 공장식 사육과 가공으로 만드는 패스트푸드이자 외식의 대명사지만 개념을 이해하면 의외로 집에서 활용하기 좋다. 거창하고 고급스러운 '수제 버거'를 만들어 먹자는 말이 아니다. 최소한의 노력으로 최대한의 효율을 뽑을 수 있는 '집버거'의 요령을 자가 조리에 편입시키자는 제안이다. 관건은 단 하나, 핵심인 고기의 업그레이드다. 어디에서나 간 소고기를 살 수 있지만 햄버거에 어울리는 걸 찾기는 쉽지 않다. 간 고기는 자투리나 덩이로 먹기 어려운 부위를 활용할 수 있다는 점에서 잠재력이 풍부한데, 시중에서 팔리는 건 대체로 지방 함유량이 높지 않고 알갱이도 잘다. 이런 고기로 패티를 만들면 푸석하고 맛이 없다.

따라서 정육점에서 고기를 직접 골라 갈아달라고 부탁하는 게 좋다. 어떤 부위가 햄버거에 최선일까? 일단 지방을 일정 수준 갖춰야 한다. 햄버거라면 살코기와 비계, 즉 지방의 비율이 8:2 안팎일 때 촉촉하고 맛도 있다. 기름진 걸 싫어한다면 어쩔 수 없는 노릇이지만 지방이 맛의 매개체이므로 적을수록 맛이 떨어진다. 따라서 지방을 놓고 너무 노심초사하지 말자.

한편 소고기 특유의 맛이 진하게 나도록 운동을 많이 한 부위가 좋다. 이 두 조건을 만족하는 대표적인 부위가 목심

(Chuck)과 갈빗살이다. 갈비는 인기 부위이고 가격이 높아 부담스러울 수 있으니 아무래도 목심이 적합하다. 요즘은 가치를 높이려고 '윗등심'이라 부르듯 목심은 목과 등 사이의 부위다. 가격도 높지 않은 축에 속해 집버거에도 딱 좋다. 정육점에서 갈아줄 수 있는지, 가능하다면 원래 파는 것보다 입자를 좀 더 굵게 갈아줄 수 있는지 확인한다.

햄버거 패티는 생각보다 손이 많이 가지 않을뿐더러 일단 만들어두면 의외로 폭넓게 활용할 수 있다. 동물의 고기는 미오신(Myosin)이라는 단백질 덕분에 일정 수준 끈기를 지니고 있는데, 갈면 한층 더 활기를 띤다. 따라서 간 소고기만 빚어 모양을 잡아도 잘 뭉쳐지고 부스러지지 않는다. 다만 미오신은 소금을 만나도 활기를 띠는데, 정도가 지나치면 패티가 딱딱해진다. 따라서 패티는 소금 간 없이 만든 뒤 구울 때 조금 넉넉하다 싶게 소금 입자가 눈에 잘 띌 정도로 솔솔 뿌린다.

집버거는 가볍게 만들어야 편하게 쓸 수 있다. 패스트푸드 햄버거 패티는 웰던으로 금방 익힐 수 있도록 2온즈, 즉 56그램 정도로 만든다. 이를 따르되 기억하기 좋도록 반올림해 60그램이면 충분하다. 빨리 만들고 빨리 익힐 수 있으며 웰던으로 익히더라도 두툼하고 무거운 패티와 달리 뻑뻑함이 느껴지지 않는다. 고기를 많이 먹고 싶다면 그저 여러 장 구우면 된다. 두꺼운 패티 한 장보다 얇은 것 여러 장을 익히는 데 시간이 덜 든다.

패티는 효율을 위해 두 단계를 거친다. 일단 간 고기를 60그램 달아 두 손바닥 사이에서 경단처럼 동그랗게 빚어 한데 모아둔다. 다 빚은 뒤에는 한 점씩 손바닥(오른손잡이라면 왼손, 왼손잡이라면 오른손)에 올려 반대편 손가락으로 찬찬히 두들겨 납작하게 만든다. 이때 패티는 햄버거 빵보다 지름이 10퍼센트 안팎으로 크게 만들어야 구우면서 지방과 수분을 잃더라도 크기가 맞는다. 빵의 지름이 10센티미터라면 패티는 11~12센티미터로 빚는 것이다. 자질구레한 것 같지만 빵과 패티의 크기가 맞지 않는 햄버거만큼 보기 싫고 구조적으로 불안한 음식이 없으니 조금만 신경을 쓰자.

패티를 많이 만든다면 전부 상온에 두지 말고, 열 개씩 끊어 접시나 쟁반에 담아 나머지를 만드는 동안 냉장실에 보관한다. 다 만들었다면 당장 먹을 것을 제외하고 냉동실에 보관한다. 정석을 따르자면 패티가 서로 들러붙지 않도록 유산지(종이 포일)를 크기에 맞춰 잘라 사이사이 넣어줘야 하는데, 패티 만들기보다 더 번거로울 수 있으므로 요령을 좀 부리자. 유산지를 끊어내 길이 방향으로 반 접어 자르면 긴 직사각형이 된다. 한쪽 끝에 패티를 한 점 올린 뒤 유산지를 접어 덮는 과정을 되풀이한다. 한마디로 요약하면 긴 유산지를 아코디언처럼 접어 사이사이에 패티를 한 장씩 넣는 것이다. 다섯 장에서 열 장 사이로 쌓아 올린 뒤 그대로 지퍼백에 담아 냉동 보관한다.

냉동 보관이 기본이지만 워낙 얇고 가볍게 만들었으므로 굳이 해동하지 않아도 된다. 햄버거를 만든다면 소금 간을 넉넉히 하고 뜨겁게 달군 팬에 바로 굽는다. 한 면당 2~3분 정도면 충분히 익는데, 치즈를 더한다면 한 면을 굽고 뒤집은 뒤 패티 위에 올려 나머지 면을 굽는 동안 녹인다. 빵도 살짝 구워주면 햄버거가 더 맛있어지는데, 패티를 익히는 동안 토스터에 굽거나, 아니면 패티를 익히고 팬에 올려 여열로 굽는다. 그 사이에 패티는 소위 '레스팅'을 거쳐 수분이 쏟아져 나오지 않을뿐더러 온도도 살짝 내려가 먹기에 훨씬 편해진다.

햄버거를 목표로 만들었지만 간 고기인 데다가 해동도 필요 없으므로 다른 음식에도 두루두루 쓸 수 있다. 익히면서 부스러뜨리면 원래의 상태로 돌아가니 궁극적으로는 간 고기를 햄버거 패티의 형식으로 보관하는 셈이다. 대표적인 쓰임새가 마파두부인데 조리법을 간단히 살펴보자. 우묵한 팬이나 냄비에 식용유를 두르고 중불에 달군 뒤 패티를 넣고 나무 주걱으로 부숴가며 익힌다. 패티가 완전히 부스러지고 살짝 노릇하게 익어 기름이 나오면 두반장을 더해 1분 정도 볶다가 마늘, 파, 생강 등을 넣은 뒤 30초쯤 더 볶다가 화자오(초피나무 열매)나 고춧가루를 더한다. 물을 자작하게 붓고 두부를 더해 센 불에서 6~8분 정도 끓인 뒤 간장으로 간을 맞추고 물 녹말로 마무리한다. 이 밖에도 순두부찌개나 미역국 등의 국물 바탕을 만드는 데 집버거 패티를 두루 활용할 수 있다.

양고기

메리에게는 어린 양이 있어요.
어리고 어린 양이 있어요.
메리에게는 어린 양이 있어요.
눈처럼 하얀 털을 지닌 양이 있어요.

우리에게도 친숙할 영어 동요 '메리에게는 어린 양이 있어요(Mary had a little lamb)'는 1830년 세라 조세파 헤일의 시로 처음 발표됐다. 선율이 친근하고도 기억이 쉬운 덕분에 머리에 떠오를 때마다 의문을 품는다. '어린 양(Little lamb)'은 '역전 앞' 같은 중복 표현이 아닐까? 영어에는 동물 전체와 유체 및 성체, 그 고기를 일컫는 단어가 따로 있는 경우가 많다. 양이라는 동물은 통틀어 '십(Sheep)', 생후 1년까지의 어린 양과 고기는 '램(Lamb)'이다. 그보다 더 자란 것의 고기는 '머튼(Mutton)'이라 부른다.

우리가 먹는 양고기는 대부분이 램이다. 요즘은 생후

6개월 이전의 고기임을 내세우는 경우도 쉽게 찾아볼 수 있다. 아무래도 양고기는 꼬치에게 대중화를 빚졌다. 어향가지, 꿔바로우 등의 요리와 함께 양꼬치를 내는 중식당이 등장하면서 새로운 직화구이의 형식으로 자리를 잡은 덕분이다. 마케팅 또한 아주 빈말은 아니었으니, 맥주의 좋은 짝으로서 맛의 경험 차원에서도 저변을 넓히는 역할을 했다. 이런 분위기에 탄력을 받아 가정에서도 구워 먹을 수 있는 고기로 마트 등에, 약간 얄궂게도 양의 해인 2017년에 본격 등장했다.

양고기라면 무조건 램인가? 일단 풀어야 할 오해다. 양고기 특유의 누린내는 취향을 꽤 탄다. 그래서 어린 램을 먹어야 냄새도 적을뿐더러 육질도 부드러워 일석이조라는 믿음이 널리 퍼져 있다. 아주 틀린 것은 아니지만 본격적인 요리의 세계로 진입하지 않으려는 핑계로도 굉장히 유용한 주장이다. 자란 양의 고기, 즉 머튼이 걷는 나름의 길이 있으니 바로 숙성이다. 2~3주쯤 숙성시켜 맛과 향을 키우면 머튼의 단점이라는 뻣뻣함까지 해소된다. 따라서 우리가 흔히 램을 먹는다고 머튼이 먹지 못할 고기라고 인식하면 곤란하다.

양고기 특유의 냄새는 지방에서 나온다. 살만 발라내 시식하면 기름기가 적은 소고기와 구분하지 못할 수준이다. 따라서 여느 음식처럼 개성을 결정짓는 지방의 조리에 초점을 맞춰야 한다. 부위별로 조금씩 다르지만 양고기는 많이 익히면 질겨진다. 당연한 사실 아니냐고? 소고기라면 한국식 직화구이 같은 맥락에서 속까지 바짝 익히더라도 웬만하면 먹을 수 있다. 하지만 양고기는 정말 맛이 없어지니 좀 더 배려가 필요하다. 지방은 적당히 녹아 나오되 속까지 익지는 않는 미디엄 레어에서 미디엄(54~60℃)이 조리의 최적 구간이다.

집에서 양고기를 먹고 싶다면 밖에서 먹는 양꼬치로 굽는 연습을 해보자. 잘게 깍둑썰어 꼬치에 꿰었으니 넓적하게 썰어내는 일반 직화구이와는 느낌도 접근도 사뭇 다르다. 꼬치에 꿴 고기 한 줄 전체를 하나의 덩어리라고 가정하고 지방이 녹아 나와 겉에서 지글거리는 수준까지만 익힌 뒤 2~3분 정도 식혔다가 맛을 본다. 이에 크게 저항이 없고 씹을 때 고깃결이 조각조각 부스러지지 않는다면 잘 익힌 것이다. 한마디로 약간 덜 익혔나 싶을 정도로만 구워야 턱이 아프도록 질겅질겅 씹지 않고 즐길 수 있다. 요즘은 꼬치를 알아서 돌려주는 자동 회전 장치가 대세인지라 손을 대지 않고도 구울 수 있다. 편하지만 과조리의 위험이 있어 신경을 써야 한다. 자동 장치가 없는 곳이라면 꼬치를 부챗살처럼 펼쳐 손에 쥐고 자주 뒤집어가며 굽는다.

꼬치로 연습했다면 숄더랙(Shoulder rack)으로 집에서 본격적인 조리를 시도할 수 있다. 이름처럼 앞다리가 붙은 어깨에서 배 앞까지의, 뼈가 붙은 갈빗살인 숄더랙은 마트에서도 살 수 있다. 돼지로 치면 목살과 멀지 않은 부위다. 양꼬치 전문점에서도 먹을 수 있지만 꼬치보다 덩치가 큰지라 겉과 속이 회색으로 똑같이 익어버리기 쉬워 권하지 않는다. 차라리 집에서 소고기 스테이크처럼 소금과 후추로 간한 뒤 뜨겁게 달군 팬에 겉을 충분히 지져 익히는 게 훨씬 맛있다. 바로 뒤쪽 부위인 프렌치랙(French rack)은 숄더랙과 비교하면 중심을 이루는 단일 근육이 또렷하게 보일뿐더러 부위 전체의 크기도 절반 수준으로 작다. 그만큼 과조리되기도 쉬운데 고급 부위로 가격대가 더 높으므로 숄더랙으로 솜씨를 충분히 갈고닦은 뒤 시도할 것을 권한다.

숄더랙과 프렌치랙을 구워 양고기와 충분히 친해졌다면 다리, 특히 정강이 아래쪽으로 조림을 시도해 볼 수 있다. 갈비찜처럼 푹 조리는 게 훨씬 맛있는데, 이미 친숙한 카레와 고전적인 짝이다. 따라서 돼지고기 대신 양 사태를 통으로 넣고 끓인 카레를 시작으로 토마토소스 등으로 조금씩 지평을 넓혀나간다. 편의점에서도 사 먹을 수 있는 자두나 살구 말린 것과 함께 조려도 맛있다.

양고기 이야기에서 쯔란(孜然), 즉 커민이 빠질 수 없다. 잘 익어 지방이 충분히 녹아 나온 꼬치에 커민과 소금, 고춧가루 등을 배합한 양념을 찍어 먹는 맛이 양고기 대중화의 일등공신 아닐까? 양꼬치 전문점에서 먹을 때는 물론 집에서 조리하려고 인터넷 등에서 양고기를 주문해도 배합된 양념을 한 봉지씩 끼워 보낸다. 특유의 향이 워낙 잘 어울리기도 하지만, 양고기는 기본적으로 대담한 맛의 향신료를 잘 소화해 낸다.

양꼬치와 쯔란의 조합을 좋아한다면 계피, 아니스, 카르다몸, 실란트로와 코리앤더, 민트, 너트멕, 로즈메리, 타임, 사프란 등 동서양을 넘나드는 향신료를 다양하게 즐길 수 있다. 한편 채소로는 가지가 양고기의 지방과 육즙을 잘 빨아들여 곁들여 먹기에 좋고, 한국인의 자존심인 마늘도 잘 어울린다.

양꼬치와 맥주, 특히 칭타오를 위시한 '페일 라거'류의 짝짓기는 이미 고전으로 자리 잡았다고 볼 수 있는데, 그 너머에 엄청난 맛의 세계가 기다리고 있으므로 안주할 필요는 없다. 탄산을 선호해 맥주를 고수하고 싶다면 조금 더 진한 에일 계열을 권한다. 단순히 씻어 내려주기에서 한발 더 나아가 시트러스를 대표한 과일 향 및 라거보다 두드러지는 쓴맛으로 양고기의 맛을 돋워주는 한편 균형도 잡아준다. 보리의 일부를 구워 담그는 흑맥주 또한 특유의 구수함으로 차분하게 양고기를 포용해 준다.

그렇다면 맥주 바깥의 세계는 어떨까? 한마디로 엄청나다. 레드와인이 믿고 마시는 고기의 단짝이라는 사실은 잘 알려져 있지만 몇 가지 종류와 양고기는 폭발적인 수준으로 잘 어울린다. 원리는 탄산을 빼면 맥주와 크게 다르지 않다. 일단 과일의 맛과 향이 양고기의 맛을 북돋아주는 역할을 맡는다. 특히 체리와 산딸기, 자두 등 향이 진하고 단맛도 두드러지는 가운데 신맛도 넉넉하게 목소리를 내는 핵과류의 맛과 향을 지닌 와인이 잘 어울린다. 한편 양고기 특유의 강한 향과 비슷하고 기도 죽지 않는 가죽이나 훈연 향(나무나 풀을 불완전연소시킬 때 나는 연기 냄새)을 지닌 종류도 선택할 수 있다. 포도의 껍질 및 레드와인이 공통적으로 거치는 오크통 숙성에서 얻는 탄닌이 기름기를 견제해 준다.

마지막으로 술을 마시지 않는다면 레몬도 좋은 선택지다. 레모네이드, 그도 아니라면 레몬 한 조각을 띄운 탄산수만으로도 훨씬 즐겁게 양고기를 먹을 수 있다.

새우

10여 년 전 이맘때였다. 8년 동안의 미국 생활을 마치고 귀국 일정을 잡던 가운데 차를 몰고 북쪽으로 올라갔다. 미국 동부의 최북단 주 메인의 포틀랜드까지, 왕복 4천 킬로미터의 여정을 일주일 정도에 소화했다. 별생각 없이 떠난 여행이었다. 메인주에서는 명물이라는 랍스터롤을 먹었다. 원래는 요트가 줄지어 늘어서 있을 여름이 여러모로 제철이었겠지만 다시는 못 올 것 같아 별생각 없이 먹고 왔다. 아무 음식점에나 들어가 시켜 먹고 나오는데 회색 하늘에 눈발이 희끗희끗 날리고 있었다. 저 너머의 물을 잠시 바라보다가 동네를 떠났다. 그리고 봄에 한국에 돌아왔다.

10년이 흘러 2019년 1월, 마트 입구에 안내문이 붙어 있다. '항공 직송 활랍스터 1만 4800원(450g 내외/1마리/냉장/미국산)' 굳이 먹을 필요가 있을까? 랍스터는 삶아서 껍데기를 벗겨내는 과정도 번거롭지만 '가재는 게 편'이라는 속담처럼 가재도 게처럼 수율이 높은 식재료가 아니다. 무게 대비 20퍼센트만이 살이니 450그램짜리 바닷가재라면 살은 고작 90그램 남짓이다. 게다가 450그램, 즉 1파운드짜리 바닷가재는 '병아리(Chick)'라 분류되며 애초에 상품 가치가 높지 않고 더 가벼우면 포획과 매매가 아예 불가능하다. 랍스터라는 해산물을 먹는 기분을 내고 싶다면 아무래도 좋겠지만 들인 노력과 수고, 돈에 비해 맛의 경험은 썩 만족스럽지 않을 가능성이 매우 높다.

그래서 대안으로 새우를 권한다. '꿩보다 닭'이라지만 가재에 견주어 새우를 열등한 식재료로 취급할 이유는 없다. 쉽게 살 수 있고 손질도 대체로 잘돼 있으니 요리만 적절히 하면 된다. 혹 냉동 제품을 사더라도 개체가 작으니 해동과 조리 모두 금방 할 수 있다. 그렇다. 새우는 작다. 하지만 나름의 질서 혹은 서열이 있다. 우리도 '알새우'니 '중하', '대하' 등으로 달걀과 흡사하게 분류하지만 조금 더 정확한 체계가 존재한다. 1파운드(약 454g)를 이루는 데 몇 마리가 드는지를 기준으로 삼는다. 21~25라면 21~25마리가 1파운드를 이룬다는 말이다. 15~20이라면 적은 마릿수의 새우가 같은 무게를 이루니 좀 더 크다는 의미다.

새우는 크더라도 여전히 작은 해산물이므로, 짧은 시간이나마 조리에 주의를 기울여야 한다. 출발점은 손질이다. '고래 싸움에 새우 등 터진다'는 속담이 있는데, 사실 새우의 등은 고래가 싸우지 않더라도 터져야 한다. 몸통에 있는 가늘고 검은색의 소화관을 꺼내야 하기 때문이다. 음식점에 갔는데, 스페인식 마늘 새우(Gambas al ajillo)든 튀김이든, 만약 껍데기를 발라 조리한 새우의 등에 검은 줄이 가 있다면 그대로 자리에서 일어나 문을 향해 걸어 나가야 한다. 먹어도 해롭지는 않지만 그만큼 음식점이 주의를 기울이지 않는다는 방증이다.

손질에 대한 고민을 아예 하지 않을 수도 있다. 대가리와 껍데기는 물론 등을 갈라 소화관까지 발라낸 손질 새우를 살 수 있기 때문이다. 하지만 해산물이라면 냉장 제품을 사야 하는 게 아닐까? 생선은 싱싱할수록 냉장 상태로, 또한 머리부터 꼬리까지 붙어 있는 채로 팔지 않던가. 대체로 맞지만 새우라면 예외일 수 있다. 빨리 죽어 부패가 시작되는 갑각류이므로 최소한 대가리라도 빨리 떼어 냉동해야 선도가 더 떨어지지 않는다.

게다가 살아서 움직이는 새우가 아니라면 냉동된 것을 해동시켜 팔 가능성이 아주 높다. 마트 등에서 팔리는, 껍데기와 대가리가 제대로 붙어 있는 녀석들 말이다. 생물도 아닌데다가 손질까지 해야 한다. 머리를 따내고 등을 껍데기째 가위로 갈라 이쑤시개로 소화관을 꺼낸다. 한 번에 다 먹지 못한다면 처리도 난감하다. 냉동식품에는 '해동 후 재냉동하지 마시오'라는 경고문이 붙어 있다. 한 번이라면 모를까, 녹인 것을 다시 해동하면 식품 위생 및 안전도 장담하기 어려울뿐더러 질감이 대폭 나빠진다.

냉동 손질 새우를 사면 이 모든 번거로움을 일절 겪지 않고 필요할 때 바로 요리해 먹을 수 있다. 다만 모든 냉동 새우가 똑같지는 않다. 한 덩어리로 육면체를 이룬 제품이라면 해동돼 팔리는 것보다 더 나쁘다. 톱으로 썰지 않고서는 필요한 만큼 개별 해동을 할 수가 없으니 울며 겨자, 아니 새우 먹기로 전부를 해동해 먹어야만 한다. 게다가 표면적이 적으니 해동도 한참 걸린다. 큰 얼음을 작게 조각내야 빨리 녹는 것과 같은 이치다.

따라서 개별 급속 냉동(IQC, Individually quick frozen) 새우만이 구세주다. 말 그대로 새우를 한 마리씩 급속 냉동해서 포장한 제품이다. 한 마리든 열 마리든, 필요한 만큼만 꺼내 쓸 수 있으니 이보다 더 편할 수가 없다. 다만 고를 때 원재료 목록을 한 번 확인할 필요가 있다. 새우 백 퍼센트이거나 소금에서 그치지 않고 다중인산(Polyphosphates)류의 첨가물을 쓰는 경우가 있다. 새우나 가리비 관자처럼 살이 무른 해산물의 단백질에서 수분이 빠져나가지 않도록 막아주는 역할을 맡는다. 인체에 해롭다고는 볼 수 없으나, 해동 후 조리를 시작하면 수분이 빠져나와 요리의 완성도에 영향을 미칠 수는 있다.

새우 450그램을 기준으로 두 가지 요리 만드는 법을 살펴보자. 첫 번째 요리는 새우롤(Shrimp roll)이다. 꿩 대신 닭, 가재 대신 새우 샐러드를 빵 사이에 끼워 만든다. 해동된 새우를 접시나 쟁반에 올리고 종이 행주 등으로 가볍게 물기를 찍어낸 뒤 맛국물(Court bouillon)을 준비한다. 연약한 새우가 필요 이상의 고통, 즉 과조리를 겪지 않도록 은근하게 삶는 한편 맛도 불어넣어 주는 일석이조의 국물이다. 파와 마늘 같은 향신채와 레몬즙, 통후추, 설탕 1큰술, 소금 1자밤을 새우와 함께 냄비에 담고 물을 전체가 잠길 정도로 붓는다. 중불에 올려 종종 저어주며 새우가 분홍색을 띨 때까지 은근히 삶는다. 온도계가 있다면 물의 온도를 75도로 유지한다.

큰 새우(21~25)라면 8~10분 정도 익힌 뒤 불에서 내려 뚜껑을 덮은 채로 2분 정도 둔다. 그 사이 얼음물을 준비하고, 2분이 지나면 새우를 건져내 담근다. 3분 뒤 해동했을 때처럼 접시나 쟁반에 담아 종이 행주로 물기를 찍어낸다. 넉넉한 크기의 주발에 마요네즈와 샬롯, 건져낸 새우를 담아 잘 버무린다. 이 새우 샐러드를 핫도그나 햄버거 롤, 혹은 식빵 사이에 끼워 먹는다. 잘게 썰거나 다진 셀러리를 함께 버무리면 한결 더 맛있다.

두 번째 요리는 스페인식 마늘 새우다. 음식 이름에 마늘이 들어가는 데다가 한국은 마늘 나라이니 세 겹에 걸쳐 마늘 맛을 내보자. 일단 마늘 두 쪽을 칼로 다지거나 강판으로 갈아 올리브유 2큰술, 소금 2자밤과 함께 새우에 버무려 30분 동안 재운다. 그 사이 마늘 기름을 준비한다. 식칼을 눕혀 마늘 네 쪽을 눌러 으깨고 올리브유 6큰술과 함께 지름 30센티미터짜리 팬에 올린다(새우 사이의 공간이 여유로워야 금방 익으니 팬은 최대한 넉넉한 걸 쓴다). 가끔 저으며 마늘이 노릇해질 때까지 익힌 뒤 불에서 내린다. 기름이 완전히 식으면 마늘을 건져내 버린다.

이제 마늘 여덟 쪽을 아주 얇게 썰어 마늘 맛이 밴 기름에 넣고 월계수 잎, 고춧가루 등을 더해 약불에서 4~7분 정도 익힌다. 마늘이 타면 쓴맛이 나므로 주의한다. 불을 중약불로 올리고 재워둔 새우를 한 켜로 더해 2분 정도 익힌 뒤 뒤집어 다시 2분 더 익힌다. 센 불로 올려 셰리 식초(다른 식초나 레몬즙으로 대체할 수 있다), 파슬리를 넣고 15~20초 동안 팬을 열심히 흔들어 전체를 잘 아우른 뒤 오목한 접시에 담아 바로 먹는다. 새우와 마늘 맛이 담뿍 밴 기름에 겉은 바삭하고 속살은 부드러운 빵을 찍어 먹으면 맛있다.

홍합

홍합은 대체로 이류, 혹은 삼류 해산물 취급을 받는다. 물론 나름의 이유는 있다. 현재 국내산 홍합이라 부르는 연체동물은 사실 진주담치(혹은 지중해담치)다. 서유럽이 원산지이며 마산만과 거제, 여수의 가막만 일대에서 대규모로 양식된다. 이런 진주담치가 홍합이라는 이름을 95퍼센트 차지한다. 사실 진짜 홍합은 양식도 되지 않을 뿐더러 표면에 따개비 등이 많이 붙어 있다. 마트에서 산 홍합은 깨끗했다고? 양식 진주담치였을 것이다.

이래저래 홍합의 팔자는 기구하다. 싸지만 맛이 없는 재료는 아닌데 대체로 완전히 망가질 때까지 조리된다. 부피가 큰 껍데기가 실내포차에서 공짜 안주로, 짬뽕 혹은 파스타의 장식적인 요소로 쓰일 뿐이다. 껍데기에 비하면 잘은 살은 과조리로 인해 쪼그라들다 못해 부스러져 버려 맛을 낼 기회조차 가지지 못한다. 물론 홍합을 비롯한 조개류는 익히면 입을 벌리며 시원한 국물을 보태주지만 대체로 조미료가 적극적인 감칠맛을 책임지는 요즘의 음식에서는 존재감이 미미해질 수밖에 없다.

기구한 홍합의 팔자를 좀 바꿔볼 수 없을까. 의외로 구원의 한 줄기 빛은 가정의 부엌에서 찾을 수 있다. 싸지만 맛있으며 해감이나 세척 등 본격적인 손질이 필요 없고 빨리 익는다. 잘 익히면 살은 부드럽고 국물은 시원하다. 준비부터 조리까지 20분 안에 끝내 식탁에 올릴 수 있으니 배가 고프고 의욕은 없지만 편의점 도시락이나 배달 음식은 썩 내키지 않는 어느 끼니에 홍합을 구원하면 홍합도 우리를 구원해 줄 수 있다. 말하자면 요리 연습용으로 그만인 식재료다.

마트에서 홍합을 샀다면 손질은 남은 '수염'을 잡아당겨 끊어주는 수준에서 끝낼 수 있다. 엄지와 검지로 잡아 가볍게 당기면 끊어진다. 이미 죽어서 아가리를 벌리고 있는 걸 골라낸 뒤 씻어주면 끝이다. 그리고 가지고 있는 것 가운데 가장 넓은 냄비에 홍합을 담고 물을 자작하게, 1센티미터 정도 올라오게 붓고 뚜껑을 덮은 뒤 중불에 올린다. 사실 물이 없이도 홍합을 익힐 수 있다. 그저 냄비에 홍합을 담고 센 불에 올려 배어 나오는 즙만으로 익히는 조리법으로, 이탈리아에서는 '뱃사람식 홍합 요리(Cozze alla marinara)'라 일컫는다. 이름도 원리도 그럴싸하지만 조리에 익숙하지 않은 손길의 첫 시도로는 권하지 않는다. 열에너지의 완만한 매개체 역할을 물에 맡겨서 실패의 확률을 줄이는 게 바람직하다.

물이 끓고 홍합이 본격적으로 입을 벌리기 시작하면 불

을 끄고 뚜껑을 덮은 채로 5분쯤 둔다. 남은 열로 마저 입을 벌릴 뿐만 아니라 부스러질 정도로 과조리되지 않는다. 게다가 온도도 조금 내려가 젓가락 대신 손을 쓰겠다는 성질 급한 (혹은 배고픈) 이에게 고통을 안기지도 않는다. 배가 몹시 고플 때 홍합을 선택했다면 어떻게 조리하든 다음과 같은 절차에 따라 먹는다.

일단 절반 정도 열심히 살을 발라 먹고 허기를 좀 다스린다. 그리고 국물을 눈이 고운 체에 한 번 내려 껍데기 쪼가리나 티끌 등을 걸러낸다. 이제 가장 쉽게 얻을 수 있는 겨울의 국물이 한 사발 생겼다. 어떤 국물 요리를 만들어도 좋지만 일단 가장 손쉽고도 잘 어울리는 음식은 죽이다. 냄비에 참기름을 살짝 두르고 씻은 쌀을 고소한 냄새가 올라올 때까지 볶은 뒤 국물을 조금 넉넉하다 싶게 붓는다. 죽이 보글보글 끓어오르기 시작하면 뚜껑을 살짝 비스듬히 덮어 숨통을 트여준 뒤 잠깐 다스린 허기가 고개를 들지 않도록 홍합을 마저 열심히 먹는다.

배가 슬슬 차면 공기 하나를 놓고 살을 발라내 담아가며 먹는다. 죽은 10분에 한 번씩만 상태를 확인하고 저어주다가 쌀에서 투명함이 완전히 가시고 국물이 걸쭉해지면 맛을 보고 익은 상태와 간을 확인한다. 죽이 다 끓으면 대접에 담고 발라낸 홍합을 올린다. 막 끓인 죽의 열로 따뜻해지기만 하고 더 익지는 않을 것이다. 이렇게 큰 수고 없이, 칼도 도마도 쓰지 않고 그럴싸한 요리로 끼니를 해결했다. 생크림, 혹은 마요네즈를 한 숟갈 더하면 국물 혹은 죽에 두터움을 한 켜 입힐 수 있다.

홍합을 익히는 데 익숙해졌다면 두 갈래로 응용해 실력을 키울 수 있다. 첫 번째는 찜이다. 홍합을 찜기에 올려 냄비에 담고 물을 조금 부어 증기로 익힌다. 익으며 입이 벌어지면서 즙이 배어 나와 냄비의 바닥에서 물과 섞여 국물을 이룬다. 이후 활용 요령은 똑같다. 두 번째는 본격적으로 불과 칼을 쓴다. 일단 마늘 한두 쪽을 강판에 갈거나 칼로 곱게 다져 올리브유를 두른 팬에 올린다. 기름이 전혀 달궈지지 않은 상태에서 서서히 온도를 올려야 마늘이 타서 쓴맛이 도는 불상사를 막을 수 있다. 약불 이상으로 불을 올리지 않으면서 고소한 냄새가 올라올 때까지 마늘을 볶은 뒤 홍합을 더해 소금과 후추로 간하고 입을 벌리기 시작할 때까지 나무 주걱 등으로 뒤적이며 볶는다.

이어 물을 자작하게 부어 뚜껑을 덮고 중불로 올린 뒤 끓인다. 일단 마늘만 썼지만 좋아하는 어떤 향신채도 쓸 수 있다. 쪽파나 파, 양파, 파프리카, 셀러리, 심지어는 올리브를 다져 볶아도 홍합과 국물에 다른 표정의 맛이 깃든다. 물로 홍합의 맛을 내는 데 익숙해졌다면 화이트와인(소비뇽 블랑이나 샤도네이)이나 맥주(밀맥주나 필스너)로 대체할 수도 있다. 와인은 시트러스 향으로 상큼함을, 맥주는 빵 냄새로 구수함을 불어넣는다. 양쪽 모두 신맛으로 전체의 균형을 잡아준다. 술안주로 익히는 상황이라면 홍합 한잔, 나 한잔 사이좋게 술을 나눠 먹으며 요리의 완성도도 높일 수 있는 길이다.

홍합은 손질부터 식탁에 올리기까지 20분밖에 안 걸리는 식재료라고 했다. 그런 데다가 따뜻한 국물을 얻을 수 있고 술안주로도 제격이다. 비단 배고픔을 급하게 해결하고 싶을 때뿐만 아니라 술이라도 마시고 싶을 때 그럴듯하면서도 손쉬운 안주로 딱 좋다. 와인을 따서 한잔 마시면서 여유롭게 조리를 해도 금방 완성될뿐더러 술과 가장 잘 어울리는 안주라니, 이보다 더 훌륭할 수 없다.

대구

한겨울 새벽의 노량진수산시장은 거의 암흑에 가까웠다. 대롱대롱 매달린 알전구만이 드문드문 희미한 빛을 발하는 공간을 돌다가 어느 매대에서 대구를 한 마리 골랐다. 60대가 가까워 보이는 남성이 '가죽 재킷' 차림에 입에는 '담배를 꼬나물고' 도끼에 가깝도록 두툼하고 육중한 칼로 대구를 내리쳤다. 대구 맛이야 아직 보지 않았으니 알 수 없었지만 시쳇말로 '간지' 하나만큼은 끝내주는 광경이었다. 압도까지 되지는 않았지만 남성이 대구를 가지고 그리는 그림이 자못 흥미로워 담뱃재가 대구에 떨어질까 하는 염려 같은 건 생각도 하지 못했다. 거의 공짜에 가까운 가격으로 홍합까지 한 봉지 사서 집에 돌아와 대구를 꺼내보니 알전구만큼 희미하지는 않았지만 그렇다고 통영에 가면 심심찮게 볼 수 있는 그런 반짝이는 은빛도 아니었다. 불을 제대로 밝혀놓지 않은 판매처에서 예상할 수 있는 품질이랄까.

그래도 나름 새벽 시장에서 갓 사온 물건이라고 옷도 갈아입지 않고 바로 조리를 시작했다. 일단 넓적하고 얕은 냄비에 홍합을 잘 씻고 손질해 담는다. 손질이라고 해봐야 앞서 언급한 대로 덜 끊긴 '수염'을 홍합 껍데기의 돌쩌귀 방향으로 당겨 끊어내는 수준인데, 원래 싼 홍합을 시장에서는 마트보다 더 싸게 파는지라 손질에 손이 좀 더 갈 수 있으니 참고하자. 홍합의 손질이 끝나면 냄비에 넣고 물을 냄비 깊이의 절반 정도 부은 뒤 뚜껑을 덮어 약불에 끓인다. 그리고 홍합이 익는 사이 대구를 분류 및 손질한다. 대가리나 꼬리 등 살이 별로 없는 부위를 적절히 골라 냄비에 담고 찬물을 잠기도록 부어 중불에 올려 끓인다. 내킨다면 마늘과 대파 등을 적당히 던져 넣어도 좋다. 맞다, 대구 육수를 내는 것이다. 남은 대구는 생선 살과 이리 등을 분류해 일단 둔다.

대구 국물을 준비해 불에 올려놓을 시점이면 홍합이 끓기 시작할 것이다. 뚜껑을 열어 홍합 절반 정도가 입을 벌렸다면 다시 덮고 불을 끈 뒤 그대로 둔다. 입을 열지 않은 나머지는 남은 열로 마저 익을 것이다. 홍합에게 배턴을 이어받아 대구 국물이 끓기 시작하면 약불로 줄이고 채소를 준비한다. 마늘 한두 쪽은 칼날을 눕혀 꾹 눌러 으깬 뒤 다진다. 셀러리는 아랫동만 세로로 3, 4등분하고 가지런히 모아 착착 곱게 썬다. 양파도 셀러리와 비슷한 크기로 썬다. 셀러리와 양파는 서양에서 '미르푸아'라 일컫는 맛내기 채소 삼인방 가운데 둘이다. 대체로 이 둘만 써도 맛은 충분히 나는데, 단맛을 좀 더 원한다면 마지막 멤버인 당근까지 곱게 썰어 공기 등에 담아 둔다.

동물의 붉은 고기에 비하면 생선은 훨씬 짧은 시간에 맛을 우려낼 수 있으니 채소가 다 준비된 시점까지만 끓이면 충분할 것이다. 국물 냄비를 불에서 내려 그대로 두고 다 익은 홍합을 구멍이 뚫린 국자(큰 숟가락처럼 생겼지만 대가리에 구멍이나 틈이 나 있다)나 집게로 건져 그릇에 담는다. 국물도 따로 그릇에 옮겨 담는데 체로 찌꺼기를 한 번 걸러준다. 이제 빈 홍합 냄비(넓고 납작한)에서 물기를 완전히 털어내고 올리브유가 바닥 전체에 고른 켜를 여유 있게 입힐 정도로 둘러 중불에 올린다. 냄비가 달궈지기 전에 마늘부터 올려 느긋하게 볶다가 투명해지기 시작하면 나머지 맛내기 채소를 더한다. 차가운 채소를 더하면 냄비의 온도가 내려갈 것이므로 일단 중불을 유지하다가 투명해지기 시작하면 약불로 줄여 계속 느긋하게 볶는다. 채소가 땀을 흘려 수분을 뽑아내는 것 같다고 해 '스웨트(Sweat)'라 불리는 조리 과정이다. 수분은 불투명해질 때까지 최대한 뽑되 마이야르 반응이 일어나 짙은 갈색이 될 때까지 익히지는 않는 게 핵심이다.

맛내기 채소에서 충분히 수분을 뽑아내 날렸다면 국물을 부을 차례다. 이미 홍합과 대구, 두 가지 국물을 우려놓았으니 '블렌딩'은 먹는 이의 몫이다. 둘 다 바다 것이니 시원한 가운데 대구는 바탕을 깔아주고 홍합은 균형을 잡아준다. 일단 대구 위주에 홍합을 양념처럼 섞어 맛을 보며 마음에 드는 쪽으로 좌표를 맞춰보자. 그리고 모든 판단은 다음 재료인 토마토를 더하고 난 뒤 해도 늦지 않다.

대구라면 매운탕과 지리의 양 갈래 길에 익숙한 우리다 보니 토마토가 낯설게 다가올 수 있지만 토마토는 웬만한 육해공 식재료와 두루두루 어울린다. 일단 감칠맛으로 풍성함을 깔아주고 단맛으로 지루함을 잡아준 다음 신맛으로 표정을 관리하는 원리인데, 야들야들한 흰살생선이면서도 덩치가 큰 대구라면 토마토에 주눅 들지 않는다. 따라서 통조림 토마토 한 깡통을 준비해서 건더기만 건져 블렌더로 곱게 갈아주거나, 도구가 없다면 손으로 으깨어 국물에 더한다. 토마토 국물이 튀는 등 약간의 번잡스러움이 딸려오지만 통조림 토마토를 으깨는 손맛도 나름 시원하니 좋다. 물론 완전히 갈아서 더하는 것과는 국물 맛이 살짝 다르다.

토마토가 적당히 익을 때까지 중불과 약불 사이에서 국

물을 보글보글 끓인다. 간과 균형을 보고 소금과 두 가지 국물로 적절히 조절하다가 대구를 안 더해도 토마토 수프로 그냥 먹을 수 있을 것 같다는 느낌이 들면 비로소 주인공을 모실 차례다. 일단 겨울 대구의 핵심인 이리를 적당히 나눈다. 나는 반반으로 나누지만 비율은 원하는 대로 하면 된다. 물론 조금도 남김없이 다 먹을 것이니 걱정할 필요는 없다. 나눈 이리를 국물에 더하고 국자나 거품기로 눈에 띄는 덩이가 없어질 때까지 곱게 으깬다. 맛내기 채소로 다지고 홍합과 대구로 구축한 뒤 토마토로 표정을 잡아주고 마지막으로 풍성함과 '크리미'함을 한 켜 더하면 국물의 여정이 끝났다. 이제 대구를 넣자. 기본적으로는 알전구 아래서 담배를 문 남성이 토막 쳐준 그대로 쓰면 되지만 넣기 직전 가위로 큰 지느러미들을 잘라내면 먹을 때 한결 더 수월해진다.

대구는 흰살생선이니 오래 끓일 필요가 없다. 살의 겉면에서 안쪽으로 절반 정도 투명한 기운이 가셨다면 남은 이리를 넣고 뚜껑을 덮은 뒤 약불에서 3~4분 정도 더 끓이다가 불을 끄고 그대로 둔다. 혹시 통조림 토마토 특유의 응축된 맛이 국물의 표정에 필요 이상으로 긴장감을 불어넣는 것 같다면 방울토마토 여남은 알을 반으로 쪼개 국물에 넣고 3~4분 정도 끓인 뒤 나눈 이리를 더한다. 방울토마토는 항상 다 익은 상태에서 팔리므로 자연스러운 단맛과 신맛으로 약간의 숨통을 불어넣어 줄 수 있다.

방울토마토를 넣든 넣지 않든, 새벽 시장에서 사오자마자 옷도 갈아입지 않고 만든 대구 토마토 스튜가 완성됐다. 조리 과정을 글로 옮기면 이처럼 길어지기 마련이지만 빨리 익는 재료로만 만드는 음식이므로 짧게는 30분, 길게 잡아도 한 시간이면 먹을 수 있다. 흰살생선은 익으면 뼈에서 떨어져 나와 켜켜이 부스러지므로 그릇에 담을 때는 약간의 세심함이 필요하다. 홍합을 건질 때 쓴 구멍 뚫린 국자로 일단 대구 살만 건져 그릇에 담아둔다. 대구 살끼리 겹치면 눌려서 부스러질 수도 있으므로 깊지 않은 접시나 쟁반에 한 켜로 담는 게 좋다.

이제 국물을 넉넉하게 담을 수 있을 만큼 깊은 접시나 라면 대접 등에 홍합 살을 올리고 따뜻한 스튜 국물과 익은 이리를 국자로 떠서 담는다. 젓가락이나 포크로 대구 살을 뼈에서 살포시 발라낸 뒤 숟가락으로 가볍게 떠 (그래야 발라낸 살이 더 부스러지지 않는다) 국물 위에 올린다. 이 자질구레한 과정을 거치는 사이에 대구 살이 식었다면 따뜻함이 가시지 않은 국물을 얹어준다. 원래는 처빌(Chervil)을 고명으로 얹어 스튜를 완성하지만 안정적인 판매처였던 백화점에서도 허브의 상태가 안 좋아진 지가 오래라 권하지 않는다. 만약 익숙하고 좋아한다면 흔하고 흔해진 고수로 대체해도 좋고, 이것저것 다 번거롭다면 그저 쪽파나 대파를 적당히 썰어서 올리면 아무것도 없는 것보다 낫다.

먹는 사람 마음이니 밥을 곁들여도 대구가 성을 내지는 않을 것이다. 하지만 아무래도 토마토와 볶은 채소 등이 맛의 큰 그림을 그리니 빵을 구워서 곁들이면 좀 더 잘 어울린다. 특히 지방을 써 부드럽고 풍성한 식빵보다 치아바타나 바게트, 캉파뉴 등이 이런 스튜에는 바탕의 역할을 잘한다. 빵은 속살이 드러나도록 적당히 썰어 토스터나 팬에 노릇하게 굽고 올리브유와 국물에 번갈아 푹 찍어서 먹는다. 설탕을 전혀 쓰지 않은 짠맛 위주의 음식에서 끌어낼 수 있는 최선의 단맛 줄기가 회색의 건조한 겨울날 피어오를 것이다.

입을 가셔주는 반찬 같은 게 필요하다면 올리브를 곁들이고, 그래도 토마토 스튜인데 와인이 빠질 수 없다는 생각이 든다면 한국에서 가장 쉽게 구할 수 있는 샤블리(지역명, 포도 품종은 샤르도네)를 한 병 딴다. 두툼한, 소위 '풀바디'의 화이트와인이면서 신맛을 적당히 갖추고 있어 토마토에 주눅 들지 않는다. 원래 바다였던 지역에서 기르는 포도로 빚었으니 홍합 국물과도 잘 맞는다.

연어

나는 모든 요리를 철저히 독학으로 배웠다. 어릴 때는 어머니의 서른세 권짜리 《삼성 가정 요리 990》을 틈나는 대로 읽고 또 읽었다. 한편 미국에서 8년 동안 살면서 너무 할 일이 없어 케이블TV에서 방영하는 〈푸드 네트워크〉나 요리 쇼 〈아메리카스 테스트 키친〉의 요리 시연을 보고 레시피를 숙독한 뒤 따라 만들었다. 그런 가운데 유일하게 돈을 내고 들은 요리 수업이 있으니 바로 '칼질의 기초'였다. 물론 칼질을 할 줄 몰라서 배우러 간 것은 아니었다. 동네의 조리 기구 전문 매장에서 여는 수업이었는데, 수강 후 요리 수업에 무보수 조교로 참가할 수 있는 특혜 아닌 특혜를 준다고 했다.

수업은 굉장히 유익했다. 전문가의 도움을 받아 지금까지 독학으로만 깨우쳤던 칼 사용법을 더 정확하고 꼼꼼하게 짚어볼 기회였달까. 벗기고 썰고 다듬는 가운데 가장 유익한 요령은 연어 껍질 벗기기였다. 수직으로 반 가른 연어를 평평한 도마 혹은 작업대에 올린다. 꼬리 쪽 끝에서 2~3센티미터 떨어진 지점에 칼집을 넣는다(껍질까지 잘라내지 않도록 주의한다). 칼집을 중심으로 꼬리 쪽 살을 잡고 칼날을 수평으로 눕혀 몸통 쪽으로 향한다. 칼은 그대로 두고 꼬리 쪽 살을 지그재그로 천천히 움직여 슬금슬금 껍질을 벗겨낸다. 손잡이 역할을 맡는 꼬리 쪽 살이 미끄러울 수 있으므로 종이 행주 등으로 싸서 잡는 것도 좋다.

이 손질법은 연어처럼 큰 생선은 물론 청어처럼 작은 생선에도 두루 쓸 수 있다. 손질한 연어는 먹기 좋게 토막 쳐 소금과 후추로 간하고 일반적인 가스레인지 등의 화구와 달리 위에서 불이 내려오는 브로일러에 익힌다. 날로도 얼마든지 맛있게 먹을 수 있는 생선이니 표면의 말간 기가 가실 때까지만 살짝 익힌다. 레어 이상으로 구우면 비려서 맛이 없어진다. 다 구운 연어는 레몬즙만 살짝 뿌려 먹는다. 수업은 아주 유익했지만 귀찮아서 이후 요리 수업에 조교로 참가하지는 않았다.

뉴스에 의하면 '국민 횟감'의 자리를 오래 누려왔던 광어가 방어와 연어에 밀리고 있다고 한다. 광어에게는 안타까운 소식이지만 이해하기 어렵지 않은 일이다. 방어나 연어 모두 광어에 비해 살이 훨씬 더 풍성하고 부드럽다. 그래서 횟감으로 먹기도 바쁘지만 다른 요령도 있다. 대표적인 예가 염장✢이다. 염장 연어는 마트에서도 쉽게 구할 수 있는데 굳이 힘들여 만들 필요가 있는 걸까? 물론 있다. 마트에서 파는 연어를 두루 먹어보면 대체로 훈연 향이 걸린다. 요즘처럼 냉동 냉장 기술이 발달한 시대에 맛을 입히는 용도로 훈연을 많이 쓰는데, 바로 그 맛이 걸린다.

집에서 절이면 아예 훈연 향을 배제해 깔끔한 맛의 연어를 먹을 수 있다는 게 가장 큰 장점이다. 파는 것을 사서 포장만 뜯어 먹는 것보다는 수고가 더 들지만 원하는 맛을 선택

✢ Michael Ruhlman, 《Ruhlman's Twenty–20 Techniques, 100 Recipes, A Cook's Manifesto》, 'Citrus Cured Salmon', p38~42

할 수 있다. 염장이니 불을 피울 필요도 없어 조리 과정이 지극히 단순하다. 더군다나 맛이 드는데 시간이 많이 필요하지도 않아 불과 24시간이면 식탁에 올릴 수 있다. 그러니 한 번쯤 시도해 보자.

일단 연어를 준비한다. 이탈리아의 햄 프로슈토 같은 음식이나 한국의 대표 밥반찬 가운데 하나인 조기, 자반고등어 등에서 볼 수 있듯 염장은 대체로 동물 혹은 부위 전체를 소금에 절인다. 염장은 식재료에서 수분을 빼서 미생물의 번식인 부패를 막는 가공법이기 때문에 부피가 많이 줄어든다. 따라서 연어를 넉넉히, 반 마리 정도 통째로 준비한다. 앞에서도 살펴봤듯 염장을 하면 맛도 함께 달아나니 연어의 껍질은 조리 혹은 가공이 끝난 뒤에 벗겨도 충분하지만, 대체로 한국에서는 그렇게 파는 경우가 드물기 때문에 껍질이 없더라도 너무 낙심하지 말고 사 온다. 맛에서 조금 손해를 보겠지만 거의 아무런 손질 없이 그대로 염장할 수 있으므로 편하다.

자반고등어도 혹은 포기김치를 위한 배추도 그렇듯 넉넉한 소금이 염장의 관건이다. 1~1.5킬로그램의 연어 반 마리를 기준으로 소금 225그램, 설탕 100그램을 준비해 그릇에 잘 섞는다. 연어가 넉넉히 담길 만한 쟁반(혹은 제과제빵용 팬)에 연어보다 크게 두 겹으로 은박지를 깐다. 아랫부분에도 간이 잘 배도록 은박지 위에 섞은 소금과 설탕의 3분의 1을 솔솔 뿌린 뒤 연어를 올린다.

그리고 향을 불어넣을 시트러스류의 껍질을 강판으로 살살 갈아 올린다. 레몬, 라임, 오렌지, 자몽 모두 쓸 수 있지만 흔한 오렌지 껍질만 있어도 충분하다. 연어 특유의 연한 오렌지색 살 위로 진짜 오렌지색이 빼곡하게 올라앉도록 4큰술 정도 넉넉하게 갈아 올린다. 남은 소금과 설탕으로 덮은 뒤 은박지를 편지봉투처럼 완전히 오므려 연어를 감싼다. 밑에 한 겹 남은 은박지로도 똑같이 연어를 감싼다. 수분이 잘 빠지도록 통조림이나 냄비 등 무거운 물건을 올려 냉장 보관한다. 생각보다 수분이 많이 나올 수 있으므로 은박지로 두 겹을 쌌더라도 지퍼백 등에 다시 담는 게 좋다.

24시간이 지나면 연어를 꺼내 싸고 있던 은박지와 소금 등을 모두 버린다. 연어는 물로 깨끗하게 씻고 종이 행주에 올린 뒤 물기를 말끔히 걷어낸다. 이제 시트러스 향이 물씬 풍기는 염장 연어가 완성됐다. 물기가 많이 빠져 꼬들꼬들한 데다가 소금에 절여 짭짤하니 회보다 훨씬 얇게 저며 먹는 게 좋다. 대신 단면을 최대로 확보하기 위해 칼을 30도 정도 기울여 연어를 저민다.

서양식으로 먹는다면 크림치즈 베이글 샌드위치가 정석 가운데 하나다. 베이글을 반으로 가르고 살짝 구워 바삭함을 북돋운 뒤 크림치즈를 양껏, 정말 양껏 바르고 사이에 염장 연어를 끼운다. 크림치즈의 지방을 덧대 연어의 풍성함이 한결 더 살아나는 가운데 바삭하고도 쫄깃한 베이글이 깔아주는 탄수화물의 바탕이 최소한의 노력으로 최대한의 맛을 끌어내 준다.

샌드위치보다 조금 더 고급스럽게 먹고 싶다면 뷔페의 차림새를 집에서 재현한다. 접시에 저민 연어를 가지런히 담고 양파, 케이퍼, 크렘 프레슈(Crème fraîche)를 준비한다. 양파는 적양파가 조금 더 잘 어울리고 케이퍼는 서양 풍조목의 꽃봉오리 절임으로 입안에서 터지면서 강렬한 짠맛의 방점을 찍어준다. 크렘 프레슈는 꾸덕꾸덕하게 발효시킨 생크림으로 인터넷의 치즈 전문점이나 백화점 식품 매장의 치즈 코너에서 살 수 있다. 발효 덕분에 요구르트 수준은 아니지만 끝에 남는 신맛이 연어의 풍성함에 균형을 잡아줘 잘 어울린다. 찾기 어렵다면 크림치즈, 마스카르포네, 리코타 등으로 그럭저럭 대체할 수 있다.

염장 연어는 베이글 샌드위치처럼 탄수화물을 곁들여야 맛이 나는데, 얇게 썰어 바삭하게 구운 바게트나 크래커 등도 좋지만 케이퍼나 양파 같은 부재료를 감안하면 싸 먹을 수 있는 밀전병이나 토르티야 등이 조금 더 잘 어울린다. 한식의 밥반찬으로 먹고 싶다면 저미거나 다져 오이, 양파 등과 초무침을 만들면 맛있다.

굳이 통으로 연어를 소금에 절이고 싶지는 않지만 맛이 궁금하다면 나름의 절충안이 있다. 넉넉한 대접에 물 625밀리리터를 담고 소금 120그램, 설탕 65그램을 녹여 염지액을 만든다. 연어를 잘라 담그고 3분 정도 두었다가 건져 채반이나 제과제빵용 식힘망, 둘 다 없다면 석쇠에 올려 종이 행주로 물기를 걷어낸다. 이미 맛이 들었으니 바로 먹어도 좋지만 냉장고에 두세 시간 정도 차게 두어 같은 요령으로 먹는다. 연어를 썰어 표면적을 넓혀 아주 짧은 시간에 맛을 들이는 게 핵심이므로 떠온 횟감으로 시도해 볼 수 있다.

조개관자

관자는 조개가 껍데기를 여닫는 데 쓰는 근육이며 정식 명칭은 폐각근, 개아지살이라고 불린다. 가리비나 키조개처럼 생물 자체가 크다면 관자도 별도의 단백질 식재료로 분류할 수 있을 만큼 크다. 비교가 아예 불가능할 정도로 가리비의 관자가 훨씬 더 부드럽지만, 국내에서 관자의 대세는 키조개로 통한다. 이해를 돕기 위해 질감이라도 적나라하게 비교하자면 가리비의 관자는 젤리, 키조개관자는 껌에 가깝다. 가리비 관자가 훨씬 몰랑몰랑하고 부드럽다는 말이다.

키조개관자가 무능하다는 이야기를 하려는 건 아니다. 인생 키조개관자라면 전남 장흥에서 먹었던 걸 꼽을 수 있다. 대표 한우 생산지 가운데 하나인 장흥에는 소고기와 키조개 관자, 표고로 이루어진 '삼합'이 있다. 세 가지 재료를 불판에 구워 먹는데, 워낙 단맛과 감칠맛이 뛰어난 재료인지라 맛있게 먹었다. 사실 해산물(Surf)과 육고기(Turf)를 같이 내는 '서프 앤 터프'는 서양 요리에서 고급으로 통하는 문법이기도 하다. 원래 바닷가재 꼬리와 소고기 안심 가운데서도 한가운데 덩이(샤토브리앙)를 함께 내는 구성이 전형인데, 바다와 육지의 만남이라는 원리에만 충실하면 관자와 한우(와 표고버섯)도 훌륭하다.

어느 조개의 관자를 먹더라도 반드시 거쳐야 할 단계가 있다. 관자는 외따로 덩그러니 떨어져 있는 덩이다 보니 손질이 아예 필요 없다고 여기는 경우가 많은데 그렇지 않다. 자세히 보면 큰 덩이 옆에 질긴 힘줄이 하나 더 붙어 있다. 따라서 반드시 떼어내고 조리해야 한다. 입에서는 질기지만 손에는 저항하지 않아서 엄지와 검지로 살짝 당겨주면 떨어진다. 다만 강인하기로 소문이 자자한 키조개와 달리 몰캉몰캉한 가리비 관자는 힘줄을 떼어내다가 찢어질 수도 있으므로 조금 세심하게 접근하자.

키조개관자는 생물, 가리비 관자는 냉동이 대부분이다. 냉동이라서 품질이 더 떨어질까? 그렇지 않다. 다만 고를 때는 두 가지를 확인한다. 첫 번째는 개별 냉동 여부다. 새우와 마찬가지로 가리비 관자도 개별 급속 냉동 제품이 보관도 조리도 편하다. 두 번째는 첨가제 사용 여부다. 가리비 관자를 폴리인산나트륨 용액에 담가 처리하면 수분을 흡수해 통통하고 먹음직스러워 보인다. 물론 무게도 좀 늘어날 테니 먼 옛날 말 많았던, 물 먹인 소 도축 사건(1990년)이 갑자기 떠오른다.

관자 포장의 성분표에 명기돼 있으니 첨가물 여부는 쉽게 확인할 수 있으며, 익혀보면 티가 난다. 모든 식재료는 익히면 수분이 빠지기 마련인데, 가리비 관자의 경우 첨가물 처리를 거친 제품은 배어 나온 액체가 말간 우윳빛이다. 가리비 관자는 크지 않아서 냉동이라도 금방 해동시킬 수 있는데, 역시 최선은 냉장실 해동이다. 미리 메뉴를 계획해 둔 상황이라면 조리 전날 밤 냉동실에서 냉장실로 옮겨두면 약간 어폐가 있지만 '자연스레' 해동된다. 만약 계획에 없었는데 갑자기 가리비 관자가 먹고 싶어진 상황이라면 지퍼백에 넣어 찬물에 담가 해동한다. 만약, 정말 만약 그만큼의 여유마저 없는 상황이라면 찬물에 스치듯 씻으면 바로 해동된다.

워낙 재료 자체에 맛이 잘 들어 있으므로 관자, 특히 가리비라면 조리를 복잡하게 할 필요가 없다. 일단 최고의 짝은 버터다. 단단한 키조개관자는 동물의 고기처럼 결 반대 방향으로 최대한 얇게 저미는 게 핵심이다. 단단하다고 해도 생해산물이면 미끄러워서 칼질이 어려울 수 있는데, 그럴 때는 두 갈래로 대처할 수 있다. 키조개관자를 접시나 쟁반에 담아 15~30분 정도 냉동실에 두고 겉만 얼리면 저미기가 한결 수월해질 것이다. 아니면 처음부터 저며진 관자를 산다. 삼겹살처럼 '대패 관자' 같은 제품도 나온다. 껌에 비유한 키조개의 강인함을 감안한다면 생물을 포기하는 대신 편리함을 얻는 게 바쁜 세상에서는 지혜로운 대처일 수 있다.

직접 저몄든 대패 관자를 샀든 키조개관자는 버터에 샤부샤부를 한다는 접근으로 익힌다. 논스틱 팬에 버터를 '이렇게 많이 써도 되나?'라는 불안감이 들 정도로 푸짐하게 더해 약불에 올려 서서히 녹인다. 지글거리는 상태까지는 가지 않도록, 버터가 완전히 액체가 된 뒤 거품이 부글부글 올라오기 시작하면 관자를 한 켜로 적당히 간격을 두어 올린다. 그리고 표면에 말간 기운이 가실 때까지만 살짝 익혀 먹는다.

가리비 관자도 야들야들함을 잃지 않도록 잠깐 익히는 정도만을 선택해야 도리인데 접근은 키조개와 사뭇 다르다. 전체를 한꺼번에 먹더라도 질기지 않으니 두께를 활용해 위아래 양면만 지져주면 맛은 물론이고 질감의 대조까지 덤으로 얻을 수 있다. 관자가 클수록 좀 더 마음 편하게 지져 질감의 대조를 극적으로 끌어낼 수 있는데, 최소 5백 원짜리 동전에서 성인이 엄지와 검지로 최대한 넉넉하게 동그라미를 그리는 크기로 고른다.

만약 버터고 뭐고 다 귀찮은데 냉동고에 고이 모셔둔 관자의 맛은 보고 싶다면? 조금의 주저도 하지 말고 라면을 끓이자. 관자가 저렴한 식재료는 아니지만 푸아그라처럼 고가도 아니다. 게다가 동물 보호 차원에서 푸아그라는 이제 그만 먹어야 하지만 관자는 그렇지 않다. 오히려 지속 가능한 해양생태계를 위한 인증 제도가 마련돼 있고 이를 준수하는 제품도 살 수 있다. 게다가 푸아그라는 라면과 잘 어울린다고 보기도 어려울뿐더러 넣으면 녹아버려서 국물만 걸쭉해지지만, 관자는 바다의 정수를 담았으니 라면의 맛을 적어도 두 단계는 업그레이드시켜 준다. 라면 조리 시간이 3분의 1쯤 남았을 때 데친다는 기분으로 해동된 관자를 넣고 뚜껑을 고이 덮어 마무리한다. 면과 함께 국물에 배어든 달콤함을 만끽하고 관자도 건져 먹으면 사는 게 별건가, 행복이 별건가 생각이 들 것이다.

바닷가재

바닷가재는 팔자가 몰라보게 좋아진 식재료다. 비단 바닷가재뿐만 아니라 새우나 게 등 갑각류는 '바다의 곤충'이라 불릴 정도로 벌레를 닮았다. 그래서 맛을 알기 전까지는 징그럽다고 느낄 수 있고, 실제로 근대까지는 사랑받지 못하는 식재료였다. 미국의 주요 산지인 매사추세츠주에서는 18세기에 법으로 재소자의 바닷가재 급식 횟수를 제한할 정도였다. 재소자에게 주 2회 이상 바닷가재를 먹이는 조치가 잔인하고 비인간적이라는 이유였다. 20킬로그램에 가까울 정도로 거대한 바닷가재도 흔히 잡혔던 시절이라고 하니 징그럽기가 만만치 않았으리라.

요즘이야 바닷가재를 맛으로 먹지만 즐거움은 노력에 비해 허무하도록 짧을 수 있다. 수율, 즉 가식부(살)와 비가식부(껍데기 등)의 비율이 떨어지기 때문이다. 철에 따라 조금씩 다르지만 바닷가재의 수율 평균은 20퍼센트다. 450그램짜리 한 마리를 산다면 먹을 수 있는 살이 90그램 안팎으로 나온다는 계산이다.

이제 우리에게도 바닷가재는 친숙하다. 2016년 보도에 의하면 2012년 미국과 자유무역협정(FTA)을 맺은 이후 수입량이 4,900퍼센트나 늘어났다고 한다. 한편 2015년 협정을 맺은 캐나다의 지분 또한 가파른 증가세를 보이고 있다. 그만큼 밥상에 바닷가재가 올라올 가능성이 높아졌다는 의미이니 우리에게도 잘 대처할 명분이 생겼다. 싸지도 않으면서 잘해봐야 전체의 20퍼센트밖에 먹을 수 없는 식재료라면 잘 먹을 준비가 필요하다. 바닷가재 고르기부터 손질 및 조리 요령까지 알아보자.

바닷가재는 크기와 무게 사이의 관계, 그리고 생기(혹은 성깔)의 두 범주로 나눠 고를 수 있다. 일단 같은 크기라면 무거운 바닷가재가 더 나은 선택인데, 이는 허물 벗기와 관련이 있다. 다 자란 바닷가재는 1년에 한 번 허물을 벗고 그 직전에는 몸무게를 줄여 껍데기와 살 사이에 공간을 만든다. 따라서 허물을 벗기 직전의 바닷가재는 같은 크기라도 살이 적으니 가볍다.

약해진 껍데기를 깨고 나온 바닷가재는 짧은 기간 동안 말랑말랑한 상태를 유지하며 몸무게의 50~100퍼센트까지 바닷물을 흡수하니 역시 먹을 만한 상태가 아니다. 허물 벗기의 과정을 모두 거치고 껍데기가 단단해지는 동안 바닷가재는 어류부터 해양식물까지 닥치는 대로 먹어 살의 밀도를 높이니, 크기에 비해 무겁게 느껴져야 실하다. 껍데기, 특히 배의 색깔이 진할수록 열심히 먹어 실한 바닷가재라는 방증이니 참고하자.

억세 보이는 집게발이 암시하듯 바닷가재는 기본적으로 육식동물이며 심지어 자기들끼리 잡아먹기도 한다. 따라서 생기가 있다 못해 성깔을 부리는 바닷가재가 더 맛있다. 집게발 아래의 겨드랑이를 집어 올렸을 때 몸을 오므리는 한편 집게발로 당장에라도 쥐어뜯을 것처럼 성질을 내는 바닷가재가 주눅이 들어 있거나 피곤해 보이는 바닷가재보다 나은 선택이다.

살아 있으면서 성깔도 있는 바닷가재를 사 왔다면 어떻게 조리하는 게 좋을까? 집에 가져오자마자 먹을 요량이 아니라면 맛이 떨어질 수도 있으므로 살아 있는 바닷가재를 사는 의미 자체를 반감시킬 수 있다. 또한 전 과정의 번거로움을 감안하면 손질을 끝낸 냉동 제품(특히 꼬리)이 차라리 속편하다. 대형마트에서는 활바닷가재를 고르면 쪄주는 서비스를 제공하는 경우도 있으므로 편리함도 좋고 가재의 목숨을 직접 끊는 부담도 피할 수 있는 좋은 선택이다.

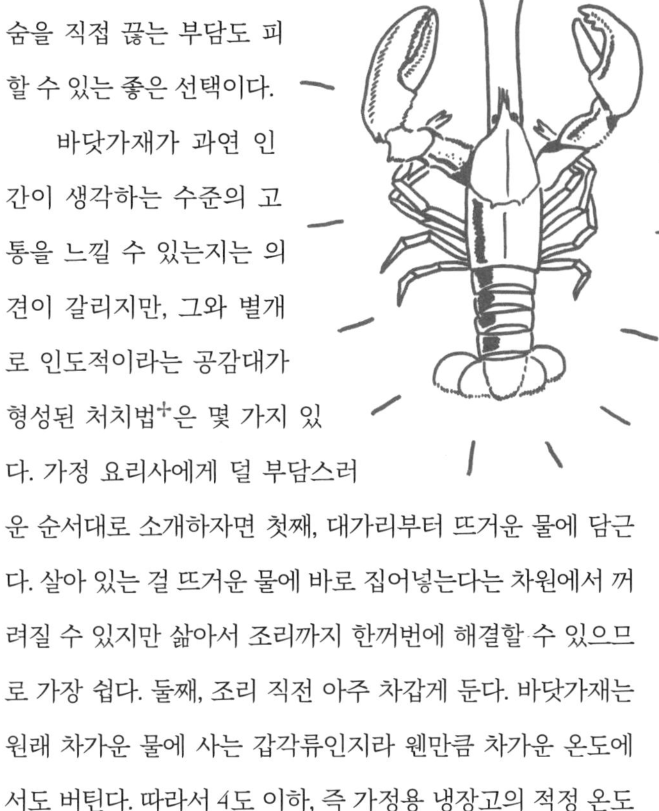

바닷가재가 과연 인간이 생각하는 수준의 고통을 느낄 수 있는지는 의견이 갈리지만, 그와 별개로 인도적이라는 공감대가 형성된 처치법[+]은 몇 가지 있다. 가정 요리사에게 덜 부담스러운 순서대로 소개하자면 첫째, 대가리부터 뜨거운 물에 담근다. 살아 있는 걸 뜨거운 물에 바로 집어넣는다는 차원에서 꺼려질 수 있지만 삶아서 조리까지 한꺼번에 해결할 수 있으므로 가장 쉽다. 둘째, 조리 직전 아주 차갑게 둔다. 바닷가재는 원래 차가운 물에 사는 갑각류인지라 웬만큼 차가운 온도에서도 버틴다. 따라서 4도 이하, 즉 가정용 냉장고의 적정 온도에 둬야 의식을 잃는다. 이런 상태에서 삶거나 쪄서 갑자기 온도를 올리면 고통 없이 목숨을 끊을 수 있다.

+ J. Kenji López-Alt, 〈Serious eats〉, 'How to Kill, Cook, and Shell a Lobster', https://www.seriouseats.com/the-food-lab-how-to-cook-shuck-lobster

마지막으로 아주 직접적이라 누군가에게는 어려울 수 있지만 가장 확실한 방법이 있다. 바닷가재의 눈 뒤쪽에 있는 틈에 식칼 끝을 꽂은 뒤 주둥이 방향으로 칼날을 내려 대가리를 반으로 쪼갠다. 신경절을 끊어주므로 고통 없이 확실하게 바닷가재의 목숨을 끊을 수 있다. 효율적인 조리를 위해서는 바닷가재를 미리 손질하는 게 더 바람직하다는 사실을 감안하면 이 방법이 궁극적으로는 가장 효과적일 수 있다.

다음으로 바닷가재는 찌든 삶든 먹는 이 마음 내키는 대로 조리할 수 있지만 하나만 명심하자. 바닷가재는 55~60도 사이에서는 살이 질겨지는 효소가 활성화되니 절대 오래 익히지 않는다. 조리용 온도계를 쓴다면 내부 온도가 57도를 넘기지 않도록 익힌다. 한편 꼬리 살에 꼬치나 젓가락을 꿰어 익히면 익으면서 둥글게 말리는 현상도 막을 수 있다는 사실도 짚고 넘어가자. 나무 꼬치든 젓가락이든 두 점을 준비해 꼬리의 껍데기 바로 아랫부분의 살을 관통해 꿰면 된다.

다 익은 바닷가재는 다루기 쉽도록 흐르는 찬물에 씻어 조금 식힌다. 일단 꼬리는 쉽게 처리할 수 있다. 손아귀에 쥐고 살짝 힘을 주어 누른 뒤 배 쪽에서 양쪽으로 벌리면 살이 통째로 떨어져 나온다. 집게발은 약간의 요령이 필요한데, 일단 움직이는 아래쪽을 가볍게 비틀어 떼어낸 뒤 연골을 빼내고 살을 발라낸다. 남은 집게발은 도마에 올린 뒤 행주나 종이 행주로 덮고 칼등으로 한가운데를 가볍게 두어 번 쳐주면 깨지니 그대로 갈라 살을 들어낸다. 집게가 달린 다리는 껍데기를 마디별로 쪼개면서 살살 달래면 살이 빠져나오기도 한다. 아니면 젓가락이나 이쑤시개로 살살 밀어내 꺼낸다.

잡아서 익힌 뒤 발라낸 바닷가재의 살은 다디달다. 염도가 높은 바닷물에서도 견딜 수 있도록 살이 워낙 달기에, 140도 이상에서 벌어지는 마이야르 반응을 삶거나 찌는 정도의 낮은 온도에서도 얻을 수 있다. 그래서 조리를 다 끝냈다면 이후 맛을 더하기 위해 뭔가 더 공을 들일 필요가 없다. 정제버터로 단맛과 지방의 풍성함을 더해주는 정도면 충분하다.

정제버터 만드는 법

'정제(Clarification)'라는 단어가 다소 거창해 보이지만 목표와 원리는 간단하다. 버터는 유지방과 기타 요소가 유화를 통해 결합돼 고체의 상태를 이루고 있다. 이런 버터에서 기타 요소, 즉 수분과 유고형분, 단백질 등을 분리해 순수한 유지방만 남기는 과정이 정제다. 원하는 양의 버터를 각 변이 2.5센티미터쯤 되도록 깍둑썬 뒤 작은 냄비에 담고 중약불에 올린다(내열 용기에 담고 랩을 씌우고 전자레인지에 돌려도 된다. 이때 버터가 끓어 넘치지 않도록 강도를 '중'으로 조절해 녹인다).

녹인 버터를 10분 정도 두었다가 표면의 유고형분을 숟가락으로 걷어낸 뒤 랩을 씌워 냉장실에 둔다. 네 시간 이상 지나면 표면에 유지방이 떠올라 굳으니 건져내 종이 행주로 물기를 닦아낸다. 과정을 다 읽고 나니 왠지 친숙하게 느껴진다면 맞다. 고기 국물에서 기름을 걷어내는 요령과 같다. 정제버터는 랩으로 싸 냉장고에 두었다가 필요할 때 가스 혹은 전자레인지로 녹여 쓴다. 과정이 너무 번거롭고 귀찮은 것 같다면 해외 직구 사이트에서 사서 쓰는 것도 방법이다.

참치(통조림)

우리가 참치라는 이름으로 기억하는 생선의 종류는 헛갈릴 정도로 다양하다. '참치'라는 말의 울타리 안에 다랑어는 물론 새치까지 복작복작 모여 있을뿐더러, 통조림은 물론 회로도 먹는다. 통조림 참치가 회 참치인 걸까? 그렇지 않다. 맛과 질에 따라 참치의 서열도 분명히 구분돼 있다. 참치라는 통칭에서 가장 큰 지분을 차지하는 다랑어의 계보만 살펴보자. 일단 맨 위에 북방참다랑어(Pacific bluefin tuna), 남방참다랑어

(Southern bluefin tuna), 눈다랑어(Bigeye tuna)가 있다. 주로 횟감으로 소비하는 고급 어종이다. 바로 밑에 회와 통조림 사이를 오가는 황다랑어(Yellowfin tuna)가 있고, 마지막 두 어종인 날개다랑어(Albacore)와 가다랑어(Skipjack tuna)가 깡통의 단골손님이다.

말하자면 통조림은 서열의 맨 아래 두 종류의 참치로 만드는데, 그래도 급은 차이가 있다. 날개다랑어 통조림이 가다랑어보다 세 배쯤 비싸고 고급 식재료 대접을 받는다. 하지만 작정하고 찾지 않는 이상 통조림으로 날개다랑어를 먹을 가능성은 낮다. 인터넷을 뒤져봐도 해외 구매의 선택지만 눈에 들어오고 국산은 없다. 그나마 가뭄에 콩 나듯 황다랑어 통조림이 눈에 들어온다.

하지만 서열 맨 꼴찌인 가다랑어 통조림이라고 해서 얕봐서는 안 된다. 저렴한 단백질 공급원인 데다가 사실 가다랑어의 맛이 날개다랑어보다 더 진하기 때문이다. 참치를 '바다의 닭고기'라 일컬으며 홍보하는 통조림 기업도 있으니 안심하고 비유할 수 있다. 날개다랑어가 닭가슴살이라면 가다랑어는 허벅지살이다.

참치 통조림은 1982년 처음 국내에 소개된 이후 40여 년에 걸쳐 너무나도 자연스레 한식에 녹아들었다. 찌개부터 전에 이르기까지 못 만드는 반찬이 없다. 하지만 그렇다고 참치 통조림을 삼시 세끼 먹어도 괜찮은 건 아니다. 거의 예외

없이 모든 해산물은 수은을 함유하고 있는데, 특히 임산부와 유아 및 어린이에게 해롭다. 참치도 예외일 수는 없는 팔자겠지만 다행인지 몰라도 서열이 높은 고급 횟감 어종이 더 위험하다. 통조림 신세인 날개다랑어나 가다랑어의 수은 함유량은 상대적으로 낮고 특히 후자가 더 안전하다. 그렇다고 매일 먹어도 되는 건 아니고, 성인이라면 한 끼 최대 170그램 기준 주 2회를 넘기지 않는 게 바람직하다.

참치 통조림의 압도적인 다수가 가다랑어라고 해서 선택의 폭이 좁은 것은 아니다. 채소, 김치, 짜장 등 다양한 가미 참치 말인가? 물론 그런 종류도 있지만 이전 단계에 굉장히 중요한 갈림길이 있다. 바로 기름과 물이다. 원래 참치 통조림은 식용유에 재워 가공한 게 표준이었지만, 지방의 열량 및 건강에 미치는 영향에 대한 우려로 물에 재운 참치가 등장했다. 둘의 열량을 비교하면 ½컵 기준으로 기름에 재운 참치는 145칼로리, 물에 재운 제품은 66칼로리다.

두루 살펴봐도 물에 재운 참치가 대세이기는 하다. 최대한 걷어내더라도 참치 살이 물보다 기름을 많이 머금기도 하거니와, 물에 재운 참치에 오메가-3가 더 많다는 게 핵심이다. 또한 기름에 재우면 품질이 좀 더 잘 감춰지므로 질이 낮은 참치를 쓴다는 주장도 있다. 다만 대체로 '지방/열량=맛'이니 물에 재운 참치의 맛이 확실히 떨어질 수밖에 없다. 게다가 한식의 식재료라는 차원에서는 참치 통조림을 딸려오는 기름(채소나 조개 등으로 맛을 낸다)과 분리해서 생각하기가 어렵다. 찌개 같은 국물 음식의 바탕으로 제 몫을 톡톡히 해 왔기 때문이다.

또한 지방이 배제됐다는 이유로 물에 재운 제품이 기름에 재운 것보다 간이 더 센 경우도 있으니 꼼꼼히 비교해 보고 골라야 한다. 높은 열량을 감수하고 맛을 좇겠다면 대안으로 식용유 아닌 올리브유에 재운 참치도 있으니 참고하자. 국내에서는 이탈리아 등에서 수입된 병조림을 찾아볼 수 있는데, 종종 '차라리 소고기를 먹는 게 낫지 않을까?'라는 생각이 들 정도로 가격대가 높은 제품도 있다. 낮은 서열의 참치가 미식의 영역에 속하는지 궁금하다면 맛볼 만하다.

마지막으로 참치도 해산물이라 피해갈 수 없는 해양생태계의 지속 가능성 문제가 걸린다. 사실은 이제 가장 중요한 사안이다. 처음 미국산 날개다랑어 통조림의 포장에서 '돌고래 무첨가(Dolphin free) 참치'라는 문구를 보고 의아했던 기억이 선하다. '돌고래 무첨가 참치라니, 그렇다면 돌고래 첨가 참치도 있다는 말인가?' 궁금해서 찾아보니 통조림용 참치를 둘러싼 아픈 사연이 있었다. 바로 남획으로 인한 해양생태계의 무차별적 피해다.

원래 통조림용 참치 어획의 대세는 집어장치였다. 물에 떠 있는 부유물체를 안식처라 여기는 본능에 착안해 물에 스티로폼을 띄워 작은 수중생물을 유인한다. 그리고 주위에 폭

200미터, 깊이 2킬로미터 크기의 그물을 쳐 구역 전체의 어종을 잡아들인다. 상위 포식자인 참치의 효율적인 포획을 추구하다가 돌고래는 물론, 오리나 갈매기 같은 조류까지 피해(혼획)를 입힌다.

또 다른 수단인 연승어법은 명칭처럼 낚싯바늘이 달린 줄을 길게 늘어뜨려 참치를 낚는데, 역시 남획과 혼획을 피할 수 없다. 해양 자원 고갈에 대처하고자 어획량 제한 및 채낚이를 통한 개별 포획 등의 노력이 이어지는 가운데, 한국 참치 업계는 남획과 혼획으로부터 아직 투명하지도 자유롭지도 못하다. 2013년 그린피스가 마지막으로 발간한 보고서에 의하면, 한국에는 해양생태계를 존중하며 잡는 '착한 참치'가 없다.

인류의 오랜 남획으로 해양생태계가 심각한 수준으로 고갈되고 있는 가운데 참치도 예외가 아니다. 앞서 소개한 서열 1, 2위의 고급 횟감 참다랑어류는 이제 최고 위험 수준인 '심각한 위기종(Critically endangered)'과 '멸종 위기종(Endangered)'에 속한다. 서열 아래로 내려올수록 위기 단계는 낮아지지만 상대적일 뿐이니 날개다랑어는 '위기 근접종(Near threatened)'이다. 가다랑어나 돼야 '관심 필요종(Least concern)'으로 분류된다는 사실 자체가 문제다. 지금 같은 추세라면 2048년쯤 해양생태계가 고갈될 수도 있다고 하니 서열 낮은 통조림 참치마저도 의식하며 먹는 게 바람직하다.

과일

Fruits

홍옥(사과)

네 나이 많은 늙ㄹ은 농사 꾼입니다

2018년 9월 29일 저녁 8시 44분 토요일이었다. 저녁을 대강 차려 먹고 소파에 누워 게으름을 부리고 있는데 문자가 하나 들어왔다.

00농원 홍옥 사과 (후불제 판매 중) 토종 홍옥 40과 50,000원 50과 40,000원 60과 35,000원.

농장의 이름이 낯익었다. 한 5년쯤 이맘때면 인터넷 오픈마켓에서 사 먹어온 홍옥을 판매하는 곳이었다. 바로 문자를 보냈다. "매년 인터넷에서 샀는데 올해는 직접 판매하시는 건가요?" "네 10년넘께 옥션 지마켓에 거래했는데 판매수수로10%등록비활잂비용 공제금이20%가까이되여 농사지어

감당이 안되서 차라리 10%이상활이된 가격으로 드리고자 합니자."

원래 사 먹던 농장이었고 마침 홍옥을 기다려왔던 참이었으므로 반가운 마음으로 배송 정보를 문자로 보내고 물었다. "후불 괜찮으시겠어요?" 사람들이 그야말로 '먹고 튀면' 대체 어떻게 대처하려는 건지 걱정이 앞섰기 때문이다. 그러자 저런 답이 날아왔다. "네 나이 많은 늙ㄹ은 농사 꾼입니다." 서글픔도 무엇도 아닌, 말로 표현하기 어려운 감정이 몰려들었다. 그리고 예고대로 그다음 주 화요일, 어른 주먹보다 조금 크고 매끈매끈한 홍옥 열아홉 개가 담긴 상자가 도착했다. 받고 바로 확인 문자를 보냈다. "송금했습니다 확인하시고 문제 있으면 말씀해 주세요 감사드리고 다 먹고 또 주문하겠습니다."

감사합니다.
실시간 자동통보
되고 있습니다.
진심으로 어려운.
놓촌을 생각해 주셔서
감사드립니다.

빨갛고 잘생긴 사과 한 상자를 받아들고 서글픔도 무엇

도 정확히 아닌 감정을 느꼈다. 이건 그냥 사과가 아니고 홍옥이다. 그리고 홍옥이라고 강조 및 구분하는 건 굉장히 중요하다. 사실 이 사과가 굳이 홍옥이라는 이름으로 불리지 않아도 크게 상관은 없다. 상큼한 신맛이 단맛만큼이나 두드러지는 아삭한 속살의 사과. 이렇게만 불러도 충분하다. 그만큼 이런 맛과 질감의 사과가 드물기, 아니 거의 없기 때문이다.

왜 그럴까? 일단 맛보다는 재배 및 유통에 잘 버티는 품종이 사랑받기 때문이다. 20세기 초 한국에 최초로 들어온 사과 품종이라 알려진 홍옥은 사실 일본에서 붙인 이름이다. 원래 미국이 고향인 사과로 1796년과 1826년에 오하이오주와 뉴욕주에서 최초로 경작을 시도했다는 설이 있다. 두 군데가 원조를 자처하는 셈인데, 어쨌거나 사람에게서 딴 '조너선'을 품종명으로 썼다는 공통점은 있다. 이 조너선이 19세기(20세기 초라는 말도 있다)에 일본을 거쳐 한국에 들어왔다.

19세기에 처음 등장했다는 역사가 말해주듯 홍옥은 병충해에 약하며 낙과의 비율도 높다. 게다가 요즘의 품종에 비하면 저장성도 떨어지는 데다가 초가을부터 찬 바람이 불기 직전까지 잠깐만 수확이 가능하다. 이렇다 보니 명맥이 끊길 지경으로 밀리는 것도 어찌 보면 당연하다. 반짝 스치고 지나가는 홍옥의 철을 어떻게 하면 잘 즐길 수 있을까. 소매점에서 낱개로 잘 팔지도 않고, 인터넷에서도 소수의 판매처로부터 상자 단위로 구매해야 하니 장기 보관을 위한 조치가 필요하다. 재배와 보관의 불편함이 단점인 품종이니만큼 집에서도 조금 신경을 쓸 필요가 있다는 말이다. 그래 봐야 잘 씻어 냉장 보관하는 정도가 전부다.

일단 부패를 부추기는 표면의 미생물을 씻어내는 게 좋으니 40~60도의 물에 담가 표면의 미생물을 씻어내는 한편 후숙을 늦춘다. 온도계를 쓰면 정확하고 좋겠지만 가정에서라면 가장 뜨거운 수돗물로 충분히 조치를 취할 수 있다. 말끔히 비운 싱크대, 혹은 집에서 쓰는 가장 크고 깊은 냄비나 솥에 수돗물을 최대한 뜨겁게 담아 홍옥을 담근다. 이때 물에 과채 세척제를 섞어도 좋다. 몇 분 정도 담가뒀다가 건져 물기를 말끔하게 닦아내거나 말린 뒤 냉장고의 과채칸 서랍에 넣는다. 좀 더 공을 들이고 싶다면 축축한 종이 행주 등으로 하나하나 싸서 지퍼백 등에 담은 뒤 보관해도 좋다. 다만 사과는 과일의 후숙을 촉진하는 에틸렌가스를 맹렬하게 분출하므로, 담는 봉지에 구멍을 뚫어준다. 이제 오래 두고 먹을 준비를 마쳤다.

사과는 치즈와 좋은 짝이다. 홍옥처럼 신맛이 두드러지는 품종이라면 쌉쌀함이 분명한 네덜란드 치즈 고다가 가장 잘 어울린다. 고다는 마트에서 어렵지 않게 구할 수 있는 치즈지만 없다면 어디에나 두루두루 잘 어울리는 체다를 선택해도 크게 무리가 없다.

레몬

그냥 생긴 것만으로도 사고 싶은 식재료가 꽤 많은데, 레몬이 대표적인 예다. 밝은 노란색에 럭비공을 닮은 모양새, 손에 쏙 들어오는 크기까지 어우러져 한두 개 사들고 돌아오면 기분이 좋아진다. 게다가 쓰임새가 워낙 많으니 괜한 걸 샀나 싶은 고민도 안겨주지 않는다. 레몬은 의외로 흔해서 동네 마트에서도 살 수 있고 품질도 대체로 고른 편인데 그래도 종종 부실한 경우가 있다. 박치기 공룡의 두개골처럼 껍데기는 아주 두껍고 과육의 알갱이는 제대로 여물지 않은 쭉정이처럼 부슬부슬 떨어지고 즙이 빈약하다. 따라서 흠집이 없고 단단하면서도 껍질이 얇은 것을 골라야 레몬의 첫 번째 정수인 즙이 많이 나온다.

레몬의 두 번째 정수는 껍질인데, 사실 껍질이 즙보다 더 레몬답다. 버릴 게 없는 가운데 여러 켜가 있으니 조금 섬세해질 필요가 있다. 우리 자신의 몫도 조금은 있지만 대부분의 섬세함은 강판이 짊어질 것이다. 생강이나 마늘 등을 가는 바로 그 강판 말이다. 레몬을 한 손에 가볍게 쥐고 다른 손으로 강판을 가볍게, 과실의 곡면을 따라 움직인다. 보푸라기처럼 사뿐한 겉껍질(Zest)이 갈려 나올 것이다. 자세히 보면 껍질이 갈려 나오며 미세한 액체의 방울이 튀는 것도 볼 수 있다. 껍질이 레몬의 정수를 품도록 도와주는 기름이다.

레몬 한 개당 한 줌 안팎으로 나오는 이 겉껍질로 풍성한 향을 불어넣을 수 있다. 대체로 레몬 파운드케이크나 커드 같은 제과제빵에 두루두루 쓰지만 통닭구이 같은 짠맛 위주의 음식에도 잘 어울린다. 껍질은 갈아내 소금, 후추와 버무려 닭의 겉면에 바르고, 나머지 레몬은 배 속에 채워 넣어 오븐에 구우면 레몬 향이 촘촘하게 배인 닭고기를 즐길 수 있다. 한편 한식이라면 레몬즙과 함께 무생채에 쓴다. 양조 식초의 타는 듯한 신맛보다 부드러운 즙에 무와 잘 어울리는 레몬 겉껍질의 향까지 가세하면 섬세하면서도 표정이 훨씬 뚜렷한 반찬이 돼 생선구이 등에 아주 잘 어울린다.

다만 껍질을 갈아낼 때 주의를 기울여야 한다. 조금만 무리하면 두껍고도 쓴 속껍질(Pith)까지 갈아내기 때문이다. 섬세함도 중요하지만 절제가 관건이다. 조금만 더, 조금만 더 벗겨내자는 마음으로 박박 갈아내다가 쓴맛까지 갈려 나오기 일쑤다. 아, 그리고 껍질을 갈아내 먹으려면 일단 잘 씻기부터 해야 한다. 현재 유통되는 레몬을 향한 불신의 핵심 말이다. 전체라고 봐도 될 만큼 레몬의 대부분이 미국, 칠레 등에서 수입되는데 장기 보존을 위해 표면을 왁스로 코팅했다. 왁스를 벗겨내려면 레몬을 체에 밭치고 뜨거운 물을 끓여 붓는다. 그리고 흐르는 물에 헹군 뒤 종이 행주로 물기를 잘 닦아낸다. 왁스 녹이기가 관건이니 전자레인지에 10~20초 정도 돌린 뒤 헹구고 닦아내도 좋다. 이제 레몬 절임을 만들어

보자.

왁스를 말끔히 벗겨낸 레몬 네 개를 도마에 올리고 아래쪽 꼭지를 칼로 썰어낸다. 이제 레몬을 콜럼버스의 달걀처럼 수직으로 세워 칼로 꼭지부터 썰되, 2센티미터쯤을 남긴다. 완전히 썰어서 분리하지 말고 벌려도 조각이 떨어지지 않을 만큼의 여유를 남기는 것이다. 그리고 꽃소금 250그램, 설탕 130그램을 잘 섞고 레몬을 벌려 최대한 많이 채워 넣은 뒤 하나씩 병에 담는다. 우리가 알고 있는 피클 혹은 김치와 같은 요령으로, 최대한 공간을 남기지 않고 꽉꽉 눌러 담는 것이다. 마지막으로 뚜껑을 닫고 스카치테이프 등에 날짜를 써 붙여 냉장고에 보관한다. 여유를 부려도 30분이면 절이고 정리 정돈까지 끝낼 수 있을 만큼 간단하다.

레시피+에 따라 레몬즙이나 물을 채우는 경우도 있지만 대체로 레몬이 앞가림을 잘 한다. 시간이 지나며 즙이 배어 나오고 저절로 맛이 든다는 말이다. 그렇게 4주가 지나면 그럭저럭 먹을 수 있는 상태에 접어들고, 3~4개월이 지나면

+ Nathan Myhrvold, 《Modernist Cuisine》 No3, p350

완전히 익는다. 껍질 및 과육이 반투명해질 것이니, 이후부터는 필요할 때마다 조금씩 꺼내 먹으면 된다. 많은 양의 소금에 절였으니 적어도 1년은 보관이 가능하고, 레시피에 따라 '기한에 제한이 없다'고도 말하니 어쨌든 오래 두고 먹을 수 있다. 이렇게 레몬과 소금, 설탕, 딱 세 가지 재료만으로도 맛있게 절일 수 있지만 향신료에 익숙하다면 전 세계를 끌어와 담을 수 있다. 통후추부터 클로브(정향), 계피, 코리앤더, 펜넬, 팔각에 세계에서 가장 비싼 향신료 가운데 하나라는 사프란까지, 한 자밤씩만 더해도 다채로운 표정이 레몬에 스며든다.

알아서 맛이 드는 절인 레몬의 진가는 해산물에서 가장 빛난다. 방어, 광어, 연어, 참치, 오징어 등 웬만한 생선회에 짭짤하고 새콤한 방점을 찍어준다. 먹을 때는 병에서 꺼내 칼집을 넣은 쪽을 쭉 당겨 떼어낸 뒤 껍질과 과육을 분리한다. 소금에 오래 절여 도구가 필요 없을 만큼 과육이 물렀지만 껍질만큼은 힘이 남아 있으니 칼이나 푸드프로세서 등으로 잘게 다져 생선회에 얹거나 양념장에 섞어 먹으면 맛있다.

여러 음식에 두루두루 곁들여 먹어본 결과, 레몬 절임은 숙성 삼치회와 가장 잘 어울린다. 잘게 다져 묵은지와 비슷한 원리로 신맛이 풍성함을 갈라주는 한편 짠맛이 간을 맞춰준다. 한두 조각 얹어 입에 넣으면 숙성된 삼치 살이 사르르 녹으면서 물릴 때쯤 가는 줄기로 퍼져나가는 레몬의 향과 짠맛, 신맛을 모두 즐길 수 있다. 따뜻한 음식에는 모로코풍의 양고기 스튜에 균형을 잡아주는 역할이 일종의 정석처럼 통한다. 다진 레몬 껍질 ½작은 술 정도면 샐러드 드레싱(비네그레트)이나 마요네즈, 심지어는 초고추장의 맛을 북돋는 데도 제 몫을 톡톡히 한다. 레몬 몇 개만 소금에 절여놓아도 미래의 내가 사뭇 행복해질 수 있다.

파인애플

파인애플 같은 열대 과일이 요긴한 틈새가 있다. 한국의 과일은 대체로 뭉툭한 단맛만 두드러지고 신맛은 기가 죽어 있다. 더군다나 즙이 아닌 물이 흥건하다. 그렇기에 비싸지 않고 단맛과 신맛 둘 다 생생하게 겸비했으며 사시사철 안정적으로 먹을 수 있는 파인애플은 매우 요긴하다. 다만 단점이 없지 않으니, 손질이 다소 번거롭다. 부피가 작지 않고 칼질을 제법 해야 한다.

그러나 위기를 뒤집으면 기회라고, 파인애플은 칼질을 연습하기에 굉장히 좋은 식재료다. 칼질 자체가 복잡하지는 않으면서도 파인애플의 기하학적 특성, 배흘림의 몸통 곡선을 따라 칼날을 움직여야 하므로 나름의 재미가 있다. 이 단계를 넘어서면 조각을 등분하는 연습이 기다리고 있으니 하나의 식재료로 두 가지 칼질을 연습할 수 있다.

물론 더 편한 길도 있다. 파인애플 슬라이서라는 전용 도구가 있고 사용하기도 매우 편리하다. 하지만 파인애플의 몸통 가운데만 정확히 원통형으로 도려내므로 배흘림의 가장자리는 버려져서 손실이 크다. 게다가 단 하나의 목적에만 쓸 수 있는 소위 단목적 도구이므로 자주 쓰지는 않으면서 자리만 차지한다.

따라서 다른 도구에 의존하지 말고 그저 식칼과 도마로 파인애플을 '잡는' 게 여러모로 이성적이다. 일단 파인애플을 사면 계산을 마치자마자 대가리를 꺾어 떼어내 판매처의 쓰레기통에 버린다. 파인애플 부피의 절반을 덜어내므로 집에 가져오기도 사뭇 편해진다. 이때 파인애플의 숙성도도 가늠할 수 있으니 일석이조다. 저항이 너무 세지 않고 두 손을 각각 몸통과 꼭지를 잡아 꺾는 수준에서 떨어진다면 웬만큼 익은 것이다(한편 냄새를 맡아서 확인할 수도 있다. 엉덩이 쪽에 코를 가져다 댔을 때 너무 진하지 않은 향이 배어 나오면 적당하다).

파인애플의 대가리를 떼어내고 집에 가져왔다면 도마에 올려 윗면과 아랫면을 썰어낸다. 이제 파인애플을 세워 오른손잡이라면 왼손

으로 잘라낸 윗면을 가볍게 누른 상태에서 칼을 돌려가며 겉껍질을 벗겨낸다. 앞에서 언급했듯 '배흘림'이 있으니 곡선을 타고 칼날을 움직여 깎는다는 느낌으로 벗겨낸다. 아린 '눈'까지 썰려 나오도록 껍질의 바깥면에서 0.5~1센티미터를 벗겨낸다고 생각하면 편하다.

껍질을 벗겨냈다면 그대로 세워둔 채 손만 살짝 벌려 가운데 보이는 심을 중심으로 파인애플을 수직으로 4등분한다. 과육보다 좀 더 단단한 심을 가르는 과정이니 칼이 미끄러지거나 등분이 제대로 되지 않는 것을 막기 위해 파인애플을 좀 더 단단하게 잡는다. 4등분한 파인애플을 눕힌 뒤 잘린 면을 따라 또렷하게 보이는 심을 썰어낸다. 비로소 파인애플의 과육만 오롯이 남았다. 4등분한 파인애플의 심을 잘라낸 면이 위로 오도록 눕히고 길이 방향으로 칼을 넣어 썬다. 이때도 '배흘림' 탓에 파인애플이 미끄러질 수 있으므로 왼손으로 단단히 잡는다.

네 쪽 모두 되풀이하면 이제 파인애플은 8등분이 됐다. 다시 평평한 단면이 도마에 닿도록 눕혀 길이의 수직 방향으로 등분한다. 대체로 5~6등분으로 썰면 딱 한입 크기다. 그대로 칼등에 올려 준비해 둔 밀폐 용기에 옮겨 담는다. 날의 너비보다는 길이가 중요하므로 과도보다 식칼이 좀 더 편하다. 한 걸음 더 나아가면 뼈 바르는 칼(Boning knife)도 요긴하다. 뼈를 따라 칼날을 넣어 고기를 발라낼 수 있도록 날이 길고 가늘면서도 살짝 탄력이 있어 파인애플의 곡선에 좀 더 잘 대응해 손질이 한결 수월하다.

이제 순살만 남은 파인애플은 그냥 먹어도 좋지만 짠맛과 대조를 이루어주면 한결 더 맛있다. 많은 이들에게 미움받지만 하와이안 피자를 무시할 수 없는 이유이기도 하다(하와이안 피자는 1962년에 캐나다에서 그리스인이 처음 고안했으니 하와이 출신도 아니다). 멜론에 프로슈토를 얹어 많이 먹는데 사실 파인애플이 더 나은 짝이다. 단맛과 신맛이 한층 더 강렬하니 프로슈토의 짠맛, 돼지비계의 부드러움과 조화를 이룬다. 시판 멜론이 대체로 덜 익고 후숙 과정이 비효율적이며 까다롭다는 걸 감안하면 잘 익힌 채로 팔리는 파인애플이 훨씬 쉬운 식재료다.

잼

혹시 집에서 잼을 직접 끓여서 만드는가? 그렇다면 최대한 정중히 말리고 싶다. 물론 만드는 재미도 무시할 수 없지만 노력에 비해 결과물이 만족스럽지 못할 가능성이 높다. 왜 그럴까? 일단 재료부터 걸린다. 잼의 대표 과일 가운데 국내에서 생산되는 딸기나 사과는 생식에 초점을 맞춘 품종이다. 따라서 단맛은 강하고 신맛은 약하다. 더군다나 맛을 골똘히 들여다보면 강한 단맛의 가운데가 수분으로 인해 비어 있다. 이런 맛의 과일을 졸이면 수분이 많이 나오면서 농축이 잘되지 않는다.

말하자면 묽은 수프처럼 돼버리는데, 이를 은근과 끈기로 졸이고 또 졸여서 잼처럼 만들고 나면 금속성의 날카로운 맛이 난다. 잼이라 부를 만큼 충분히 달지는 않고 결과로 남은 맛이 불쾌할 수 있다는 말이다. 흔히 '잼용'이라 나온, 씨알이 작거나 자잘하게 상처를 입은 과일도 마찬가지다. 크기가 다를 뿐 품종이 다른 것은 아니므로 맛에는 큰 차이가 없다. 오히려 크기가 작아서 손질에 더 노력을 들여야 하므로 더 손해일 수 있다.

하지만 포기가 좌절과 슬픔을 의미하지는 않는다. 집잼을 포기하면 더 큰 세상의 문이 열린다. 요즘 마트의 잼 코너는 다양하다 못해 화려할 지경이다. 온갖 나라의 온갖 과일로 만든 제품이 깔려 있는데 유리병에 담긴 내용물이며 포장이 알록달록해 보는 것만으로 기분이 흡족해진다. 만 원을 웃도는 비싼 제품도 흔해졌지만 다행스럽게도 여러 제품군이 돌아가며 할인에 들어간다. 덕분에 많은 돈을 쓰지 않고도 다양한 경험을 할 수 있다.

원래 잼은 단순한 음식이다. 매대에 줄지어 놓여 있는 제품 몇 가지를 무작위로 들어 딱지를 읽는 것만으로도 확인할 수 있다. 원래는 과일 한 가지와 설탕을 반반 섞어 오래 끓이는 것만으로 앞에서 언급한 맛과 질감을 동시에 만족시키는 잼을 만들 수 있다. 과일이 이렇게 단맛과 생식 위주로 품종개량되지 않았으며, 냉장 보관이 불가능해 장기 보존이 가능한 형식으로 바꿔야만 했을 때는 그렇다. 설탕도 소금처럼 미생물 발생을 억제시키므로, 비록 신선함은 없지만 제철이 아닌 시기에도 먹을 수 있는 과일이 바로 잼이었다. 그래서 잼을 '보존하다'라는 의미인 '프리저브(Preserve)'라 일컫는다.

이왕 말이 나온 김에 프리저브의 계보를 잠깐 살펴보자. 일단 잼은 섬유질을 포함한 과일 전체와 설탕을 더해 끓여서 졸인 음식을 의미한다. 따라서 걸쭉하고 과일 맛이 두드러지며 우리가 생각할 수 있는 모든 용도에 바르거나 퍼서 먹을 수 있다. 한편 과일의 즙만 짜서 걸러 설탕과 함께 끓인 종류도 있는데 젤리(Jelly)라 부른다. 젤리는 잼보다는 덜 걸쭉하고 색도 더 맑다. 잼과 거의 비슷해 호환이 가능한 가운데 쉽게 녹아내리므로 갓 구워낸 토스트처럼 뜨거운 음식에는 바르지 않는다.

마지막으로 마멀레이드(Marmalade)가 있다. 마멀레이드도 궁극적으로는 잼이지만 스페인 세비야 지방의 비터 오렌지로 만든 것에 붙이는 명칭이다. 오렌지잼과 질감이 비슷한 모과잼을 일컫는 포르투갈어 마르멜로(Marmelo)에서 따온 이름이다. 마멀레이드는 과육과 즙을 모두 써서 만들지만 진짜 핵심은 껍질이다. 마멀레이드 특유의 씁쓸함을 불어넣는 한편 펙틴이 걸쭉한 질감에 공헌한다. 펙틴은 원래 포도, 사과, 체리, 시트러스에 풍부한 성분이지만 정작 이런 과일로 잼을 만들어도 묽은 기가 가시지 않을 수 있다. 기본적으로 갖추고 있는 분량으로는 모자라다는 메시지이므로 별도의 펙틴을 첨가해야 한다. '돌고 도는 인생 역정'류의 노래 가사처럼 펙틴은 잼을 만들고 남은 사과의 껍질이나 씨방 등을 끓여서 가루 형태로 가공해 판다. 제과제빵 전문 사이트 등에서 쉽게 구할 수 있으며 조금만 넣어도 큰 효과를 발휘한다.

잼의 농도와 질감은 아주 간단하게 점검할 수 있다. 끓이고 있는 잼을 차가운 접시에 한 숟가락 올리고 냉장고에 2분 정도 두었다가 꺼낸다. 그리고 손가락으로 찍어 가볍게 밀어봤을 때 액체만 따로 배어 나오지 않고 균일하면 적절한 질감을 갖춘 것이다. 묽다면 조금 더 끓이면 되는데, 열을 너무 많이 가하면 펙틴이 굳는 힘을 잃으므로 주의한다. 메이슨자 등 뚜껑과 함께 팔리는 유리병을 냄비의 끓는 물이나 식기세척기(설거지를 한 번 해주면 된다)에 살균한 뒤 잼을 담아 밀봉하면 1년은 두고 먹을 수 있다. 마지막으로 잼이 너무 달 경우 레몬즙이나 식초로 신맛의 균형을 맞춰주면 한결 나아진다.

냉장 기술의 발달로 과일도 오래 두고 먹을 수 있는 현실이 잼의 제조와 선택에도 영향을 미친다. 과일뿐만 아니라 잼도 냉장고에 두고 먹을 수 있으니 설탕을 많이 쓸 필요가 없어진 것이다. 그래서 요즘은 달지 않은 잼이 대세가 됐는데 반가운 일만은 아니다. 이런 제품군은 설탕을 줄이거나 아예 쓰지 않고 포도즙 등으로 단맛을 주는데 맛 자체가 그다지 만족스럽지 않을 수 있다. 집에서 끓인 잼이 밍밍해지기 십상이라 기성품을 샀는데 역시 밍밍할 수 있는 것이다.

설탕을 줄였다는 제품군의 등장 이래 계속 맛을 비교하며 먹어본 결과, 보존성을 감안하지 않더라도 잼은 설탕 위주로 만든 게 가장 먹을 만했다. 마지막으로 어떤 제품을 고르더라도 재료의 가짓수가 최대한 적은 것을 고른다. 기본적으로는 과일과 설탕이고, 농도와 질감을 맞추기 위해 펙틴, 그리고 단맛과 신맛의 균형을 잡기 위해 구연산 정도를 쓰는 게 전부다. 특히 합성착향료나 올리고당이 들어간 제품은 건강에 미치는 영향과 상관없이 맛도 향도 없으므로 피한다. 한없이 복잡한 삶과 식생활 속에서 그나마 단순함을 좇을 수 있는 몇 안 되는 음식과 식재료 가운데 하나가 잼이다.

오렌지

오렌지는 시트러스(감귤)류의 박치기 공룡이다. 물론 오렌지가 끼리끼리 박치기를 하며 여흥을 즐긴다는 이야기는 아니다. 귤에 비하면 껍질이 상당히 두꺼운 데다가 확연히 다른 여러 켜로 이루어져 있으며 과육과 밀착돼 있으니 손으로 껍질을 벗기기가 쉽지 않다. 손톱이 잘 안 들어가는 경우도 많고, 힘줘서 벗기다 보면 과육도 함께 뜯겨 나와 보기도 싫고 즙도 줄줄 흐를 수 있다.

오렌지의 사정이 이러니 칼로 껍질을 벗기는 게 우리에게도 과일에도 좋다. 방법도 무려 두 가지나 있다. 일단 둘 다 출발점은 같다. 오렌지를 도마에 올리고 잘 드는 칼(아주 중요하다)로 꼭지와 밑부분을 과육이 보이는 깊이까지 썰어낸다. 오렌지는 공처럼 둥근 과일이므로 미끄러지지 않도록 주의해야 한다. 칼을 안 쓰는 손으로 꽉 누르며 껍질을 썬다.

이제 오렌지 껍질을 본격적으로 벗겨보자. 첫 번째 방법은 칼을 최소한으로 쓰고 싶다거나, 어쨌든 '손맛'을 느끼며 껍질을 벗기고 싶다는 이들에게 바람직하다. 오렌지를 칼 쓰는 반대쪽 손에 가볍게 쥔다.

잘라낸 면의 껍질에 과일의 둥근 곡선을 따라 칼집을 넣는다. 잘라낸 면으로 흰 속껍질의 두께를 파악할 수 있으니 그에 맞춰 과육까지 칼날이 파고 들어가지 않도록 조금만 신경을 쓴다. 12, 3, 6, 9시 방향으로 칼집을 넣으면 일단 4등분이고, 그 사이를 반으로 가르면 8등분이 된다. 이제 칼을 내려놓고 껍질을 과육에서 떼어내듯 벗겨낸다. 영화처럼 손으로 뜯어내는 것보다는 훨씬 깔끔하게 떨어질 것이다. 과육은 하나씩 떼어내 먹어도 좋고, 잘 안 떨어지면 칼로 적당히 갈라 먹는다.

두 번째 방법은 조금 더 섬세한 칼질이다. 꼭지와 바닥을 썰어낸 오렌지를 도마에 세운다. 칼 쓰는 반대편 손으로 윗면을 잡고 역시 오렌지의 곡면을 따라 껍질을 베어낸다. 그렇다, 앞에서 살펴본 파인애플 껍질 벗기기(223쪽)와 요령이 같다는 걸 알아차렸을 것이다. 다만 오렌지는 파인애플에 비해 훨씬 작은 데다가 더 둥글기 때문에 좀 더 천천히 칼을 움직여야 한다. 속껍질과 과육이 맞닿는 부분을 깎아낸다는 느낌으로 슬금슬금 칼을 움직여 썰어낸다. 힘을 많이 주지 않고도 깨끗하게 자를 수 있도록 칼이 아주 잘 들어야 한다.

그렇게 껍질을 웬만큼 썰었다면 가볍게 남아 있는 속껍질을 깨끗하게 도려낸다. 마지막으로 오렌지를 손에 쥐고 공기를 하나 받친 뒤 속껍질의 사이사이로 칼을 넣어 속살만 가지런하게 베어내 담는다. 다 베어내고 남은 껍질은 즙이 많이 남아 있으니 그냥 먹어도 좋고, 질겨서 내키지 않는다면 즙을 짜 공기에 함께 담는다. 이제 포크로 과육을 깔끔하게 집어 먹고 즙은 후루룩 마신다.

천도복숭아

갈수록 내실 있는 복숭아를 찾기 힘들어지고 있다. 잘 생기고 매끈하고 심지어 향도 좋지만 막상 한입 베어 물면 즙 아닌 물이 줄줄 흐른다. 그래서 매해 복숭아에 실망하는 만큼 반비례해 천도복숭아를 좋아하게 된다. 껍질은 거슬리는 솜털도 없이 매끈하면서 굳이 벗겨낼 필요가 없을 만큼만 적당히 질기다. 빛나는 노란색의 과육은 복숭아만큼 조심스레 다루지 않아도 될 정도의 힘을 갖췄다. 무엇보다 요즘 과일에서는 찾기 힘든 신맛이 살아 있다. 싸나 비싸나 맛의 편차가 엄청나게 크지도 않다.

너무 맛있는 나머지 그리스 신화에서 신들이 마셨다는 음료(혹은 술), '넥타르(Nectar)와 같다(Ine)'고 해서 천도복숭아는 영어로 '넥타린(Nectarine)'이라 부른다. 그런데 왜 복숭아보다 못한 과일 취급을 받는 걸까? 이모저모 살펴보면 천도복숭아의 가능성이 복숭아보다 훨씬 더 많은 데도 말이다. 그저 물에 씻어 생으로 먹기 외에도 맛있게 먹는 요령이 여러 갈래다.

다만 요즘 과일 대부분이 그렇듯 '후숙'을 시켜야 한다. 유통 과정에서 손상을 막고자 과일을 익기 전에 따서 유통시키는 경향이 있고 천도복숭아도 자유롭지 않다. 천도복숭아의 과육은 단단한 편이지만 베어 물었을 때 이에 저항이 없을 정도의 부드러움은 갖춰야 먹기에도 편하고 맛도 좋다. 하지만 그 정도로 익힌 걸 파는 경우가 드무니 천도복숭아는 종이봉투에 담거나 신문지에 싸서 둔다. 과일에서 배출되는 에틸렌 가스가 '후숙'을 촉진시켜 2, 3일이면 부드러워진다.

생으로 먹기 외에도 맛있는 요령이 여러 갈래라 했다. 난이도 순으로 천도복숭아의 세계를 살펴보자. 일단 초보에게는 프로슈토나 하몽 등 햄을 포함한 가공육과의 조화를 권한다. 소금도 불도, 심지어 칼도 필요 없어 쉽고도 간단하다. 가공육에는 멜론이 좋은 짝이라는 공감대가 형성돼 있지만 특유의 신맛이 균형을 잘 잡아줘 천도복숭아만이 줄 수 있는 즐거움이 있다. 그저 천도복숭아를 잘 씻어서 햄과 번갈아 먹으면 그만이다.

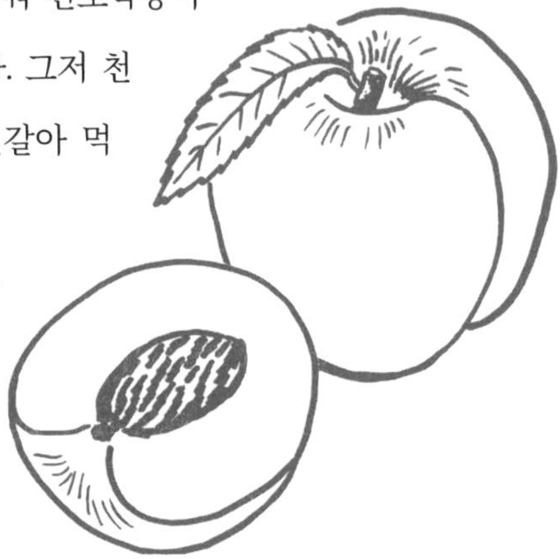

이게 너무 쉬워서 칼이라도 쓰고 싶다면 다음 단계로는 샐러드가 있다. 천도복숭아는 과일이지만 채소의 한 종류라고 생각하고 다뤄도 좋다. 반으로 가른 뒤 초승달 모양으로 혹은 깍둑썰어 오이, 양파 등 좋아하는 채소와 함께 비네그레트 같은 드레싱으로 버무려 먹는다. 페타, 블루치즈, 염소젖 치즈 등 부드러운 치즈와 잘 어울리니 샐러드에 더하면 '단짠'의 즐거움도 맛볼 수 있다.

같은 난이도로 디저트를 만들고 싶다면 스파클링와인 절임을 고려해 보자. 샴페인은 대체로 가격대가 높게 형성돼 있으니 비교적 가격대가 합리적인 프로세코(이탈리아)나 카바(스페인) 같은 스파클링와인이 좋다. 스파클링와인은 대체로 단맛은 아주 적고 신맛이 제법 두드러지니 설탕을 넉넉히 써야 균형이 맞는다. 천도복숭아 500그램에 스파클링와인 200밀리리터, 설탕 50그램의 비율을 기본으로 정하고 과일의 신맛에 따라 설탕의 양을 조절한다. 적당한 크기의 볼에 천도복숭아, 스파클링와인, 설탕을 담고 잘 섞은 뒤 플라스틱 랩을 씌워 냉장고에서 1~8시간 정도 두었다가 먹는다. 물론 수박이나 멜론 등 다른 여름 과일을 손에 잡히는 대로 함께 초대하면 맛의 잔치가 한층 더 풍성해진다.

칼 다음에는 불이 기다리고 있다. 특유의 과육과 껍질 덕분에 천도복숭아만큼 구워 먹기 좋은 과일도 없다. 천도복숭아를 반으로 갈라 씨를 꺼내고 버터를 전자레인지에서 30초쯤 돌려 완전히 녹인 뒤 잘 바른다. 중불로 뜨겁게 달군 팬에 버터를 바른 면이 아래로 오도록 천도복숭아를 올리고 5분 정도 충분히 구운 뒤 뒤집는다. 팬에 은박지를 덮고 약불로 줄여 칼끝이 저항 없이 들어갈 때까지 부드럽게 마저 익힌다. 익힌 뒤에는 껍질이 질기다고 느낄 수 있으므로 적당히 식혀서 취향 따라 껍질을 벗겨도 좋다. 이렇게 구운 천도복숭아는 앞서 소개한 대로 샐러드를 만들어도 좋고, 아이스크림(바닐라 맛)이나 마스카르포네 등을 곁들이면 꽤 그럴싸한 디저트로 업그레이드된다.

딸기

'철이 막바지를 맞이해 딸기가 무르오니
한 번에 드실 만큼만 사서 바로 드시기 바랍니다.'

매대의 의외로 솔직한 문구를 보고 슬퍼졌다. 벌써 딸기 철이 끝나간단 말인가. 슬퍼할 만한 사연이 있다. 딸기 축제도 열리는 딸기의 고장 논산에는 육군훈련소가 있다. 거기로 배치를 받은 시기가 4월 중순이었다. 훈련소 내부에서만 10일 정도 교육을 받은 뒤에 외부의 교육장으로 나가 심화훈련을 하는데, 편도 한 시간은 걸었을 훈련소 일대가 온통 딸기밭이었다. 평소에도 좋아하던 딸기였지만 상황이 그렇다 보니 먹고 싶어 돌아버릴 지경이었다.

대개 스트레스를 받은 훈련병이 초코파이나 모나카 등 단 음식을 찾는다는 게 정설이었건만, 나는 그 무엇보다 딸기가 너무너무 먹고 싶었다. 그렇다고 훈련소에서 먹을 수 있는 것도 아니었으니 군침을 삼키며 꿈만 꿀 뿐이었다. 6주의 훈련을 마치고 나니 5월 말, 운 좋게 특박을 받아 나와서는 눈에 띄는 과일 가게마다 들어가서 물어봤지만 딸기는 이미 사라지고 없었다. 당시의 충격으로 나는 딸기에 집착을 품게 됐으니, 다니는 곳마다 눈에만 띄면 딸기를 사서 먹는 인간으로 거듭났다. 지금껏 먹었던 것 가운데 가장 인상적인 딸기는 핀란드 헬싱키의 장터에서 산 것이었는데 시고 단단하기가 비할 데 없었다. 딸기는 대체로 크기에 따라 가격이 올라가지만 크고 밍밍한 것들도 많고, 오히려 잘아 상품 가치가 떨어지는 것들이 똑 떨어지는 맛을 내는 경우도 허다하다.

요즘은 볕이 뜨거운 한여름만 빼고는 딸기를 사시삼철 먹을 수 있으며 가격대도 다양하다. 원래 딸기의 제철은 5월 중순, 즉 초여름이지만 비닐하우스 덕분에 저변이 넓어졌다. 딸기는 워낙 연약해서 사 온 그날 먹어치워야 한다고 여긴다. 하지만 조금이라도 더 두고 먹을 수 있는 요령이 있기는 하다. 뜨거운 물에 살짝 데친다는 개념으로 담가주면 보관 기간을 절반 정도는 늘릴 수 있다. 《모더니스트 퀴진》 등에서 실험 결과를 바탕으로 제안하는 과채 손질 및 보존법[+]으로, 딸기를 60도의 물에 15초 동안 담가준다.

그렇다, 이게 끝일 정도로 간단하다. 수돗물도 45도까지는 올라가니 속는 셈 치고 한 번 시험해 보자. 나는 과채 세척제까지 함께 써서 딸기를 씻는다. 수돗물을 틀어놓고 온도가 올라가는 동안 딸기를 체에 밭쳐 세척제를 골고루 뿌려 두었

+ J. Kenji López-Alt, 〈Serious eats〉, 'How to Kill, Cook, and Shell a Lobster', https://www.seriouseats.com/the-food-lab-how-to-cook-shuck-lobster, https://modernistcuisine.com/mc/a-shocking-and-hot-tip-for-preserving-produce/

다가 따뜻한 물에 15초 담근 뒤 건지는 것이다. 그리고 찬물로 마무리 삼아 한 번 더 헹군 뒤 그릇에 담아 냉장고에 둔다. 고작 15초짜리 과정을 거치면 딸기가 단단함을 잃지 않고 며칠 더 간다. 정석대로라면 물기를 말끔히 걷어내고 보관해야 하지만, 번거롭다면 뚜껑을 덮지 않은 채로 냉장고에 서너 시간 두고 물기를 날려줘도 괜찮다.

생딸기가 없는 철에는 냉동 딸기가 있다. 웬만한 규모의 마트에는 망고, 블루베리 등과 더불어 '스무디 과일'을 기본으로 갖추고 있다. 바나나와 마찬가지로 해동시키면 곤죽이 되어버리니 우아하고 아름다운 생딸기를 대체할 수는 없다. 대신 불에 익히는 등 딱히 모양을 살릴 이유가 없는 레시피에는 무리 없이 쓸 수 있다.

냉동 딸기는 무엇보다 편해서 좋다. 꼭지를 예쁘게 발라내고 새우(176쪽)처럼 개별 냉동(IQF)해 원하는 때 원하는 만큼만 꺼내 쓸 수 있어 낭비가 적다. 다만 '스무디 과일'이라 일컬었듯 블렌더에 갈아 음료를 만들 때는 주의해야 한다. 꽁꽁 언 딸기는 얼음만큼 단단하기 때문에 한꺼번에 너무 많은 양을 갈고자 시도할 경우 블렌더의 모터가 견디지 못하는 불상사가 벌어질 수 있다.

따라서 스무디를 아주 열심히 먹을 결심이 섰다면 카페 등에서 쓰는 고출력 및 고가의 제품군에 투자하는 게 바람직하다. 20만 원대부터 시작하지만 광고에서 보여주듯 타이어나 스마트폰도 갈아내는 수준의 위력을 원한다면 40만 원대부터 찾는 게 좋다. 한편 투자할 필요를 못 느낄 만큼 드문드문 생각날 때마다 만들어 먹는 형편이라면 얼음은 그대로 갈되, 딸기는 냉장실로 옮겨 하룻밤 해동시킨다(전자레인지를 써도 좋다).

냉동 딸기라면 단단하고 신맛이 꽉 들어찬 미국산이 더 낫다. 국산은 대체로 생식, 즉 생과일을 먹는 용도 위주로 품종이 개량됐다. 그래서 익히면 과육도 물크러지고 졸이면 생으로 먹을 때에는 나쁘지 않았던 단맛이 압축되면서 인공적인 느낌(딸기 맛 아이스크림 등에서 나는)이 치고 나온다. 반면 미국산 딸기는 애초에 단단해 끓여도 과육이 덜 뭉개지는 데다가 설탕으로 단맛과 신맛의 균형만 적절히 잡아주면 표정이 한층 더 강렬해진다. 오래 끓이고 졸이는 잼을 집에서 만드는 건 이제 무리라고 보지만, 설탕과 함께 잼의 중간 지점쯤에 이를 때까지 졸이는 콩포트라면 냉동 딸기로 시도해 볼만하다.

레시피가 없는 건 아니지만 굳이 절차를 따라가지 않고도 만들 수 있을 정도로 간단하다. 냉동 딸기를 살짝 해동시킨 뒤 썰어 냄비에 담고 물과 레몬즙 약간, 그리고 원하는 만큼 설탕을 더해 약불에서 30분 정도 졸인다. 잼보다 묽고 덜 끈적이며 과육이 살아 있는 콩포트는 아이스크림이나 치즈케이크 같은 디저트부터 팬케이크, 프렌치토스트, 와플 등의 브런치 메뉴에 두루 잘 어울리는 소스다. 물론 이것저것 다 필요 없고 그냥 숟가락으로 떠먹어도 상관없고 또 맛있다.

딸기 꼭지를 따내는 데도 요령이 있다. 우리가 살 수 있는 딸기 대다수가 살짝 덜 익어 꼭지가 하얀 상태이므로 일반적으로는 색깔이 바뀌는 지점을 썰어버리는 손질이 통한다. 잘라낸 면이 평평하므로 뒤집어 접시에 담기도 편해 그럴싸하지만 심의 일부가 남아 있어 씹는 느낌이 유쾌하지 않다. 따라서 자르지 않고 발라내는 게 조금 더 정확한 손질법이다. 일단 잎을 손으로 당겨 떼어낸 뒤 볼록 솟아오른 흰 꼭지의 둘레에 과도 끝을 찔러 넣어 원뿔 모양으로 도려낸다. 다소 굵은 플라스틱 빨대를 꼭지부터 끝까지 관통시켜 심을 발라내는 요령도 있다.

수박

수박을 삼각뿔 모양으로 속살을 파내 익은 정도를 확인하는 시대는 지났고, 요즘은 비파괴 당도 측정이 대세다. 그래도 안 두들기고 고르면 허전해서 안 된다고 생각한다면 소리가 낮게 울리는 것을 고른다. 씨 없는 수박도 흔하지만 씨가 있는 수박이 번거로움을 보상이라도 하듯 대체로 더 맛있다.

수박은 먹는데 특별한 요령이 없어 더 좋다고 말할 수

있다. 그저 가장 큰 도마를 꺼내 수박을 눕힌 채로 올리고 엄지와 검지를 벌려 잡은 뒤 반대편 손으로 칼을 쥐고 푹 찔러 반을 가른다. 크기에 따라 4~6등분하고 쐐기 모양으로 썰어서 먹으면 그만이다. 한데 잠깐 생각해 보자. 수박은 크고 둥글고 무겁고 표면이 매끄럽다. 이런 과일을 눕혀서 써는 건 굉장히 위험할 수 있다. 힘을 주어 칼을 찌르다가 수박이 미끄러지기라도 한다면 큰 사고가 날 수 있다. 또한 두 손가락으로만 지탱하기에는 너무 무겁다. 좀 더 안전한 대안은 없을까.

그냥 썰 때와 마찬가지로 수박을 일단 도마에 눕혀 올린다. 위험하다면서? 바로 길이 나타나니 걱정할 필요 없다. 가장 볼록하게 나온 수박의 중심부를 손바닥에 힘을 주어 단단히 누르고 꼭지와 바닥, 양쪽 끝을 1센티미터 정도 두께로 썰어낸다. 수박을 세우면 평평한 면이 도마에 닿으니 훨씬 더 안전해진다. 이제 엄지와 검지, 두 손가락으로만 수박을 지탱하더라도 훨씬 마음이 놓인다. 그대로 세로로 반을 가른 뒤 자른 면이 도마에 닿도록 엎는다. 이제 둥근 면이 위로 올라왔으니 썰다가 수박이 미끄러지거나 구를 염려가 없어졌다. 수직 방향으로 가지런히 썰면 일단 조각 수박을 얻을 수 있다. 기존의 손질 방식과 달리 껍질부터 칼날이 들어가므로 손에 힘을 준다.

이제 다음 단계를 선택할 차례다. 조각으로 썬 수박을

선호한다면 그대로 수평 방향으로 반을 가른다. 칼질이 익숙하다면 반으로 가른 수박의 중심선에서 바깥쪽으로 방사형을 그리면, 즉 대각선으로 칼질을 하면 최대한 균일하게 조각낼 수 있다. 그런데 수박을 쐐기모양으로 썰어 먹는 게 과연 효율적이기는 한 걸까? 여러 사람이 모여 한 번에 한 통을 다 먹는 경우가 아니라면 남은 것을 보관하기가 썩 깔끔하지 않다. 다 썰었다면 쐐기모양 탓에 담을 용기도 마땅치 않을뿐더러 공간도 많이 차지한다. 절반 정도만 썰어 먹었다면 노출된 과육에 랩을 씌워 냉장고에 두면 되지만, 다음번에 먹으려면 또 도마와 칼을 꺼내 칼질을 해야 한다. 부피가 큰 수박 껍질을 초파리가 등장하기 전에 처리해야 한다는 부담도 겪어야 한다.

따라서 이왕 칼을 잡을 때 전체를 손질해 버리는 게 훨씬 손이 덜 가고 속도 편하다. 껍질에서 살을 완전히 발라내 최대한 균일하게 깍둑썰기해 용기에 담아 보관하는 것이다. 먹기에 편할뿐더러, 조각을 낼수록 표면적이 넓어지니 통째로 보관하는 경우보다 온도가 빨리 내려가 금방 시원해진다는 장점도 얻어걸린다. 전체를 한꺼번에 조각내기는 칼질이 익숙하지 않은 이에게는 난이도가 높게 다가올 수도 있는데, 지금까지 살펴본 방식으로 수박을 조각냈다면 이후의 손질도 쉽다. 절반을 갈라 엎어 가지런히 조각을 낸 상태에서 한 쪽씩 도마에 눕혀 칼로 껍질과 살을 잘라 분리하면 된다. 반

달 모양으로 남은 수박의 과육을 서너 쪽씩 겹쳐 깍둑썰기하면 끝이다. 밀폐 용기에 담아 냉장고에 두었다가 원하는 만큼만 그릇에 담아 포크로 찍어 먹으면 깔끔하다.

수박을 한꺼번에 가지런히 썰어두었다면 그대로 먹기 편할 뿐만 아니라, 다른 식재료와 조합해 요리를 꿈꿔볼 수도 있다. 이미 손질이 다 된 상태니 조금만 손길을 더하면 수박의 맛이 한층 더 돋보이는 음식이 된다. 본격적으로 요리의 가능성을 살펴보기 전에 수박과 잘 어울리는 다른 식재료를 간단히 살펴보자. 너무나도 잘 어울려서 요리에 공통적으로 쓰는 재료들이 있다.

수박의 단맛이 중심이라면 일단 신맛으로 균형을 잡아주는 라임이 있다. 레몬과 라임은 인척간이라고 할 수 있는 시트러스지만 후자는 향이 조금 더 달콤해 굳이 열대가 아니더라도 여름이 제철인 과일과 한층 더 잘 어울린다. 갈아낸 겉껍질의 향도 수박과 궁합이 좋다. 한편 허브 가운데서는 민트가 제짝이다. 오이와 풀의 느낌을 품은 수박의 향과 민트가 맞물리면서 맛의 경험을 좀 더 입체적으로 다듬어준다.

이렇게 잘 어울리는 재료를 활용해 가장 간단히 만들 수 있는 음식은 주스다. 수박을 많이 먹는 식문화권에서는 음료 또한 즐긴다. 태국의 땡모반과 라틴아메리카의 아구아 프레스카가 있다. 원래 날로 먹으니 그냥 갈기만 하면 훌륭한 음료가 될 것 같지만 그럼 과육이 지니고 있던 아삭함을 잃으면서 조금 밋밋해진다. 그래서 앞에서 소개한 라임, 민트 등을 더해 맛과 향을 다듬어준다. 땡모반과 아구아 프레스카는 사실 같은 음료로 수박 물과 설탕 약간, 라임즙을 블렌더로 갈아 만든다.

둘 다 워낙 간단하다 보니 여러 갈래로 응용이 가능하다. 일단 무더운 날씨라면 얼음을 함께 갈아 좀 더 시원하게 만들 수 있다. 다만 얼음이나 물을 더하면 맛이 옅어질 수 있으니 설탕과 라임즙으로 간을 좀 더 적극적으로 맞춘다. 한편 도수 높은 증류주를 더해 어른의 맛을 추구할 수도 있다. 맛도 향도 없으니 수박을 받쳐주는 역할에 충실한 보드카나 열대의 향을 품어 라임과 잘 어우러지는 럼을 권한다. 수박 주스에 럼과 민트 잎을 더하면 수박 모히토가 된다.

다음은 샐러드다. 수박 샐러드라니 어색하게 다가올 수도 있지만 사과를 마요네즈에 버무린 '사라다'를 생각해 보면 만드는 것 자체가 이상할 이유는 없다. 과채류라면 어떻게든 샐러드가 되는 것이 운명 아닐까? 수박에도 완벽할 정도로 자기 자리를 가진 샐러드가 있다. 그리스를 비롯한 지중해 지역의 음식인 수박 페타 샐러드다. 페타는 염소젖과 양젖으로 만드는 그리스의 치즈다. 보슬보슬한 알갱이의 형태로 부스러지는 질감에 짭짤함이 두드러져 수박과 '단짠'의 조화가 훌륭하다.

라임즙으로 비네그레트(즙 1: 기름 3의 비율에 소금, 후추,

마늘 등을 더한다)를 만들어 썬 수박과 손으로 쪼갠 페타 치즈 알갱이를 버무린 뒤 마무리로 민트 잎을 손으로 찢어 뿌려준다. 민트 대신 고수나 바질 같은 허브를 쓰면 표정이 눈에 띄게 달라져 또 다른 즐거움을 선사한다. 아무래도 수분이 많다 보니 만들고 나서 바로 먹는 게 바람직하다.

귤

백화점에서 샤인머스캣을 샀다. 한 송이 6만 1335원. 대폭 할인이 들어가 2만 5445원이었지만 싸다고는 할 수 없다. 게다가 맛도 썩 좋지 않았다. 샤인머스캣이라는 품종 전체가 망가졌다는 방증이랄까. 신맛 없이 균형이 깨진 단맛만 넘치고 껍질에는 향도 쌉쌀함도 없으며, 과육은 느글느글할 정도로 무르다. 물론 돈이 넘쳐나서 사 먹은 건 아니었다. 인기를 누리며 흔해진 가운데 품질도 덩달아 낮아져, 백화점처럼 비싼 창구에서 사 먹어봐야 한다는 이야기를 듣고 직업 정신에서 시도해 봤다. 백화점을 돌며 가장 비싼 샤인머스캣을 골랐지만 쌓인 편견을 해소해 줄 만한 건 찾지 못했다.

귤이 있어서 얼마나 다행인가. 집 앞 마트에서 대강 골라 한 봉지를 사 오며 새삼 감사했다. 1킬로그램에 5천 원 안팎으로 싼 데다가 찬 바람이 불기 시작하면 새콤달콤함의 균형이 잘 맞아 맛도 제법 좋다. 사시사철을 통틀어 봐도, 눈치라고는 없는 단맛이 줄줄 넘쳐나는 과일의 세계에서 드물게 제 몫을 단단히 한다. 어찌 보면 샤인머스캣과 귤을 비교하는 것 자체가 어불성설일 수는 있다. 포도는 포도고 귤은 귤 아닌가. 하지만 지갑을 여는 입장에서는 어느 단계를 넘어서면 그게 그것처럼 돼버린다. 귤은 맛의 표정이 다채롭지만 샤인머스캣은 단조롭다. 굳이 무게 대비 가격까지 들먹이지 않더라도 귤이 엄청나게 더 싸다. 대폭 할인이 들어간 샤인머스캣 한 송이 가격으로 귤은 10킬로그램도 넘게 살 수 있다. 이래저래 귤의 압승이다.

이처럼 겨울철이면 웬만한 데서 아무거나 집어와도 먹을 만한 귤도 사실 하늘에서 그냥 뚝 떨어진 건 아니다. 실제로 경험도 해봤다. 미국에서의 첫 겨울, 한국 식품점에서 귤처럼 생긴 과일을 발견하고는 얼씨구나 좋다고 집어 들었다. 겨울엔 역시 귤이지. 똑같이 예쁘고 매끌매끌하게 생겼건만 내가 사 온 과일은 귤이 아니었다. 어째 껍질이 과육에 찰싹 달라붙어 잘 벗겨지지 않는 것부터 미심쩍다 싶었는데, 입에 넣으니 찌푸린 얼굴을 다시 펼 수 없을 정도로 신맛이 강했다. 게다가 씨는 또 어찌나 많은지. 구겨진 표정은 채 펴지도 못한 채 연신 씨를 뱉어내면서 왠지 속았다는 기분에 억울했다. 알고 보니 그건 만다린이었다.

귤부터 각종 오렌지, 자몽이 포함된 시트러스류(Citrus,

귤속)의 가계도는 매우 복잡하다. 〈내셔널 지오그래픽〉 2017년 2월호 기사에 의하면 다섯 종류가 시트러스 대부분의 조상으로 꼽힌다. 만다린과 포멜로(Pomelo), 시트론, 금귤(쿰콰), 그리고 파페다(Papeda)다. 만다린은 내가 귤이라 믿고 먹었다가 실망했던 바로 그 과일이며, 포멜로는 오렌지와 자몽의 조상으로 꽤 두껍고 폭신폭신한 속껍질이 특징이다(중국에서는 포멜로의 속껍질을 조려 먹기도 한다). 셋 다 과육이 부실한 가운데 쿰콰은 씁쓸함이 적당히 살아 있는 껍질을 먹을 수 있는 반면(시금치와 샐러드를 만들면 아주 잘 어울린다), 시트론과 파페다는 겉껍질로 향만 즐긴다.

다섯 종류 가운데 만다린과 포멜로, 시트론을 꼭짓점으로 삼아 정삼각형을 그리면 시트러스류 가계도의 윤곽이 잡힌다. 일단 만다린과 포멜로의 교잡종인 오렌지를 바탕으로 시트러스류의 족보를 자세히 밝히려는 연구가 벌어졌다. 미국 에너지부 조인트게놈연구소의 알버트 우 박사팀이 세계 각국의 연구진과 게놈 해독 및 비교 분석 작업에 들어간 것이다. 일단 대상은 만다린 넷, 포멜로와 오렌지 각각 두 종류를 대상으로 한 결과가 학술지 〈네이처 바이오테크놀로지〉의 2014년 7월호에 게재됐다. 일단 만다린과 포멜로의 게놈을 비교해 보니 160만~320만 년 전 공통 조상에서 갈라져 나왔음이 밝혀졌다.

2014년의 발표 후 3년 7개월만인 2018년 2월, 후속 연구 결과가 〈네이처〉에 실렸다. 게놈 서열이 이미 알려진 감귤류 28종류에 30종류의 새로운 해독 결과가 가세해 감귤류의 가계도가 분명해졌다. 일단 기원은 중국 남서부의 윈난성과 인도 북동부 히말라야 일대인 가운데 동쪽으로 만다린, 남쪽으로 포멜로, 서쪽으로 시트론이 진화했다. 첫 연구 대상이었던 만다린 네 종류의 분석 결과 이미 포멜로의 유전자가 섞여 있음이 확인돼, 중국에서 28종의 만다린을 수집해 연구에 포함시켰다. 그 결과 다섯 종이 순종 만다린이었고, 이를 '유형1'이라 분류한다. 그리고 포멜로의 유전자가 1~10퍼센트 섞여 있는 '유형2', 마지막으로 12~28퍼센트가 섞여 있는 '유형3'이 있다. 우리가 즐겨 먹는 귤이 바로 유형3이다.

제주도에서 재배하는 유형3의 귤은 일제강점기에 도입돼 1960년대부터 본격적으로 재배됐다. 물론 그 전에도 귤은 있었다. 고려 시대 문종 6년(1052년)의 문헌에 제주 감귤을 왕가 공물로 바쳤다는 기록이 남아 있다. 1894년(고종 31년) 갑오개혁으로 공물 제도가 폐지되자 제주의 감귤나무는 버려졌다. 당시의 품종은 동종귤, 금귤, 병귤 등인데 현재는 상업적 가치가 없어 재배하지 않는다. 그러다가 1911년 신품종의 귤이 국내에 발을 들였다. 천주교 서홍성당(현 면형의 집)에 거주하던 엄다케 신부가 일본의 친구에게 보내준 제주벚나무의 답례였다. 열네 그루를 심었는데 현재까지도 한 그루가 남아 있으며 귤도 수확한다. 중국 동남부 원저우(溫州)에서 비롯돼 온주귤이라 불리는 한편, 일본을 통해 사쓰마(薩摩)오렌지라는 이름으로 세계에 퍼졌다.

이렇게 귤 가계도의 1부를 살펴봤다. 그렇다, 귤의 족보가 워낙 복잡하면서도 방대하기에 이만큼을 살펴봐도 고작 1부에 지나지 않는다. 가계도의 2부는 귤의 교배종으로 이루어져 있다. 1부의 기본 귤이 잔뜩 쌓아놓고 손 가는 대로 부담 없이 까먹을 수 있는 과일이라면, 2부의 교배종은 상품 가치가 좀 더 높은 고급화 품종이다. 이들은 대체로 20세기 원예학자들이 체계적인 교배를 통해 개발한 품종이라 족보가 좀 더 분명하고 소화하기도 쉽다.

노지 귤의 제철이 10월에서 이듬해 1월, 타이벡 감귤이 2월까지라면 2부의 교배종은 그 끝을 물고 이듬해 제철까지 이어진다. 한라봉부터 황금향까지, 이어달리기를 하듯 꼬리를 물고 등장한다. 이들은 완전히 익도록 오래 두었다가 늦게 수확하는 감귤류, 즉 만감류라 일컫는다. 전부 일곱 종을 꼽을 수 있는데 일본에서 개발된 청견(清見, 기요미, 1~3월 수확)이 나머지의 조상 격이다. 청견은 1949년 온주밀감의 일종인 궁천조생과 트로비타오렌지를 교배해 개발한 품종이다. 유형3의 만다린으로 포멜로의 기여도가 38퍼센트로 가장 높다.

청견의 자손 가운데 맏이는 한라봉(1~4월 수확)이다. 1962년 역시 일본에서 청견과 온주밀감의 일종인 폰캉을 교배해 개발한 데코폰이 1990년대 국내 도입되며 한라봉이라는 이름을 달았다. 볼록 솟은 꼭지 모양이 한라산을 닮았다고 해서 붙은 이름이다. 둘째는 천혜향(1~4월)으로 청견과 앙코르만다린을 교배해 얻은 1세대를 머코트만다린에 한 번 더 교배시켜 개발한 품종이다. 역시 일본에서 개발됐고 원래 이름은 세토카다. 뻥 튀겨놓은 귤처럼 넓적하고 겉과 속껍질이 모두 얇으면서도 즙이 많고 한국 이름처럼 향도 좋아 만감류 가운데 가장 맛있다. 그 밖에 진지향(2~5월 수확), 한라향(4~10월 수확), 레드향(1~3월), 황금향(7~12월)이 있는데 앞의 둘은 각각 청견과 흥진조생 및 길포폰캉을, 뒤의 둘은 한라봉에 서지향과 천혜향을 교배한 품종이다.

비단 만감류뿐만 아니라, 감귤류까지 통틀어 제주 재배 품종의 94퍼센트가 일본 개발 품종이다. 이런 현실에 정서적인 아쉬움을 느낄 수도 있는데, 그보다 현실의 부담이 훨씬 더 크다. 한라봉이나 천혜향 등은 오래전에 출시됐으므로 괜찮지만 신품종의 현실은 냉엄하기 때문이다. 국제식물신품종보호동맹(UPOV) 협약에 따라 2012년부터 품종보호제도가 시행됐다. UPOV에 따르면 개발한 지 25년이 지나지 않은 신품종은 보호작물로 지정할 수 있고 재배국이 개발국에 로열티를 내야 한다.

실제로 2018년에는 만감류 신품종인 미하야와 아스미를 놓고 난감한 상황이 벌어졌다. 두 품종은 일본의 국립연구

개발법인이 내놓은 신품종인데, 국내에서는 2014년부터 생산이 이루어졌다. 일본에서는 2018년 1월 신품종으로 출원해 2039년까지 보호를 받는 처지가 돼버렸는데, 정작 국내에서는 정식으로 묘목을 수입한 근거가 없었다. 당시 매체의 표현을 빌자면 도용된 묘목으로 재배를 한 셈이다. 결국 로열티를 지불해야 하는 상황이 벌어지자 농협에서는 계통출하(협동조합의 계통조직을 통한 출하)를 금지시켰다. 현재로서는 로열티 지불 없이 이들 품종의 판매나 묘목의 분양 등은 불가능하다. 농촌진흥청에서 2014년 이후 매년 220억 원 이상을 투입해 신품종을 개발 및 보급 중이지만, 현재 감귤 종자 자급률은 2.5퍼센트로 2014년에 비해 1.5퍼센트 포인트 증가했을 뿐이다. 물론 품종 개발은 하루아침에 이루어지는 일이 아니다. 청견이 32년, 한라봉은 40년 이상 걸렸다.

5

달걀과 유제품류

Egg & Dairies

달걀

루카 구아다니노 감독의 〈콜 미 바이 유어 네임〉은 아침 식사 장면이 가장 인상적이다. 이탈리아 도착 후 저녁도 거르고 아침까지 잔 대학원생 올리버(아미 해머)는 자기 몫의 반숙 달걀을 대강 깨서 허겁지겁 먹는다. 달걀흰자는 부드럽고 달걀노른자는 익지도 않았지만 따뜻한 것을 컵에 받친, 우아하다면 우아할 달걀이다.

이 장면은 엘리오를 향한 올리버의 욕망을 드러낸다고 알려져 있다. 펄먼 교수가 "한 개 더 먹지 그래?" "아닙니다. 저는 스스로를 잘 알아요. 그럼 계속 먹고 싶어질 거예요"라고 주고받는 대화가 실마리다. 하지만 내 눈에는 섬세하게 삶은 달걀을 우악스럽게 깨부수는 미국인만 들어왔다. 유럽의 맥락에 던져놓으면 인내심 같은 건 내던져 버리고 거칠게 행동하는 미국인 말이다. 〈킬러들의 도시〉를 비롯한 많은 영화에서 미국인들을 우스꽝스럽게 그려내는데, 실제로도 그들은 외국에 나가서 그렇게 행동한다.

〈콜 미 바이 유어 네임〉을 보고 달걀이 먹고 싶다면 일단 냄비에 물을 2.5센티미터 깊이로 담아 중불에 끓인다. 달걀을 찜기에 담고 물이 끓기 시작하면 냄비에 올린 뒤 뚜껑을 덮는다. 삶기보다 찜에 가까운 조리로 찜기가 없다면 국자 등으로 달걀을 한 개씩 냄비에 살며시 내려놓는다. 6분 30초를 삶으면 영화처럼 달걀흰자는 부드럽고, 달걀노른자는 따뜻하지만 굳지 않은 상태로 익는다. 윗부분을 잘라낸 뒤 맬든(Maldon)처럼 아삭하게 씹히는 바닷소금을 조금 뿌리면 간이 맞는 한편 질감의 대조도 맛볼 수 있다. 국산도 흔해진 아스파라거스를 삶거나 데쳐 달걀노른자를 찍어 먹어도 좋다(토스트도 몇 쪽 곁들인다). 달걀을 받치는 그릇의 정식 명칭은 프랑스어 코크티에(Ccoquetier)지만 인터넷에서 '에그컵'을 검색하면 쉽게 찾을 수 있다.

달걀은 흔한 만큼 천대받는 식재료다. 일단 까는 방법부터 그렇다. 달걀에 까는 방법이 따로 있나? 그냥 아무 데나 부딪히면 되는 거 아닌가? 아니다. 평평한 면, 즉 부엌이라면 싱크대 상판 같은 데 달걀을 쳐야 깨끗하고 크게 금이 간다. 대접이나 사발의 가장자리에 치면 달걀 껍데기가 자잘하고 뾰족하게 조각나 흰자와 노른자가 상처를 입을 수 있다. 만일을 대비해 달걀을 별도의 종지나 사발에 한 개씩 깨서 확인한 다음 원하는 용기로 옮긴다. 드물기는 하지만 달걀이 상했을 경우 음식 전체를 망치는 불상사만큼은 피할 수 있다. 어

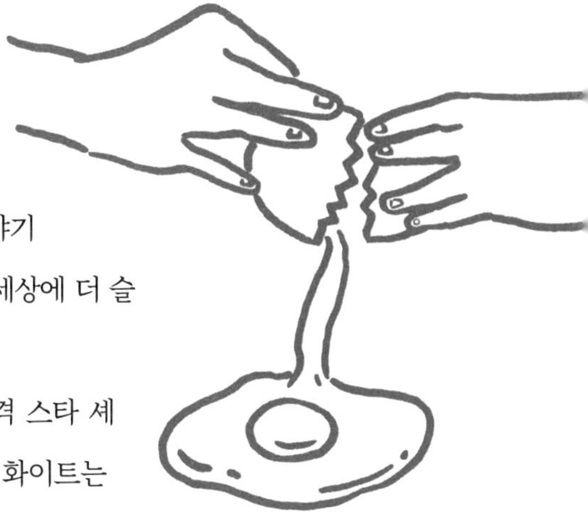

느 새벽 배가 고파 끓인 마지막 라면을 상한 달걀 때문에 망쳤다는 이야기를 들은 적 있는가? 세상에 더 슬픈 일이 없다.

영국의 선구자 격 스타 셰프인 마르코 피에르 화이트는 "요리사의 실력을 시험해 보려면 달걀을 줘봐라"라고 말한 바 있다. 음식점과 요리사의 수준을 파악하는 데 달걀 요리를 척도로 쓸 수 있다는 의미다. 한국에서 맥주 광고도 찍고 고급 햄버거 매장도 낸 욕쟁이 셰프 고든 램지의 멘토가 하는 말이니 믿어볼 만하다. 이렇게 말하니 엄청 까다로워서 조리할 엄두를 못 내겠다고 말할 수도 있지만, 원칙만 잘 지키면 일류 셰프처럼 훌륭하게 조리할 수 있는 식재료가 바로 달걀이다. 달걀은 성공으로 이끄는 레시피가 흔하다.

그렇게 널린 레시피 가운데 몇 가지를 소개해 보자. 일단 가장 흔하게 먹을 수 있는 삶은 달걀이다. 냄비에 달걀을 담고 찬물을 잠길 만큼 붓는다. 불에 올려 물이 끓자마자 끄고 그대로 뚜껑을 덮은 채로 6분 30초 정도 두었다가 찬물에 식힌다. 달걀흰자는 야들야들하고 달걀노른자는 보들보들해 절대 목이 메지 않는다. 다만 여름철이면 닭이 힘들어 흰자가 묽을 수 있으므로 30초~1분 정도 더 삶는다. 요약하면 물이 끓으면 불을 끈 뒤 그대로 6~7분이다. 냄비의 뜨거운 물을 싱크대에 버리고 찬물을 부어 식히면서 달걀을 가볍게 뒤적여준다. 껍데기에 자잘한 금이 가 벗기기가 한결 쉽다.

반찬을 만들 만큼의 의욕은 없지만 밥이라도 따뜻하게 지어 맛있게 먹고 싶을 때가 있다. 그럴 땐 달걀 간장 버터밥이 최적의 메뉴인데, 성패는 '서니사이드 업'에 달렸다. 논스틱 팬을 중불에 올리고 올리브유 또는 식용유를 3큰술 두른다. 기름이 반짝이며 흐르는 것처럼 보일 때 달걀을 올리고 소금과 후추로 간한 뒤 팬을 몸쪽으로 살짝 기울여 끓는 기름을 달걀 위에 끼얹는다. 달걀흰자에만 기름을 올리면 가장자리가 바삭하고 고소하게 익고, 달걀노른자에 끼얹으면 적당히 익은 서니사이드 업이 된다. 이제는 귀해진 간짜장 위의 달걀 '후라이'와 꽤 흡사하다.

찌고 삶고 부치는 세 가지 요령만 알면 달걀을 맛없게 먹을 일은 평생 없는 가운데, 마지막으로 조리법만큼 중요한 한 가지를 짚고 넘어가자. 세간의 믿음처럼 껍데기의 색이 달걀의 맛이나 영양가에 영향을 미칠까? 1996년 6월 논산 훈련소를 퇴소해 밤새 기차를 타고 의정부의 보충대에 도착했다. 아침 식사로 바닥이 온통 긁혀 까진 플라스틱 식판에 흰 달걀이 담겨 등장했다. 갈색 외의 달걀을 보지 못한 지가 너무 오래인지라 폐품 같은 식판 위의 희디흰 달걀이 괴기하도록 두드러져 보였다. 영양가가 더 높다는 통념 탓에 갈색 달걀이 오래 대세를 누려왔다. 요즘 들어 흰 달걀의 비율이 조금씩 늘고 있는 가운데, 달걀의 껍데기 색깔과 영양 혹은 맛은 아무런 상관이 없다. 닭의 품종이 색깔에 영향을 미칠 뿐이다. 레그혼이 흰색, 뉴햄프셔나 로드아일랜드레드가 갈색 알을 낳는다.

버터

흑인 소년 삼보가 밀림에서 호랑이 떼를 맞닥뜨렸다. 옷을 하나씩 빼앗기며 도망치는데도 쫓아와 결국 나무 위에 올라갔는데, 이야기가 되려는지 호랑이 떼가 나무 밑에서 꼬리를 물고 뱅뱅 맴돌다가 녹아 버터가 돼버렸다. 삼보는 호랑이 버터로 팬케이크를 구워 먹는다.

그런데 잠깐, 호랑이는 아시아에만 서식하는 동물이다. 따라서 삼보의 인종을 바탕으로 이야기의 배경을 아프리카라 추측하면 앞뒤가 맞지 않는다. 일본 작가 요네하라 마리는 《미식 견문록》에서 이야기의 앞뒤를 파헤친다. 인도가 식민지였던 시절 남편과 의료 활동을 하던 영국 여성 헬런 배너만이 원작자인데, 인도 아이를 쫓던 호랑이 떼가 정제버터 기

(Ghee)로 변해 난을 구워 먹었다는 이야기라는 것이다.+ 한국에서도 버터와 팬케이크 이야기로 유통되는 걸 보면 일본에서 와전된 이야기가 수입됐으리라 짐작할 수 있다.

인도의 이야기이므로 기가 자연스럽지만 호랑이가 보통의 버터가 됐다고 해도 이상하지는 않다. 크림을 계속 휘저으면 원심력으로 유지방이 분리돼 버터가 되기 때문이다. 그래서 이론적으로는 집에서도 버터를 만들 수는 있다. 믹서 등으로 크림을 저어 분리된 유지방을 손으로 빚으면 된다. 이처럼 화학적인 가공 과정을 거치지 않고 물리적으로 분리한 유지방의 버터를 스위트 크림(Sweet cream)이라 일컫는다. 남은 액체는 버터밀크라 부르는데, 산성이라 신맛도 있지만 베이킹파우더와 반응해 팬케이크, 비스킷 등의 즉석빵(퀵브레드) 반죽을 부풀리는 데 쓰인다.

+ 요네하라 마리, 《미식 견문록》, 마음산책, 137~140

한편 우유를 발효시킨 다음 만드는 버터도 있다. 김치와 된장이 발효로 복잡한 맛을 가지듯 유산균으로 우유를 발효시켜 만든 버터는 스위트 크림보다 맛이 더 섬세하다. 헤이즐넛 같은 견과류의 고소함이 두드러지고 끝에는 산뜻한 신맛도 감돈다. 일단 이렇게 버터의 세계가 둘로 나뉜다.

버터 분류의 또 다른 획은 소금이다. 무염버터와 가염버터 말이다. 냉동 및 냉장이 원활하지 않던 시절에는 소금이 방부제 역할을 했으므로 버터는 전부 가염이었다. 이후 과학과 기술이 발달하면서 소금의 중요성이 줄어들어 무염버터의 자리도 생겨났다. 그래서 버터의 세계는 소금의 획으로 한 번 더 분리돼 사분면 위에 자리 잡는다. 발효버터와 스위트 크림이 각각 가염, 무염으로 존재한다는 말이다.

원칙을 따르자면 가염 및 무염버터를 모두 갖추고 각각의 용도에 맞춰 써야 한다. 전자는 빵에 발라 먹는 등 생식용으로, 후자는 요리용으로 쓰는 것이다. 실천한다면 말리지 않겠지만 인생이 본격적으로 피곤해질 수 있다. 따라서 프랑스 요리나 제과제빵을 본격적인 취미로 삼지 않는다면 버터의 세계를 애써 구분할 필요가 없다. 그저 생활 패턴에 맞춰 가염과 무염 어느 한쪽만 갖추면 된다.

빵에 발라 먹기, 즉 생식 위주로 버터를 쓴다면 가염만 갖춘다. 다만 공을 조금 들여 소금 함유량 확인을 권한다. 포장재의 기준량(100g 등)에서 소금의 비율이 높을수록 짜다.

1.5퍼센트 안팎이 좋고 2퍼센트면 꽤 짤 수 있다. 한편 요리나 제과제빵을 일정 수준 취미로 한다면 무염버터를 갖추고 쓴다. 이론적으로는 소금 간이 안 돼 있으니 생식용으로는 싱거울 수 있지만 반드시 그렇지는 않다. 발효를 시켰거나 지방 함유량이 높다면 고소함 혹은 풍부함이 밋밋함을 막아준다. 여기까지 쓰고 보니 그냥 무염버터만 갖춰도 두루두루 잘 쓸 것처럼 들리는데 사실이다. 특히 지방 함유량이 높은 유럽 제품을 산다면 무염버터 한 덩이로 여러 요리에 휘뚜루마뚜루 쓸 수 있다.

유럽 버터라니 비싸지 않을까? 물론 에쉬레나 이즈니처럼 유명한 제품이라면 비싸다. 하지만 현재 한국에는 버터로 세계까지는 아니더라도 유럽 여행이 가능할 정도로 다양한 제품이 수입돼 있다. 서양 요리의 종주국인 프랑스나 이탈리아는 기본이고 독일이나 네덜란드, 더 나아가서는 폴란드 버터도 살 수 있다. 맛이 백지에 가깝고 이름만 스위트 크림일 뿐인 국산에 비해 훨씬 풍성하면서도 느끼하지 않다. 따라서 버터에 관심을 품어보겠다면 안타깝더라도 국산은 제쳐놓고 시작해도 좋다.

제품 보호를 위한 아이스박스 포장이 필요 없는 겨울이 이것저것 버터를 사서 맛보기에 가장 좋은 계절이다. 인터넷의 제과용품 전문 매장에서 관심 가는 제품을 사서 먹어보고 마음에 드는 것을 기억해 둔다. 날씨가 제법 쌀쌀해지면 열

개든 스무 개든 대량 구매를 한다. 약간의 실마리를 제공한다면 앞에서도 언급했듯 지방 함유량이 높은 유럽(식)의 발효 버터가 가장 맛있다. 가격이 높은 제품도 종종 유통기한에 임박해 대폭 할인에 들어가므로 기회를 노려보자.

버터는 지방이니만큼 보관과 사용에서 두 가지만 신경 써주면 된다. 첫 번째는 냄새다. 지방 함유량이 높은 식품은 냉동에 잘 버틴다. 따라서 버터도 할인 제품을 다량으로 구매해 냉동실에 보관하면 가염버터는 1년, 무염버터는 3개월까지까지 두고 쓸 수 있다. 쓰기 전에 냉장실로 옮겨 해동시키면 되는데, 냄새를 흡수하지 않도록 랩이나 은박지를 씌우는 간단한 추가 조치를 권한다. 냉장실에서도 유리로 된 밀폐 용기에 담아 3주쯤은 두고 쓸 수 있다.

두 번째 고려 사항인 온도는 두 갈래로 생각해 볼 수 있다. 잘 안 녹는 경우와 너무 잘 녹는 경우다. 버터는 빵에 발라 먹을 때는 잘 안 녹아서, 또 제과를 비롯한 요리에 쓸 때는 너무 잘 녹아서 가끔 골칫거리다. 각각의 상황에 대처 요령이 있다. 일단 잘 안 녹는 경우라면 표면적을 넓히는 게 도움이 된다. 나이프로 최대한 얇게 저며도 좋지만 요즘은 아예 딱딱한 버터를 먹을 만큼만 강판에 가는, 좀 더 적극적인 요령이 인기다. 갈리는 순간까지는 딱딱하지만 나이프와 접촉하는 순간 빵에 매끄럽게 바를 수 있을 정도로 녹는다. 한여름이 아니라면 며칠 먹을 분량을 밀폐 용기에 담아 실온에 두는 게 속 편하기는 하다.

버터는 비교적 적은 예산으로 다양한 맛을 경험할 수 있는 '소확행'의 식재료다(또 다른 하나는 생수). 따라서 미식에 관심이 있으나 어디에서부터 시작해야 할지 모르겠다면 일단 버터를 시도해 보자. 늘 먹던 빵, 혹은 밥이 버터에 따라 맛이 달라지니 새로운 감각의 세계가 열릴 것이다.

우유

요즘 우유의 입지가 난처하다. 유가연동제 탓에 가격은 오르는데 잘 먹지는 않는다. 한식에는 자리가 없고 억지 급식은 유효기간이 지난 지 오래다. 우유 급식을 하는 초등학교에서 아침에 먹고 3교시쯤 연쇄 구토를 한다거나, 소화가 안 돼 먹을 수가 없으니 책상 서랍에 숨겨두었다가 상해 터지는 경우도 비일비재하다고 한다. 한국인의 75퍼센트가 유당을 소화시키지 못해 우유를 마시면 배가 아픈 유당불내증을 지니고 있으니 그럴 만도 하다. 이처럼 우유를 건강식품처럼 먹이려 들면 자라서 아무도 먹지 않게 된다. 그래서 우유의 입지가 난처해졌다.

우리가 지금까지 먹어온 우유는 모두 홀스타인종 소로부터 나왔다. 젖소의 상징 같은 흑백 무늬가 특징인 홀스타인은 네덜란드 노르트홀란트주와 프리슬란트주, 독일의 슐레스비히홀슈타인주 등에서 비롯된 품종으로 생산량 증가에 초점을 맞추었다. 우유 맛의 척도 가운데 하나인 유지방 함유량이 3.7퍼센트이며 뛰어난 생산성 덕분에 전 세계 대표 젖소로 자리 잡았다.

홀스타인이 대세인 가운데 요즘은 맛을 앞세운 저지종의 우유가 조금씩 저변을 넓혀가고 있다. 영국령 채널 군도 저지섬의 토착 품종으로 영국보다 가까운 프랑스 노르망디에서 1700년 전후에 독립 품종으로 들어왔다는 기록이 남아 있다. 갈색의 털을 지녀 한우와 얼핏 비슷해 보이기도 하는 저지는 홀스타인에 비하면 덩치가 작고 우유 생산량도 적지만 유지방 함유량은 4.84퍼센트로 월등히 높다. 유지방 함유량이 높으니 더 느끼할 것 같지만 오히려 맑고 가벼운 가운데 해상도가 높다는 느낌이다.

그렇다면 우유에 어떤 길이 있을까? 더 많은 양을, 무엇보다 우유를 즐겁게 먹을 수 있는 길이다. 복잡하고 어렵지는 않지만 우유에서 정수만을 뽑거나 농축시킨다는 차원에서 많은 양을 한꺼번에 소비할 수 있어 바람직한 코티지 치즈(Cottage cheese)가 있다. '오두막'이라는 뜻의 '코티지'가 이름에 붙었듯 농가 혹은 목장에 딸린 오두막에서 즉석으로 만들어 먹는 치즈를 의미한다. 그만큼 만들기 쉽다. 그 기원은 기원전 3100~510년의 고대 메소포타미아 시대까지 거슬러 올라가는데, 양의 위에서 만들어진 치즈를 우연히 발견한 것이 시초였다고 한다.

우유 4리터와 식초 ¾컵, 꽃소금 1½작은술을 준비한다. 일단 넉넉한 크기의 냄비에 우유만 담고 중불에서 50도까지 온도를 올린다. 우유가 튀지 않도록 식초를 천천히 더한 뒤 1~2분 정도 살며시 휘젓는다. 몽글몽글한 커드(Curd)가 노란 유청(Whey)에 맺히는 것을 볼 수 있을 것이다. 그대로 뚜껑을 덮어 30분 동안 둔다. 30분이 지나면 체에 면포를 받쳐 커드만 남긴다. 면포의 네 가장자리를 조심스레 들어 아직 따뜻한 커드를 감싸고 그대로 흐르는 수돗물에 식힌다. 최대한 물기를 꼭 짜낸 뒤 대접에 담고 소금을 솔솔 뿌려 잘 섞는다. 이때 뭉친 커드를 잘게 부숴주면 한층 더 먹기 편하다. 바로 먹어도 좋지만 밀폐 용기에 담아 냉장고에 차게 두면 더 맛있어진다. 먹을 때 생크림을 두어 숟갈 더해 버무려주면 한층 더 고소하고 부드러워진다. 꿀을 약간 끼얹고 딸기나 오렌지, 포도, 토마토 등 과채류를 곁들이면 간단한 디저트가 된다. 한꺼번에 많은 우유를 쓰는 게 핵심이니 마트에서 판매하는 '두 개 한 묶음' 등의 기획 상품을 활용하기 딱 좋다.

대체로 우유는 잘 상하는 식품이라 여기지만 장기 보관도 가능한 가공품이 몇 있다. 일단 멸균우유는 이름처럼 균을 절멸시켜 버렸으므로 제조일로부터 3개월까지 상온 보관이 가능하다. 한편 우유를 말려 가루 상태로 가공한 제품이 이름처럼 분유인데 지방도 걷어내면 탈지분유, 걷어내지 않으면 전지분유가 된다. 우유 대용으로 물에 타서 마실 때는 전지분유, 제과제빵에는 탈지분유를 쓴다. 마지막으로 액체 상태지만 고온에서 우유의 수분을 60퍼센트 정도 걷어내 걸쭉하게 만든 연유가 있다. 여름철 빙수에 올라가는 단맛이 강한 것은 40~45퍼센트까지 설탕을 더한 가당연유(Condensed milk), 설탕을 더하지 않은 것은 무당연유(Evaporated milk)다. 일단 단맛부터 확연히 차이 나므로 둘은 서로의 대체제로 쓸 수 없다.

크림

우리가 먹는 우유는 균질화(Homogenization)를 거친다. 아주 미세한 눈을 지닌 필터(모기장을 떠올리면 이해가 쉽다)에 쏘아 지방을 잘게 쪼개고 균일하게 섞어주는 공정이다. 균질화에 앞서 표면에 떠오른 지방의 켜를 한데 모은 게 크림이다. 국내에서는 지방 함유량을 기준으로 30~36퍼센트의 제품은 휘핑크림(Whipping cream), 36~40퍼센트의 제품은 헤비 크림(Heavy cream)이라 분류한다. 마트에서 일반 우유팩에 담아 팔리는 크림은 지방 함유량이 38퍼센트인 헤비 크림이고, 직사각형의 멸균 팩에 담긴 것은 휘핑크림이다. 아무래도 지방 함유량이 높은 전자가 좀 더 매끄럽고 풍성하지만 양쪽 모두 휘저으면 풍성하게 올라온다. 요즘은 풍성하고 고소한 유럽산 크림이 멸균 제품으로 들어와 선택의 폭이 넓으니 참고하자. 인터넷의 제과제빵 전문 쇼핑몰에서 살 수 있다.

한때 달고나 커피가 큰 인기를 끌었다. 커피믹스를 거품기 등으로 휘저어 공기를 불어넣고 걸쭉하게 만들어주는 게 핵심인데, 유행이 퍼지는 내내 의구심을 떨칠 수 없었다. 크림을 쓰면 훨씬 편하고도 풍성하게 거품을 올릴 수 있고, 결과물도 몇 갑절 더 맛있기 때문이다. 복잡할 것도 없어서 일반적인 크림(Whipped cream) 레시피에 인스턴트커피만 더해주면 된다.

차가운 크림 250밀리리터를 차가운 대접에 담고 인스턴트커피와 설탕 2큰술을 더한다. 거품기로 부지런히 휘저어 올리며 '뿔'의 상태를 확인한다. 거품기로 크림을 찍어 세우면 끝에 뾰족하게 묻어나는데, 이를 뿔이라 부른다. 거품기를 세워 들었을 때 뿔의 끝이 살짝 굽는다면 크림이 적당히 올라오기 시작했다는 신호이니 우유에 올릴 수 있다. 굽은 뿔은 여유가 남았다는 방증이어서, 아예 단단해져 끝이 굽지 않을 때까지 크림을 좀 더 휘저을 수 있다. 이 지점까지는 크림의 풍성한 질감을 즐길 수 있고, 무리해서 더 저으면 푸석해져 버린다.

우유를 발효시키거나 끓여서 요구르트나 치즈 등 다른

유제품을 만들 수 있는 것처럼, 크림도 적절한 가공을 거쳐 변신할 수 있다. 일단 유제품의 세계에 빠져서는 안 될 발효를 거쳐 사워크림과 크림 프레슈를 만들 수 있다. 이 둘은 요구르트와 마찬가지로 젖산 발효를 거쳐 만든다. 우유나 크림에 박테리아를 더해 유당을 젖산으로 분해시키는 원리다. 다만 각 제품을 발효시킬 때 쓰는 종균(Starter culture)에 따라 맛이 달라질 수 있다. 같은 우유가 종균에 따라 다른 치즈가 되거나, 지역 혹은 동네마다 균이 조금씩 달라 자연 발효종을 썼을 때 빵 맛이 달라지는 것과 같은 이치다. 발효 기간이나 온도 또한 영향을 미친다.

사워크림은 크림 프레슈보다 높은 온도에서 짧게, 요구르트보다 낮은 온도에서 발효시켜 만든다. 사워크림과 크림 프레슈를 비교하면 둘 다 발효를 거친 신맛을 지닌 가운데 전자는 요구르트에 가깝도록 묽은 편이며, 후자는 버터와 흡사하게 매끄럽고 부드럽다. 둘 다 크림 위주로 만들어 풍성하면서도 두드러지는 신맛이 균형을 잡아줘, 맛과 질감을 동시에 불어넣는 요소로 음식의 마무리에 제 역량을 발휘한다. 짠맛 중심의 음식이라면 감자 수프에 한 숟가락 얹어 먹으면 좋고, 단맛 위주의 디저트라면 딸기에 아주 잘 어울린다.

한편 발효를 거치지 않고도 크림의 장점만을 뽑아낸 유가공품도 있다. 티라미수의 핵심 재료인 마스카르포네는 크림을 산으로 처리해 유청, 즉 수분을 걷어내 진하고 고소한 맛을 한층 더 강조해 준다. 스콘에 잼과 함께 발라 먹는 영국의 클로티드 크림(Clotted cream)도 있다. 클로티드 크림은 우유를 찜기나 중탕으로 데운 뒤 넓은 팬에 부어 표면에 생기는 크림의 막을 걷어내 만드는데 크림 프레슈보다는 살짝 거칠면서 꾸덕꾸덕한 질감이 특징이다.

스콘과 클로티드 크림, 잼은 차와 함께 잉글랜드 남서부의 데번과 콘월 지역의 '크림 티' 문화를 이룬다. 사족을 하나 달자면 서로 이웃한 지역인 데번과 콘월은 스콘에 바르는 클로티드 크림과 잼의 순서를 놓고 영원히 결론 나지 않을 논쟁을 벌이고 있다. 데번에서는 스콘에 크림을 먼저 바르고 잼을 그 위에 바르는 반면 콘월에서는 잼을 먼저 바르고 크림을 그 위에 발라 먹는다. 먹을 때는 아무런 차이도 없지만 두 지방은 각자 자기네의 순서가 정석이라 주장하고 있다.

요구르트

요구르트를 만들어 먹겠답시고 제조기를 샀지만 10년 가까이 모시고만 살다가 버렸다. 조리 도구를 살 때는 '열심히 써야지'라고 희망에 부풀기 마련이지만 곧 환상은 깨지고 현실의 냉혹함이 엄습한다. 우유에 종균을 더해 따뜻하게 두는 것만으로 요구르트를 만들 수 있다. 심지어 제조기의 성능도 따뜻하게 유지하기가 전부다. 따라서 현실이 엄청나게 냉혹할 것 같지 않지만 자잘하게 의욕을 떨어뜨리는 일이 벌어진다. 너무 시다 못해 쓴맛이 난다거나 아니면 몽글몽글해지지 않고 언제까지나 줄줄 흘러내린다. 결국 못마땅해져서 그래도 품질은 균일한 기성품에 기대게 되는데, 그냥 먹는 것 말고도 요구르트의 쓰임새는 은근히 다양하다.

일단 버터밀크(Buttermilk)의 대체품으로 고려할 수 있다. 그런데 버터밀크란 무엇이며 과연 우리에게 필요한 식재료인가? 우유의 가공이란 주로 단백질과 지방을 추출하는 과정이므로 부산물로 액체가 남는다. 발효를 거쳐 치즈를 만들면 노랗고 묽은 유청이, 원심력으로 지방을 분리하면 희고 걸쭉한 버터밀크가 남는다. 버터밀크는 산성이므로 음식에 신맛을 깃들이기도 하지만 베이킹소다와 반응하면 이산화탄소를 발생해 반죽을 부풀려 준다. 따라서 팬케이크나 머핀 같은 즉석빵류에 주로 쓰인다.

버터밀크가 빠지면 이런 즉석 빵류의 '제맛'이 안 나는데, 요구르트에 물을 섞어 대체품을 만들 수 있다. 무가당 요구르트가 걸쭉하면서도 흐를 수 있는 상태가 되도록 물이나 우유를 더해 섞어준다. 국산 요구르트는 유난히 묽으니 물을 조금만 섞어도 충분하다. 제품의 태생적인 단점을 장점으로 활용할 수 있는 유일한 경우다(버터밀크를 자주 쓴다면 분유처럼 물을 넣고 환원시킬 수 있는 가루 제품을 직구 사이트에서 사서 쓰자).

한편 제과제빵에 관심이 없어 비스킷이나 팬케이크는 남의 일이라는 이들에게는 차지키(Tzatziki)가 있다. 차지키는 요구르트 바탕의 소스로 그리스나 터키, 발칸반도에서 고기에 주로 곁들인다.

~ 차지키 소스 ~

재료

- 오이 1개, 요구르트† 250ml, 올리브유 2큰술, 다진 민트 또는 딜 이파리 2큰술, 마늘 1쪽, 소금 약간

* 오이는 중간 크기를 고르고, 껍질을 벗겨 반으로 갈라 씨를 발라 낸다.
* 마늘은 다지거나 간다.

만드는 법

1. 오이를 강판에 굵게 간다. 오이는 원래 물기가 많은 채소지만 지나치게 많으면 차지키가 묽어질 수 있으므로 웬만하면 간 뒤 물기를 짜낸다.
2. 요구르트와 올리브유, 민트 등 나머지 재료를 볼에 담고 잘 섞는다.
3. 오이를 넣고 소금과 후추로 간한다. 볼에 플라스틱 랩

을 씌워 1시간 정도 맛이 어우러지도록 냉장고에 두었다가 먹는다. 이틀 정도는 냉장고에 두고 먹을 수 있다. 양고기와 특히 잘 어울린다.

+ 국산 제품은 물기가 많으므로 웬만하면 그릭 요구르트를 쓴다. 그릭 요구르트가 없다면 품을 좀 팔아서 만들어 쓸 수도 있다. 체에 만두소를 짤 때 쓰는 삼베 천 등을 두 겹으로 깔고 냄비 등 물기를 담을 그릇을 받친 뒤 일반 요구르트를 붓고 랩을 씌워 12시간 동안 둔다. 물기가 빠지고 요구르트가 한층 더 걸쭉해질 것이다. 어떤 요구르트로도 만들 수 있지만 젤라틴 등 증점제를 첨가했다면 수분 배출을 막을 테니 구매 시 원료 목록을 확인한다.

그릭, 즉 그리스식 요구르트는 일반 제품과 어떤 차이가 있을까? 그리스에서만 만든다거나 특별히 자랑할 만한 비법은 없다. 그저 일반 요구르트에서 유청을 한 번 더 걸러낸 제품이다. 수분이 더 빠지니 일반 요구르트보다 훨씬 걸쭉하며 밀도가 높다. 요구르트를 만드는 핵심 과정은 발효, 즉 화학적 변화지만 유청을 걸러내는 과정은 물리적인 변화이므로 어떤 제품에나 적용할 수 있다. 심지어 무지방 요구르트조차도 물기만 빼면 걸쭉하고 뻑뻑하게 만들 수 있으니, 일반 요구르트를 한 차원 업그레이드한 저지방 고단백 음식으로 대중화됐다.

요즘 그릭 요구르트가 유행을 타고 있다 보니 '짝퉁'도 많다. 유제품, 특히 요구르트는 원유와 유산균, 단 두 가지 원료만으로 만들 수 있다. 그런데 일반 제품에서 수분을 더 빼야만 하니 결국 같은 원유로 만들 수 있는 양이 줄어드는 셈이다. 수지타산이 안 맞을 수 있다. 따라서 제조업체에서는 원유와 유산균 두 원료 외의 첨가물을 다양하게 써 그릭 요구르트의 질감과 밀도를 최대한 모사한다. 당장 인터넷에서 검색해 맨 처음에 나오는 제품의 원료 목록을 확인해 보자. 원유와 유산균 외에도 치즈플레인시럽, 농축우유단백분말, 레몬농축과즙, 변성전분 등으로 그릭 요구르트 특유의 신맛 및 질감을 흉내 내고 있다. 이런 제품이 대체로 '우유보다 단백질 두 배'처럼 의미 없는 홍보 문구를 붙여 팔리고 있다.

'대량생산 제품이라면 첨가물을 좀 넣을 수 있지 않나' 생각하고 넘어갈 수 있지만 사실 진짜 문제는 따로 있다. 온갖 첨가물을 써서 얻은 걸쭉함이 외국에서 먹을 수 있는 일반 요구르트의 수준밖에 되지 않는다는 점이다. 앞에서도 언급했듯 거의 의무적으로 넣는 설탕이 걸리기는 그릭 요구르트도 마찬가지다. 그렇다고 수입품을 찾자니 맛은 보장해 주지만 100그램에 2500원 꼴, 같은 양에 6~700원 수준인 국산에 비해 가격 차이가 꽤 크다.

이런 현실을 감안해 그릭 요구르트의 대안인 프로마주 블랑과 마스카르포네를 알아두자. 둘 다 숙성이 거의 혹은 전혀 되지 않은 농축유제품으로 그릭 요구르트에 비해 풍성함과 매끄러움이 돋보이고 대중화 또한 더 많이 돼 사기도 쉽다. 백화점이나 마트뿐만 아니라 인터넷 전문 판매점의 마감 임박 할인 등을 적극적으로 활용하면 그릭 요구르트 못지않게 풍성함과 매끄러움을 한껏 즐길 수 있다.

곡물

Grains

두부

마트나 백화점에 가면 두부 매대가 항상 가장 애를 먹인다. 새로운 제품이라도 발견해 집어 들고 자잘한 글씨의 정보(재료, 영양소 등)를 집중해 읽으려 들라치면 판촉 직원의 방해를 받기 때문이다. A를 집어 들면 B를 가져와 더 좋다고 말하고, B를 집어 들면 A가 더 좋다고 말한다. 말하자면 셀 수 없이 많은 두부 구매의 순간에서 그들은 언제나 청개구리처럼 나의 선택에 반기를 든다. 그래서 두부는 느긋하게 골라 사기가 어렵고 원하는 제품만 잽싸게 들고 빠져나와야 한다. 치고 빠지기, 그것이 두부 구매의 비법이다.

이론적으로는 질감이나 밀도에 따라 다양한 두부가 존재하지만 현실은 그렇지 않다. 순두부와 연두부, 찌개용과 부침용 정도가 전부다. 따라서 나는 두부를 구입처에 따라 나눈다. 재래시장마다 하나쯤 있는 즉석 두부 가게는 이름에 충실하게 현장에서 직접 만든 제품을 판다. '재료에 상관없이 갓 만든 두부가 최고'라는 말이 있으니 시장 두부의 잠재력은 꽤 높아야 한다. 하지만 많은 경우 기술력의 부족으로 완성도가 떨어져 안타깝다. 갓 나와 김을 모락모락 풍기는 분위기에 취해 사 왔다가 후회한 두부가 꽤 많다.

다음으로는 포장 두부가 있다. 마트나 백화점에서 주로 팔리는, 물과 함께 플라스틱 용기에 포장된 제품이다. 비닐에 한 모씩 싸여 팔리는 것보다는 완성도도 높고 품질도 대체로 더 좋지만, 덮어놓고 박수를 칠 만큼 만족스럽지는 않다. 질감도 맛도 너무 부드러운 쪽으로 치우치는 경향 탓이다. 국물 음식, 특히 찌개류에 의연하게 대처하지 못하고 부침용 제품 또한 부드러움만 강조한다.

두부는 일단 보관이 중요하다. 특히 비닐봉지에 담긴 종류라면 하루 이틀 내 쉬어버린다. 따라서 그날 만든 것을 사다가 웬만하면 그날 다 먹는다. 남은 건 밀폐 용기에 물과 함께 담아 냉장고에 두고 매일 한 번씩 물을 갈아주면 일주일 정도는 두고 쓸 수 있기는 하다. 다만 어항 물도 그토록 자주 안 갈아준다는 걸 감안한다면 귀찮고 번거로운 일일 수 있다.

두부를 잘 먹는 요령의 절반은 수분 관리라고 해도 지나친 말이 아니다. 콩물에서 단백질을 응고시켜 걷어내 만드는지라 조직 사이를 물이 메우고 있다. 더군다나 물에 담긴 채로 팔리는 대량생산 두부라면 조금 과장을 보태 두부 반, 물 반인 수준이다. 음식을 만들어 먹어온 몇십 년의 세월 동안, 특히 포장 두부가 등장한 뒤부터 물기에 대해 깊이 고민했다.

물기는 과연 두부의 일부일까, 아니면 맛의 방해꾼일까? 두부가 담겼던 물로 찌개를 끓여보는 등 고민에 고민을 거듭한 끝에 후자라는 결론을 내렸다. 두부의 물기를 내버려두면 음식의 맛 전체가 흐려지니 일단 물기부터 걷어내고 시작하는 게 바람직하다는 말이다.

소극적으로 접근한다면 두부는 그냥 놓아두기만 해도 물기가 웬만큼 빠진다. 특히 세워놓으면 자기 무게만으로도 만만치 않은 양의 물기가 배어 나오는 광경을 목도할 수 있다. 그러나 요즘의 두부는 좀 더 적극적으로 관리해 주는 게 좋다. 물기 관리에 따라 두부의 질감이 사뭇 달라질 수 있으므로 음식에 맞춘 요령을 살펴보자. 일단 삼베나 종이 행주에 감싸 물기를 뺀다. 그냥 방치하는 것보다 훨씬 효율적으로 물기를 뺄 수 있으니 웬만한 두부 조리의 밑준비라고 여기자. 다음으로는 전자레인지에 살짝 익힌다는 개념으로 돌려주는 요령이 있다. 배어 나온 물기가 넘치지 않도록 오목하거나 깊은 접시에 담아 3~5분 정도 돌린다. 물기를 빼는 김에 데우기까지 할 수 있으니 두부김치처럼 생으로 먹는 경우에 요긴하다.

다음은 누르기다. 두부김치를 좀 더 살펴보면, 두부 한 쪽을 온전히 들어 올리기가 어려울 때가 많다. 역시 수분이 많고 밀도가 낮아서 벌어지는 현상인데, 눌러서 물기를 빼면 물렁하고 유약한 두부가 훨씬 더 의연해진다. 천이나 종이 행주로 감싸놓은 상태에서 두부 위에 접시를 올리면 되는데, 접시 한 장부터 여러 장, 밥공기에서 통조림 깡통에 이르기까지 무게에 따라 질감이 다양해진다. 두부김치라면 접시 한두 장이면 되고, 두부조림을 위한 지짐이나 채식용 스테이크라면 통조림 깡통을 동원해 두부의 한계를 시험해 보는 것도 은근히 즐겁다.

두부를 뜨거운 소금물에 데치듯 담갔다가 건져 물기를 뺄 수도 있다. 두부가 단단해지는 한편 대체로 부족한 간도 맞춰준다. 옷을 입히지 않은 튀김(180~190℃)이나 에어프라이어 및 오븐구이를 할 때 요긴하다. 겉이 노릇해지도록 굽거나 튀긴 두부는 겉과 속의 질감이 다를뿐더러 고소함이 한층 두드러지므로 한꺼번에 두세 모 분량쯤 준비해 냉동 및 냉장 보관하면 비육류 단백질이 필요할 때 제 몫을 톡톡히 한다.

무르지 않은 두부라면 유부(油腐)를 가장 먼저 떠올릴 텐데, 요즘은 포두부의 입지도 넓어졌다. 두부를 눌러 물기를 완전히 뺀 포두부는 특유의 꼬들꼬들한 질감이 매력적이라 보통 두부와는 먹는 즐거움이 또 다르다. 얇고 씹는 맛이 있으니 탄수화물의 자리에 대신 들여놓을 수 있는 단백질이다. 넓적한 건 밀이나 쌀가루 전병 대신 쌈을 싸 먹고, 채를 친 건 국수 대신 취급해 골뱅이무침 같은 음식에 곁들여 먹으면 훌륭하다.

귀리

'귀리'라고 부르면 왠지 촌스럽고 '오트밀'이라 일컬으면 그럴싸하다. 전자는 그냥 보리처럼 밥이나 지어 먹어야 할 것 같고 후자는 바쁜 현대인의 아침에 하루를 살아갈 에너지를 가득 채워줄 슈퍼 푸드 같다. 귀리와 오트밀의 간극이 그렇다. 이게 다 귀리에 그럴싸한 이름을 붙여 아침 식사의 주메뉴 가운데 하나로 정착시킨 서양의 잘못이다.

블루베리, 등푸른생선 등과 더불어 슈퍼 푸드에 속하는 식재료를 아침에 먹을 수 있다니! 아름답게 들리지만 아침 식사용 귀리 가공품의 세계는 그다지 아름답지 않다. 맛과 질감이 가난했던 시절의 풀죽이나 동물의 사료에 가깝다. 좀 더 적나라하게 말하자면, 지금까지 많은 이들이 자신도 모르는 새 맛없음을 참고 귀리를 먹어왔을 가능성이 아주 높다.

통귀리는 30분~1시간까지 삶아야 편하게 먹을 수 있을 만큼 단단하다. 이처럼 조리하기 어려운 곡식을 막말로 작살을 내 아침 식사의 붙박이로 들어앉혔다. 과장이 아니라 정말 문자 그대로 알곡을 작살낸 게 우리가 편하게 먹는 귀리의 대부분이다. 그리고 귀리의 가공은 맛과 반비례한다. 편하게 먹기 위해 가공을 많이 할수록 맛이 없어진다는 말이다. 그 최전선에 바로 인스턴트 오트(Instant oat)가 있다. 명칭처럼 즉석에서 먹을 수 있도록 귀리 알갱이를 최대한 납작하게 누르는 것으로도 모자라 빻아버렸다. 용기에 담겨 있어 컵라면을 닮았지만 뜨거운 물을 부어도 제대로 된 음식으로 탈바꿈하지 않는다 점에서 크게 다르다.

가장 흔하게 찾을 수 있는 제품이다 보니 귀리와의 첫 만남을 나쁜 기억으로 전락시키는 데도 크게 한몫한다. 호텔의 아침 뷔페 등에서 용기가 예뻐서, 혹은 호기심에 시도했다가 밍밍한 맛에 실망한 경험이 있는가? 귀리도 곡식의 일종으로 알고 있는데 용기 안의 봉지를 뜯으니 골판지 부스러기 같은 게 쏟아져 나와서 당황하지 않았는가? 인간이 망쳐놓은 귀리다.

두 번째로 빨리 익는 퀵 오트(Quick oat)도 인스턴트와 별 차이는 없다. 아니, 뜨거운 물을 붓는 것만으로는 충분히 익지 않아 손수 끓여야 하므로 인스턴트 오트보다 더 나쁠 수 있다. 오트밀과 물을 1:2의 비율로 냄비에 담아 중불에 올린 뒤 부글부글 끓기 시작하면 약불로 줄이고 저어가며 부드러워질 때까지 1분 정도 더 익힌다. 맛을 보면 '전생에 내가 당나귀였던가?'라는 의구심이 들 수 있다. 고생해서 끓여도 원래 그런 맛과 질감이 난다.

당나귀가 된 듯한 기분은 한 단계 위의 올드 패션드 오트(Old fashioned oat)로 업그레이드시킨다고 크게 바뀌지 않는다. 심지어 올드 패션드라는 이름마저 시사하는 바가 있다. 예전에는 이처럼 알곡을 납작하게 누르는 수준에서 귀리 가공을 끝냈다. 이만하면 충분히 가공했다고 믿었고 심지어 조리도 5분 정도밖에 걸리지 않는다. 그러나 인류, 아니 서양인의 성질이 점점 더 급해지다 보니 귀리를 좀 더 가공하게 됐고 그나마 멀쩡한 것에 옛날식(Old fashioned)이라는 딱지가 붙었다. 5분의 시간도 들일 의향이 없어 적절한 음식으로서 기준 미달인 수준으로 가공했다면 아침 끼니를 위한 식재료로는 엄밀히 말해 자격이 없는 것 아닐까?

맛을 볼모로 편리함만을 좇는 귀리의 세계에 환멸을 느낀다면 다음 단계의 스틸 컷 오트(Steel cut oat)로 자신의 인내심을 시험해 볼 수 있다. 스틸 컷 오트는 이름처럼 철제 칼날로 토막을 내 조리 시간을 줄였다. 아일랜드에서 유래한 가공법이라 '아이리시 오트'라고도 부르는 스틸 컷은 조리 시간을 알곡에 비해 획기적인 수준인 10~20분으로 줄이면서도 질감과 맛을 최대한 살렸다. 덕분에 슈퍼 푸드에 걸맞는 음식을 만들어냈지만 '획기적'으로 조리 시간을 줄여도 10분은 걸린다는 말이다. 아침을 거르며 출근하는 직장인의 주중 아침 메뉴로는 적합하지 않을 가능성이 높다.

그래도 적절한 오트밀의 맛

이 궁금하다면? 다음의 조리법을 따라 끓여보자. 일단 스틸 컷 오트와 물을 1:4의 비율로 준비한다. 스틸 컷 오트 한 컵은 170그램이고 네 배의 물을 더해 끓이면 4인분의 오트밀이 된다. 일단 물 세 컵을 냄비에 담고 중불에 올린 뒤 끓으면 귀리와 소금 한 자밤을 더해 잘 휘저어 섞고 뚜껑을 덮어 그대로 밤새 둔다. 아침에 남은 물 한 컵을 더해 중간 센 불에서 원하는 정도로 익을 때까지 4~6분 정도 익힌다. 말이 좋아 오트밀이지 사실 귀리죽이므로 눌어붙거나 타지 않도록 끓이는 동안 계속 저어준다. 불을 끄고 5분 정도 뜸을 들였다가 먹는다.

미리 밤새 불리지 않았다면 스틸 컷 오트도 길게는 40분은 끓여야 먹을 수 있다. 인터넷 오픈마켓에서 '스틸 컷 오트'로 검색하면 해외 직구를 포함해 높은 가격의 수입품이 대부분인데, 검색 옵션을 조정해 이들을 모두 치우고 나면 부담 없는 가격의 국내 가공품을 찾을 수 있으니 현명하게 소비하자. 그저 토막 낸 통귀리를 무작정 비싸게 살 이유는 없다. 오트밀은 물 대신 우유로 끓여도 좋고(다만 물보다 빨리 끓으니 타지 않도록 주의한다), 메이플시럽이나 계핏가루, 사과잼 등으로 맛을 내면 특히 잘 어울린다.

밀가루

밀가루로 온갖 음식을 만들 수 있지만 상징은 역시 효모를 쓰는 발효빵이다. 효모가 밀가루의 당을 먹고 만들어낸 이산화탄소가 반죽을 부풀리는 한편 깊은 맛도 깃들여준다. 하지만 발효빵이라니, 집에서 시도하기에 너무 까다롭고 복잡하지 않을까? 밀가루 등 재료를 섞어 반죽하기도 힘이 들고 효모는 미생물이니 온습도에 민감해 발효의 진척을 계속 관찰해야 한다. 그리고 무엇보다 오븐이 없으면 반죽을 구울 수도 없다.

오랫동안 제빵은 손이 많이 가는 일이라 인식되다가 10여 년 전 변화의 파도가 한 차례 휩쓸고 지나갔다. 파도의 이름은 무반죽 빵(No-knead bread)이다. 미국 맨해튼의 제빵사 짐 레이히가 처음 고안했고 2006년 〈뉴욕타임즈〉의 요리 연구가 마크 비트먼이 기사화해 퍼졌다. 발효 이후에는 여느 빵처럼 나누기 및 모양 잡기를 반드시 거쳐야만 하니 엄밀히 말하자면 98퍼센트쯤 무반죽이다. 하지만 그게 어딘가. 무반죽 빵은 정말 신기할 정도로 손이 덜 간다. 무엇보다 밀가루와 물을 더해 반죽을 치대야 하는 고되고 지난한 초기 과정으로부터 완전히 자유로워질 수 있어 훌륭하다.

그런데 치대지 않고 어떻게 반죽이 이루어질 수 있을까? 높은 수분 비율과 긴 발효 시간 덕분이다. 높은 수분으로 인해 묽은 편에 속하는 반죽을 긴 시간 두면 알아서 반죽과 발효를 해낸다. 밀가루와 물, 소금 등을 한데 담아 가볍게 섞고 그대로 상온에서 12~18시간 정도 두기만 하면 되니 손이 거의 가지 않는다. 하지만 오븐 없이는 구울 수 없으니 반죽이 아무리 쉽더라도 의미가 없는 것 아닐까? 꼭 그런 건 아니니 일단 걱정일랑 접어두고 집에서도 두루두루 만들어 쓸 수 있는 다목적 발효 반죽을 한 번 살펴보자.

기본 재료인 밀가루(강력분, 575g), 물(400g), 소금(12g), 효모(1g, ½작은술)를 준비한다. 제빵에서는 언제나 밀가루와 물의 비율이 가장 중요하다. 밀가루를 '100'이라 잡을 때 나머지 재료의 비율을 '제빵사의 백분율(Baker's percentage)'이라 일컫고 척도로 쓰니, 비율만 맞춰주면 반죽을 얼마든지 적게 혹은 많이 만들 수 있다. 다목적 반죽의 경우 '400/575=69.57'이니 제빵사의 백분율이 약 70퍼센트다. 얼마나 많은 밀가루와 물을 쓰든, 이 비율만 맞춰주면 같은 물성의 반죽을 만들어낼 수 있다는 의미다.

반죽의 부피가 두 배 이상 늘어나므로 넉넉한 크기의 용기에 밀가루, 소금, 효모를 담고 포크 등으로 잘 섞은 뒤 물을 붓는다. 스패출러나 손으로 최소한으로 뭉칠 때까지만 가볍게 섞어준다. 빠르면 2분, 늦어도 5분 이상 걸리지 않는다. 반죽이라기엔 '이건 아니다' 싶은 몰골이지만 시간이 모든 것을 해결해 줄 테니 걱정일랑 덜어두고 랩을 씌우거나 뚜껑을 덮어 실온에 12~18시간 정도 그대로 둔다. 그리고 빵 반죽에 손댄 적이 없는 것처럼 잊고 일상을 산다. 반죽도 만드는 이의 지나친 관심을 부담스러워할 수 있으니 굳이 중간에 들여다볼 필요도 없다.

목표 시간에 이르면 아무 도움도 받지 않고 발효라는 대과업을 이룩해 낸 반죽의 상태를 확인한다. 열몇 시간 전 '이건 아니다' 싶은 반죽이 '이거다' 싶은 상태로 한껏 부풀어 올랐을 것이다. 밀가루를 살짝 두른 도마 등 작업대에 반죽을 쏟고, 역시 밀가루를 두른 손으로 반죽을 가볍게 만져 둥글게 모양을 잡아준다. 이제 맛과 부피를 해결해 주는 1차 발효가 끝났으니 바로 2차 발효에 착수한다. 반죽을 원하는 크기로 나눠 다시 한 번 둥글게 빚고 랩을 씌운 뒤 상온에서 한 번 더 발효시키는 공정이다. 실내 온도 21도를 기준으로 1시간 30분~2시간이 걸린다.

이제 비밀(?)을 털어놓을 때가 됐다. 이 반죽은 원래 피자 도우다. 하지만 많은 빵이 4대 기본 재료, 즉 밀가루, 물, 소금, 효모로만 만든다는 사실을 감안한다면 최종 결과물이 굳이 피자가 될 필요는 없다. '다목적 반죽'이라 일컬었듯 이후의 과정은 쓰임새에 따라 융통성 있게 대처할 수 있다. 만약 오븐이 있고 제과제빵에 관심이나 경험이 조금이라도 있다면 원하는 크기로 나누고 원하는 모양을 잡아 소위 '식사빵', 즉 단맛이나 지방이 없어 간식이 아닌 끼니로 먹을 수 있는 빵을 만들 수 있다.

설사 오븐이 없더라도 좌절하거나 낙담할 필요는 전혀 없다. 호떡 반죽과 비슷하니 얼마든지 팬에 구워 먹을 수 있기 때문이다. 큰 팬이 있다면 피자처럼 크게 만들어도 좋지만, 보관 및 재가열이 쉽도록 반죽을 125그램으로 8등분한다. 언제나처럼 저울을 쓰면 정확하고 효율적이지만 눈대중으로 나눠도 문제없다. 반죽은 밀대로도 펼 수 있지만 강력분으로 만든 덕분에 탄성이 강해 조금씩 다시 쪼그라든다. 차라리 손을 쓰는 게 그야말로 손쉽고도 속 편하다.

반죽을 도마나 작업대에 올리고 양손의 검지와 중지로 가운데부터 바깥으로 나가며 차분히 꾹꾹 누른다. 적당히 납작해졌다면 양손 엄지와 검지로 반죽 가운데를 집어 들고 나선형을 그리며 바깥쪽으로 빠르게 움직여 조금씩 늘려 편다. 반죽이 발효 과정을 건실하게 거쳤다면 찢어지지 않으면서도 종잇장처럼 얇게 손으로 펼 수 있다. 반대 면이 비쳐 보일 정도로 얇게 펼 수 있어 창유리 테스트(Window pane test)라 일컫고 제빵에서 실제 지표로 활용한다. 만약 손으로 늘려도 반죽이 저항한다면 적당히 늘리다가 작업대에 1~2분 정도 놓아두어 글루텐을 안정시킨다. 이렇게 반죽을 살살 달래가며 10~15센티미터로 납작하게 편 뒤 기름을 살짝 둘러 중불로 달군 프라이팬에서 앞뒤로 2~3분 정도 굽는다.

너무 잘 만들지 않아도 먹을 수 있다는 점이 다목적 반죽의 미덕이다. 가장 중요한 발효는 시간이 해결해 주고 이후의 과정에서도 아름다움이나 똑 떨어지는 완성도를 추구할 필요가 없다. 2~3분 정도 구우라고 제안했지만 당장 먹을 게 아니라면 상태를 보며 덜 익혀도 상관없다. 가열로 일단 겉면의 모양이 잡히고 나면 냉동 보관과 재조리 및 재가열이 아주 손쉽기 때문이다. 적당히 구운 반죽을 완전히 식힌 뒤 차곡차곡 포개 냉동 보관용 지퍼백에 담으면 일단 3개월은 두고 먹을 수 있다.

먹을 때는 처음 구운 상태에 따라 다시 한 번 익히는데, 토스터에 굽는 게 가장 편하며 간편한 아침 식사로 식빵 대신 활용할 수 있다. 긴 발효로 맛이 충분히 들었으니 버터나 올리브유, 크림치즈 등을 찍거나 발라 먹어도 충분하지만, 만일 반죽이 못다 이룬 피자의 꿈에 도전하고 싶다면 프라이팬에 올려 토마토소스와 좋아하는 고명을 얹고 치즈를 올린 뒤 녹을 때까지만 구워주면 들인 시간과 노력에 비해 피자에 근접한 빵을 먹을 수 있을뿐더러 토르티야로 만든 것보다 훨씬 든든하고 맛도 좋다.

호두

번역 원고를 다듬다 말고 호두과자를 주문했다. 호두과자는

언제나 느닷없이 생각이 난다. 인터넷을 뒤져 주문을 넣자 묵은 기억이 꼬리에 꼬리를 물고 떠오른다. 공교롭게도 역시 꼬리에 꼬리를 무는 기차 여행의 기억이다. 어린 시절 장항선을 많이 탔다. 이래저래 거의 유일한 기차 여행 노선이었다. 대체로 '특급'이었던 열차가 천안에 가까워지면 슬슬 호두과자 판매원이 등장한다. 정확히 몇 개였는지는 기억이 나지 않지만, 하여간 개수가 많은 호두과자는 원형 용기에 방사형으로 담았다. 속이 훤히 들여다보이는 투명 플라스틱 용기 속에는 하늘하늘한 흰색 습자지에 싼 호두과자가 가지런히 담겨 있었다.

나는 판매원이 시야에서 완전히 사라질 때까지 호두과자에 시선을 고정시켰다. 그러나 잰걸음으로 통로를 오가던 그를 잡고 호두과자를 샀던 기억은 없다. 이유야 많겠지만, 무엇보다 군것질을 금기시했던 환경 때문이었으리라. 누군가 붙잡아 세우면 판매원은 어깨에 지고 있던 호두과자 상자를 내리고 팔에 걸치고 있던 비닐봉지를 펼쳐 담아준다. 그렇게 기차가 천안을 지나 판매원들이 나타났던 방식 그대로 사라질 때까지 나는 그들을 보고 또 봤다. 물론 호두과자를 전혀 안 먹고 자란 건 아니다. 어쨌든 장항선 위 어딘가에 삶의 기점을 하나라도 두고 있다면 어떤 식으로든 호두과자와 만

날 수밖에 없다. 그래서 질릴 때까지 호두과자를 먹어봤지만 적어도 천안을 지나는 기차 안에서는 그냥 지나치기만 했다.

그런데 엄청나게 작아졌군. 호두과자를 받아들고 또 당시를 기억하다가 새삼 작아진 크기에 정신을 차렸다. 적어도 골프공 크기만은 했던 것 같은데 오랜만에 사보니 이제는 지름이 거의 5백원 동전만 하다. 1930년대에 처음으로 등장했다던가? 아직도 적당한 인기를 누리며 신제품도 곧잘 등장하는 지역 빵의 족보를 거슬러 올라가면 끝에 호두과자가 있다. 미국산 호두 8퍼센트. 세월이 느껴지는 창업주 할머니의 사진 바로 옆에 호두의 함유량이 반듯하게 적혀 있다.

난립하는 지역 빵의 세계에서 호두과자의 입지는 다소 묘하다. 지난 10여 년 동안 지역 빵이 우후죽순 등장하면서, 아주 자연스레 두 가지 범주로 나뉘었다. 기본은 결국 밀가루와 달걀, 유지(마가린 등)의 반죽과 팥소의 조합인 가운데 첫 번째는 적당한 원형이나 서사만 좇는다. 하회탈이 유명해서 모양을 따라 만들었다거나, 언젠가부터인지는 모르겠지만 누군가 생도넛을 오랫동안 만들어 팔다 보니 특산물로 자리를 잡았다는 이야기다. 이런 빵은 맛이 아주 좋거나 특별하지 않을지언정 괴상하지는 않다.

하지만 두 번째 부류는 괴상할 가능성이 꽤 높다. 첫 번째의 방법론에서 그쳐도 되는 것을, 지역성을 강화하겠다고 몇 발짝 더 나가다가 그르치기 때문이다. 대표적인 예가 오징어나 생태(가루) 등을 넣은 지역 빵이다. 원래 단 음식과 어울리지 않는 재료를 굳이 더하다 보니 맛이 해괴해진다. 차라리 고로케처럼 짠맛 위주의 빵으로도 만들 수 있을 텐데, 굳이 팥소가 든 빵을 골라 저런 재료를 더한다. 먹다 보면 하회탈이 식품이 아닌 게 얼마나 다행스러운지 모를 지경이다. 탈을 갈거나 쪼개어 빵에 넣었다고 생각해 보자. 하회탈처럼 웃을 수만은 없을 것이다.

이런 지역 빵의 현실에서, 호두과자는 약간 신기하게도 이들 특성을 동시에 갖추고도 멀쩡한 소수의 지위를 굳건히 지키고 있다. 모양도 호두를 닮은 데다가 반죽에 넣은 과육 덕분에 맛도 호두다. 애초에 호두라는 재료 자체가 제과에 두루 잘 어울리기 때문이기는 한데, 개선의 여지가 없지는 않다. 호두과자가 진정 이름값을 하려면 반죽에 호두가루를 섞어 호두 모양으로 구워야 맞다. 견과류의 가루를 빵이나 과자에 밀가루 대신 흔히 쓰기 때문에 불가능한 일도 아니다.

대표적인 예가 마들렌과 더불어 프랑스 구움과자의 양대 산맥인 피낭시에(Financier)다. 반죽 대부분이 아몬드, 혹은 헤이즐넛 가루로 이루어져 있다. 게다가 피낭시에라는 이름도 금괴를 닮았다고 해서 붙었으니, 모양에서 이름을 따왔다는 차원에서 차세대 호두과자를 위해 검토해 볼 만하다. 호두 알갱이를 적당한 크기로 넣어줘야 맛이 난다고 믿는 시대에 호두과자가 태어나 명맥을 이어가고 있다면, 이제는 같은 호두를 쓰더라도 가루를 내 반죽에도 골고루 분배하며 맛을 내도 좋은 시대가 됐다. 적어도 호두 모양을 고수할 계획이라면 그렇다.

고작 8퍼센트라니. 아무래도 성에 차지 않았다. 이제 호두가 흔한 시대 아닌가. 과자는 됐지만 호두나 더 먹겠다는 심산으로 마트에 갔더니 호두 살이 1킬로그램에 4950원이었다. 물론 1+1 행사 덕분이었지만 그렇지 않더라도 호두는 이제 귀해서 못 먹는 견과류는 아니다. 할머니의 사진 옆에 가지런히 써 있듯, 이제 호두의 대세는 미국 캘리포니아산이다. 국산 호두가 있기는 있느냐고? 물론 있지만 가격이 미국산의 열 배에 육박하니 아무래도 편하게 먹기는 어렵다.

가격이 싸더라도 호두는 아주 편하게 먹기 어렵다. 속껍질 탓이다. 대부분의 견과류에서 속껍질은 큰 문제가 되지 않는다. 열을 적절하게 가하면 알아서 과육에서 떨어져 나오기 때문이다. 그러나 호두는 주름진 과육 탓에 사정이 다르다. 이 주름에 순응해 가며 호두의 속껍질을 깨끗하게 벗겨내기란 보통 어려운 일이 아니다. 내 생애 처음으로 속껍질을 완전히 벗겨낸 호두의 속살을 먹은 적이 있다. 바로 2017년 서울에 미슐랭 가이드가 출범한 이후 계속 별 세 개를 꾸준히 받는 어느 레스토랑이었다. 속껍질을 남김없이 발라냈지만 상처 하나 없는 호두의 흰 속살을 보고는 이게 음식이라는 생각도 잠깐 잊고 들여다봤던 기억이 선하다. 1인당 30만 원쯤 하는 끼니에서나 바랄 수 있는 수준이었다.

말하자면 호두 속껍질 벗기기란 엄청나게 공이 많이 들어가는 일이다. 평소라면 참고 먹겠지만 가끔 정말 쓰고도 뻣뻣해 못 견딜 때가 있다. 그런 상황을 대비해 호두의 속껍질을 벗겨내는 요령을 간단히 살펴보자. 일단 호두 속살을 삶아서 벗길 수 있다. 끓는 물에 8분쯤 삶은 뒤 건져내 손으로 다룰 수 있을 만큼 식으면 손가락으로 문질러 벗겨낸다. 오븐에 구워서 벗겨낼 수도 있다. 제과제빵의 표준온도인 175도로 예열한 오븐에 호두를 넣고 10분 정도 굽는다. 적당히 식으면 면 행주(표면에 수건처럼 보푸라기가 일어나 있는 게 좋다)에 완전히 감싸 가볍게 문지르면 껍질이 떨어져 나온다.

삶을 때와 달리 구우면 껍질의 부스러기가 많이 나오므로 적당히 벗겨냈다 싶으면 체에 담아 가볍게 쳐서 걸러내면 더 좋다. 은근히 귀찮고 손이 많이 가지만 30만 원짜리 식사에 낼 건 아니므로, 호두가 적당히 부스러져도, 껍질이 적당히 남아 있어도 크게 상관없다는 마음으로 임한다. 껍질을 벗겨낸, 특히 오븐에 구워 맛과 향을 끌어낸 호두라면 금방 산패될 수 있으므로 며칠 먹을거리만 조금씩 손질하는 게 좋다. 어차피 귀찮고 지겨워서 많은 양을 손질할 수도 없을 것이다. 차라리 그냥 먹는 게 속 편하겠다고? 나도 그렇게 생각한다.

7

알아두면 좋을 식재료 이야기

숫자로 보는 요리

손가락과 손바닥으로 스테이크의 익은 정도를 파악하는 요령이 있다. 오른손잡이라면 왼손의 엄지와 검지를 맞대고 엄지 바로 아래의 손바닥 살점을 오른손 검지로 누른다. 손가락이 맞닿는 데 들어가는 힘 때문에 살점이 약간 단단하게 느껴질 것이다. 스테이크의 겉면을 손가락으로 느꼈을 때 이 정도 단단함이 느껴진다면 레어로 익은 것이다. 이제 엄지는 그대로 두고 손가락을 중지, 약지, 소지의 순으로 바꿔본다. 손가락의 거리가 멀어지므로 엄지 아래의 살점이 점점 더 단단하게 느껴질 것이다. 스테이크로 치자면 더 익어서 단단해지는 것이니 각각 미디엄레어, 미디엄, 그리고 웰던이다.

사실 이 요령은 전혀 쓸모가 없다. 레스토랑 주방에서 하루에도 몇백 점의 스테이크를 굽고 또 굽는 요리사라면 모르겠지만 어쩌다 한 점 불에 올리는 보통 사람은 감을 익히기가 거의 불가능하기 때문이다. 게다가 우리에게는 온도계와 데이터가 있다. 레어, 미디엄레어, 미디엄의 목표 온도는 각각 49도, 54도, 60도이니 스테이크의 중심부에 탐침 온도계를 찔러 넣어 확인만 해주면 된다. 불에서 내린 이후 여열로 조리되는 몫까지 감안한 온도이므로 믿고 충실히 따르기만 하면 된다.

이처럼 조리과학의 핵심에는 온도를 비롯한 수치가 있다. 셰프나 요리 연구가가 주방이라는 실험실에서 시행착오를 겪어가며 데이터를 쌓아온 덕분에 이제 우리는 실패의 두려움에서 비교적 자유롭게 요리할 수 있다. 과학을 바탕으로 쓴 요리책의 핵심인 수치의 정보 가운데 가장 요긴한 것을 한데 모아봤다.

-18/4

냉동실과 냉장실의 적정 온도(℃). 시원찮다 생각이 든다면 온도계로 확인해 보자.

-1

스테이크 굽는 요령. 한 면을 굽고 뒤집은 면은 1분 덜 구워야 속까지 균형이 맞게 익는다.

0

얼음이 어는 온도다.

3:1

비네그레트의 기름 대 산의 기본 비율이다. 소금과 후추, 마늘 등으로 미세 조정하지만, 일단 기름과 산의 비율만 맞춰준다면 드레싱의 농도와 맛의 큰 그림은 제대로 그릴 수 있다.

1000:35

세상에서 가장 간단한 오이 발효 피클의 물 대 소금 비율이다. 오이를 썰어 유리병이나 플라스틱 밀폐 용기에 담고 끓는 물 1000밀리리터에 소금 35그램을 타서 붓는다. 뚜껑을 덮어 상온에서 하루 이틀 두면 국물이 탁해진다. 익기 시작한 것이니 냉장 보관한다.

5~10

구운 스테이크를 휴지(레스팅)시키는 시간(분). 조리의 열로 인해 수축된 고기의 근섬유가 다시 여유를 찾으며 수분을 좀 더 머금을 수 있게 된다. 따라서 소중한 '육즙'을 덜 잃는다. 휴지시키는 사이 고기가 식지 않을까? 괜찮다. 생각보다 오래 따스함을 유지한다.

6:30

가장 맛있게 달걀을 삶을 수 있는 시간. 냄비에 달걀을 담고 찬물을 잠기도록 부어 불에 올린 뒤 끓기 시작하면 끄고 그대로 둔다. 6분 30초 뒤 건져 찬물에 담갔다가 껍데기를 깐다. 달걀흰자는 야들야들하고 달걀노른자는 가운데가 살짝 덜 익어 부드럽고 목이 메지 않는다.

7~9/9~10/11~13.5

박력분, 중력분, 강력분의 단백질 함유량(%). 높아질수록 반죽이 질겨진다. 한 가지만 갖춘다면 중력분이다. 쿠키부터 수제비, 빵까지 두루 만들 수 있다.

1-10-100-1000

파스타 조리의 황금률이다. 끓는 물 1리터(1000ml)에 소금 10그램을 넣고 파스타 1인분 100그램을 삶는다. 절대 잊지 않을 숫자의 조합이다.

21~25

새우 크기를 가늠하는 척도. 1파운드(453g)를 이루는 마릿수를 의미한다. 포장지에 쓰여 있으니 원하는 크기의 새우를 찾을 때 꼭 확인하자. 참고로 21~25는 돼야 새우 크기가 너무 작지 않다.

49/54/60/66/76

붉은 고기의 조리 목표 온도로 각각 레어, 미디엄레어, 미디엄, 미디엄웰던, 웰던이다. 소는 물론 돼지나 양에도 두루 적용할 수 있다. 다만 양고기는 미디엄 이상으로 익히면 뻣뻣해져 맛이 없다. 돼지고기는 미디엄 레어 이상으로 익히되 웰던은 피하는 게 좋다.

63

달걀흰자는 간신히 형태를 유지하고 달걀노른자는 한가운데가 흐르는 온천 달걀(溫泉卵)의 조리 온도다. 단백질은 물론 지방 분자도 함유한 달걀노른자가 달걀흰자보다 익으면서 수분을 덜 배출하므로 부드러움 또한 잘 잃지 않는다. 따라서 달걀흰자를 최대한 부드럽게 익히는 게 중요한데 63도가 최적점이다.

70

닭가슴살의 내부 온도. 삶든 굽든 찌든 70도에서 반드시 조리를 멈추자. 안 그러면 닭가슴살을 먹는다는 사실만으로 가뜩이나 불행하게 느껴지는 삶이 진짜로 불행해질 수 있다.

80:20

햄버거 패티의 살코기 대 지방 비율이다. 이보다 살코기 비율이 높으면 패티가 뻣뻣해지고 지방 비율이 높으면 패티의 크기가 작아지는 한편 느끼해진다. 목심 혹은 윗등심이 햄버거 패티용으로 가장 적절하다.

90~96

커피를 내리는 물의 온도. 커피의 세계도 워낙 방대해 비슷한 온도대에서도 1~2도 차이로 의견이 갈리곤 한다. 원두를 구워 끄집어낸 기름을 향 및 맛과 함께 뜨거운 물로 우려내는 과정이 커피의 추출이므로 물의 온도에 영향을 받지 않을 수 없다. 요즘은 중배전이 대세라 90~96도는 조금 높을 수도 있으니 일단 내려서 맛을 보자. 지나치게 강하다 싶으면 86~91도에서도 추출해 보자.

100

물이 끓는 온도. 너무 뻔한 정보 아니냐고 생각할 수 있지만 의외로 쓸모가 있다. 조리용 온도계의 정확도 측정 기준이니까.

110

양파의 캐러멜화 온도. 양파를 최대한 고르게 썰어 스테인리스 팬에 수북이 담고 약불에서 천천히 익힌다. 일단 수분이 빠지고 부피가 줄어든 뒤 양파의 온도가 110도를 넘기면 본격적인 캐러멜화가 이루어지기 시작한다.

175

튀김 기름 혹은 제과제빵 시 오븐의 기본 온도다. 기름의 온도가 이보다 낮으면 튀김이 기름을 많이 빨아들여 느끼하고 눅눅해지고, 높으면 옷은 짙은 갈색으로 익지만 속 재료는 덜 익을 수 있다. 튀김을 자주 한다면 온도계로 측정하는 게 좋지만 없다면 두 가지 요령을 활용한다. 엄지손톱만 하게 뜯은 빵 조각을 넣어 30초 만에 노릇해지거나, 나무 숟가락이나 주걱을 넣었을 때 주변에 거품이 일면 온도가 얼추 맞는 상태다. 재료를 여러 차례에 나눠 튀긴다면 기름의 온도가 회복될 때까지 기다린다. 한편 제과제빵의 경우 컨벡션 오븐을 쓰면 온도를 10~15도 낮추고, 가끔 오븐 온도계로 오차 없이 예열되고 있는지 확인한다. 온도 차이가 10도 이상 난다면 수리가 필요하다.

250

액체 한 컵의 양(ml). 두 컵들이(500ml) 계량컵 하나쯤 마련해 놓으면 라면 물을 비롯한 모든 액체의 계량에 두루 쓸 수 있다. 계량컵이 없을 때는 500밀리미터들이 생수병을 활용하자.

채식의 기본 요령

종교, 신념, 건강 추구, 재미 등 어떤 이유에서든 채식을 추구할 수 있다. 관건은 아무래도 지속가능성일 텐데 열쇠는 다양성의 확보가 쥐고 있다. 이를 염두에 두고 지속가능한 채식에 필요한 것들을 살펴보자.

단백질

어떤 식생활이든 단백질 섭취가 가장 중요하다. 탄수화물은 확 타올랐다가 바로 사그라드는 불꽃처럼 즉각적인 포만감을 주고 빠르게 사라지는 반면, 단백질은 은은하지만 오래 꺼지지 않고 타는 불처럼 지속적인 에너지를 공급해 준다. 특히 완전 채식이라면 단백질의 지속가능성에 초점을 맞춰야 한다. 흔히 채식이라면 콩고기, 채식 치즈처럼 식물성 단백질로 동물성 단백질원의 맛이나 질감을 모사하는 제품을 고려한다. 하지만 이런 식재료는 가공식품의 한계를 벗어나지 못하고 맛이 없어 채식의 지속가능성을 떨어뜨릴 수 있다. 먹는 즐거움을 위해서라도 장기적으로는 신선식품에 최대한 초점을 맞추는 게 바람직하다.

식물성 단백질의 지속가능성 추구가 엄청나게 어려운 일은 아니다. 계절과 판매처에 크게 구애받지 않고 꾸준하게 구할 수 있는 콩과 버섯이 있다. 단백질 함유량을 비롯한 영양도 중요하지만, 채소의 아삭함(혹은 뻣뻣함)과는 또 다른 만족스러운 질감을 선사한다는 사실도 요긴하다. '채'식이니 '채'소 중심의 식단을 생각하기 쉽지만, 사실 채식의 성패는 이 두 식재료에 달려 있다고 강조해도 전혀 지나치지 않다. 콩만 보더라도 선택지는 다양하다. 병아리콩, 강낭콩, 검정콩, 렌틸콩 등을 쉽게 살 수 있는데 모두 맛과 질감의 차원에서 또렷한 개성을 지니고 있으니 돌려가며 먹으면 물리지 않는다. 병아리콩은 살짝 단단하며 밤과 맛이 비슷하고, 강낭콩이나 검은콩은 조금 더 무르고 포근하다.

말린 콩은 1킬로그램에 1500~2000원 대에서 시작해 가격마저 부담이 적지만 불리고 삶는 데 시간이 적지 않게 든다. 따라서 말린 콩을 주식으로 삼더라도 비상용 통조림을 종류별로 한두 점씩 갖출 것을 권한다. 이미 익힌 제품이니 먹기만 하면 되는데, 체에 밭친 상태에서 흐르는 수돗물에 씻어 전분의 끈적함과 나트륨을 한번 덜어내고 쓰자.

말린 콩은 이에 저항이 없이 포근하게 씹힐 정도로 삶아야 끼니로 먹을 때 힘겹지 않다. 다만 알갱이가 아주 자잘한 렌틸콩이라면 파스타처럼 '알 덴테', 즉 심이 살짝 씹힐 정도로 삶는 게 질감의 다양성을 확보한다는 차원에서 더 나을 수 있다. 어떤 콩이든 급할 때는 압력솥으로 삶을 수 있는데, 조리 시간이 대폭 줄어드는 대신 과조리될 가능성이 높다는 사실만 감안하자.

버섯은 단백질과 만족스러운 질감 외에도 감칠맛이라는 비장의 카드를 가지고 있다. 감칠맛은 단맛, 짠맛, 신맛, 쓴맛과 더불어 다섯 가지 기본 맛 가운데 하나로 맛의 만족감을 좌우한다. 화학조미료는 다시마나 버섯 같은 식재료의 감칠맛 원천인 아미노산, 핵산 등을 추출 및 정제했다. 따라서 버섯이 즐거운 채식의 열쇠를 가지고 있다고 해도 지나친 말이 아니다.

버섯의 쓰임새는 크게 두 갈래로 나눌 수 있다. 국물 요리에 감칠맛의 구원 타자로 활용할 수 있는데, 수분이 완전히 날아가고 검은색에 가까운 갈색이 될 때까지 약불에서 익혀 잠재력을 최대한 끌어낸다. 한편 버섯 자체를 즐긴다면 센불에 빠르게 볶아야 감칠맛도 질감도 살아난다. 가장 부담 없이 반복 조리를 통해 실력을 쌓을 수 있는 버섯으로 양송이가 있다. 통념과 달리 버섯은 잠깐 물에 담갔다가 종이 행주로 닦아내면 물기를 거의 흡수하지 않으므로, 잘 씻어 크기에 따라 세로로 2등분 혹은 4등분한다. 팬에 식용유를 여유 있게 두르고 중불에 올려 연기가 피어오르기 직전까지 달군다. 썬 버섯을 더해 3분 정도 계속 뒤적이며 볶은 뒤 소금과 후추로 간하고 간 마늘과 샬롯 등을 더해 1분쯤 더 익혀 마무리한다. 팬이나 접시 바닥에 버섯 국물이 배어 나와 고이지 않는다면 잘 볶아진 것이다. 말린 버섯도 물에 불린 뒤에는 생것과 같은 요령으로 조리하는데, 불린 물 또한 맛을 품고 있으니 체나 커피 필터, 삼베 천 등으로 먼지와 흙을 걸러준 뒤 음식에 더할 수도 있으니 참고하자.

마지막으로 단백질 보충제도 생각해 볼 수 있다. 우유의 유청으로 만든 동물성 단백질이 오랫동안 대세였지만 요즘은 채식을 위한 식물성 단백질도 흔하니 두유(당 함유량이 적은 것을 고르자)에 바나나 등을 더해 갈아 만드는 스무디에 요긴하게 쓸 수 있다.

지방

지방은 혀와 구강에 일시적인 막을 입혀 다른 맛의 증폭과 전달을 책임지는 한편, 자체의 고소함과 윤택함으로 감칠맛과는 또 다른 만족감을 준다. 한마디로 지방이 빠지면 음식의 맛과 질감, 더 나아가 먹는 재미가 현저하게 떨어진다. 채식이라면 가장 먼저 떠올릴 샐러드나 나물도 올리브유든 참기름이든, 한데 아울러 주는 지방이 없다면 어딘가 모르게 허전한 느낌을 받는다. 예외는 있지만 불포화지방, 즉 상온에서 액체 상태인 종류는 일단 식물성이라고 보면 무리가 없다.

식물성지방 안에서 다양한 선택지를 찾는다면 일단 두 단계로 나눠 생각한다. 1단계는 조리용, 2단계는 생식용이다. 1단계는 모든 조리에서 바탕 역할을 맡는 지방으로 맛이 중립적이며 가격도 부담 없는 카놀라유, 옥수수유 등이다. 2단계는 샐러드나 무침 등에 쓰거나 빵을 찍어 먹는 등 가열하지 않고 먹는 지방으로 올리브유가 대세다. 올리브유도 가격과 품질이 천차만별이니 세분화해 요리용과 완전 생식용을 구분해 쓰면 자동으로 계획이 세 단계가 된다. 한편 아보카도유 등 올리브유 외의 기름도 쉽게 찾을 수 있으니 호기심을 발휘해 다양성을 확보하자. 마지막으로 맛있는 튀김도 백 퍼센트 채식일 수 있다는 점을 염두에 두고 적극 활용하자.

채소와 섬유질

채식이라면 섬유질은 원 없이 섭취할 텐데 무슨 말이 필요할까? 맞는 말이다. 다만 식생활 다양화를 위해 조금 다른 시각에서 살펴보자. 첫째, 날것으로 먹는다면 채소로 질감의 다양성을 확보한다. 콩이나 버섯으로 꾸린 단백질 위주의 음식에 셀러리나 오이 등을 잘게 썰어 넣는 경우를 예로 들 수 있다. 둘째, 채소를 익혀 먹는다. 적당히 익혀 채소의 수분을 덜어내고 맛을 들이면 날것보다 훨씬 더 즐겁게 많이 먹을 수 있다. 삶거나 구워 먹을 수도 있지만, 단순히 소금에 절이더라도 생채소보다 사뭇 낫다.

탄수화물

지방 아닌 탄수화물이 체중 증가에 가장 큰 영향을 미친다고 밝혀졌지만 안 먹을 수는 없다. 무엇보다 탄수화물은 단백질의 단조로움을 덜어준다. 따라서 양을 줄여 탄수화물로 포만

감을 좇지 않는 대신, 의식적으로 선택의 폭을 넓혀 먹는 재미를 끌어들이자. 밥을 짓는 쌀이라도 백미와 현미가 있고 그 사이에 도정 상태가 다른 오분도미 등이 있으며, 찰기가 없는 인디카쌀도 샐러드와 볶음밥에는 요긴하다. 빵을 구워 마이야르 반응을 끌어내면 맛의 표정이 밥보다 또렷하다는 장점이 있다. 면류만 해도 연한 일반 밀로 만든 국수와 단단한 듀럼밀로 만든 파스타, 글루텐이 없는 메밀 면이나 쌀 면까지 다양하다. 탄수화물만 적당히 '믹스 앤 매치'해도 같은 뿌리의 음식이 다양한 맛의 열매로 결실을 맺을 수 있다.

짠맛과 신맛

본의 아니게 식재료 선택의 폭이 좁아질 수 있는 채식에서는 간이 정말 중요하다. 음식의 간이라면 대체로 소금을 써 짠맛이 나는 상태라 여기는 경향이 있다. 하지만 실제로는 식재료의 맛이 각각 도드라지는 가운데 전체의 균형이 맞는 상태를 의미한다. 이는 소금뿐 아니라 식초의 역할이 중요하다는 걸 시사한다. 특히 지방을 적극적으로 쓴다면 소금과 식초의 균형이 맛내기의 전부라고 해도 지나친 말이 아니다. 그런 차원에서 식초를 잘 쓰면 소금을 일정 수준 덜어낼 수 있다. 소금과 식초의 조합으로 음식 전체가 확 도드라지는 느낌을 받을 때까지 간을 맞춰보자.

온도

'채식=샐러드=찬 음식'의 선입견에 빠지지 않도록 주의하자. 차가운 풀을 많이 씹으면 씹을수록 채식의 의욕은 떨어질 수 있다. 외식이라면 어쩔 수 없겠지만, 직접 만들어 먹는다면 온도에 관심을 기울이자. 샐러드만 하더라도 굳이 차가운 풀이어야 할 이유가 없다. 막 삶은 파스타에 오이와 토마토, 콩을 적당히 더하고 샬롯으로 맛을 낸 뒤 올리브유, 후추, 식초로 버무리면 너무 차갑지도 뜨겁지도 않은, 딱 먹기 좋은 샐러드가 된다. 물론 영양의 균형도 적당히 맞는다.

조리 도구

칼질을 해보면 금방 깨달음이 온다. 식물성 식재료를 고르게 썰기란 생각보다 어렵다. 굳이 고르게 썰어야 할 이유는 있는 걸까? 어떤 음식이든 일단 식재료를 고르게 썰어야 균일하게 맛이 배거나 익는다. 따라서 반복 연습이 필요한데 잘해야 일주일에 서너 끼니 만들어 먹기도 힘겨운 현실이라면 칼질이 영영 늘지 않을 수 있다. 지나치게 욕심을 부리지 않고 실패를 줄여주는 도구를 적절히 쓰는 게 바람직하다.

재정에 부담이 되지 않는 수준에서 채식에 도움을 줄 만한 조리 도구를 꼽자면 핸드블렌더가 있다. 퓌레나 스무디 등 재료를 균일하게 갈아 걸쭉한 액체를 만드는 데 주로 쓰지만 딸려 나오는 보조 도구로 오이나 당근 등을 최대한 균일하게 썰거나 마늘, 샬롯 같은 향신채를 곱게 다질 수 있다. 기본적인 손질이 필요하니 칼을 아예 손에서 놓을 수는 없지만 도구의 활용은 칼, 더 나아가 조리의 두려움을 현저히 줄여준다.

일단 전작 《조리 도구의 세계》와 마찬가지로 〈아메리카스 테스트 키친〉에 가장 많이 신세를 졌다. 〈아메리카스 테스트 키친〉은 2001년 출범한 요리 쇼로 음식과 조리의 기본기에 초점을 맞춘다. 요리사들이 수많은 실험을 거쳐 도출한 레시피 덕분에 구독자(유료 콘텐츠다)는 쓰라린 실패를 최대한 적게 겪으며 요리에 도전해 볼 수 있다. 2000년대 중반부터 〈아메리카스 테스트 키친〉을 참고해 장을 보고 요리를 한 경험이 이 책에도 많이 녹아 있다.

한편 기본이라면 마이클 룰먼도 빠지지 않는다. 그는 분야가 확실하지 않은 논픽션 저자였다가 미국 요리학교의 경험을 바탕으로 《셰프의 탄생》을 내고 요리 전문 필자로 거듭났다. 그래서인지 기본을 강조하는 한편 가정의 부엌에서도 레스토랑 주방과 요리의 세계를 적용해 볼 수 있는 이론서 및 요리책을 많이 냈다. 《오늘 브로콜리 싱싱한가요?》에서는 룰먼의 요리책 《트웬티》와 이론서 《레이시오》를 참고했다.

마지막으로 J. 켄지 로페즈 알트의 요리 세계로부터도 많은 도움을 받았다. 그는 〈아메리카스 테스트 키친〉 출신이자 건축 전공자로서 역시 촘촘한 실험을 바탕으로 음식에 접근하는데, 이러한 내용이 《더 푸드 랩》에 집대성되어 있다. 국내에 번역 출간도 되었다.

나머지 참고 문헌들은 각주로 밝혀놓았으니 참고 부탁드린다.

오늘 브로콜리 싱싱한가요?

첫판 1쇄 펴낸날 2022년 5월 16일
3쇄 펴낸날 2022년 10월 11일

지은이 이용재
발행인 김혜경
편집인 김수진
책임편집 김단희
편집기획 김교석 조한나 유승연 김유진 임지원 곽세라 전하연
디자인 한승연 성윤정
경영지원국 안정숙
마케팅 문창운 백윤진 박희원
회계 임옥희 양여진 김주연

펴낸곳 (주)도서출판 푸른숲
출판등록 2003년 12월 17일 제2003-000032호
주소 경기도 파주시 심학산로 10(서패동) 3층, 우편번호 10881
전화 031)955-9005(마케팅부), 031)955-9010(편집부)
팩스 031)955-9015(마케팅부), 031)955-9017(편집부)
홈페이지 www.prunsoop.co.kr
페이스북 www.facebook.com/prunsoop 인스타그램 @prunsoop

ISBN 979-11-5675-961-4(03800)